AF398348

Anja Rauter, geboren 1972, lebt mit ihrem Ehemann und ihrem nicht ganz unschuldigen Tigerkater, der es in jedes ihrer Bücher schafft, in ihrer geliebten Heimatstadt Baden bei Wien.
Ihr Debüt als Schriftstellerin gab Anja Rauter 2018 mit dem humorvollen Liebesroman „Wir zwei auf Wolke Sieben".

ANJA RAUTER

Kaffee mit Schuss

EIN WIENER KAFFEEHAUS-KRIMI

Erstausgabe Dezember 2024

Copyright © 2024 dp Verlag, ein Imprint der
dp DIGITAL PUBLISHERS GmbH
Made in Stuttgart with ♥
Alle Rechte vorbehalten

Kaffee mit Schuss

ISBN 9783989988552
E-Book-ISBN 978-3-98998-541-4

Covergestaltung: Anne Gebhardt
Umschlaggestaltung: ARTC.ore Design
Unter Verwendung von Abbildungen von
elements.envato.com: © PixelSquid360, © switzergirl
stock.adobe.com: © alfa27, © Rawpixel.com
Lektorat: Sarah Nierwitzki
Satz: dp DIGITAL PUBLISHERS GmbH
Druck und Bindung: Books on Demand GmbH, Norderstedt

Kapitel 1

„Erwin ist kein Kind von Traurigkeit. Ich bin bereits seine dritte Ehefrau und siebenundzwanzig Jahre jünger als er. Aber hält ihn das davon ab, mich zu betrügen? Nein! Er ist und bleibt ein Windhund. Ein notorischer Jäger und Sammler!"

Lena Buchsbaums Stimme klirrt kalt und eine ganze Nuance zu laut durch das geschichtsträchtige Café Mozart, und die Dame am Nebentisch mit den weißen Pudellöckchen, die eben noch genussvoll ihren Apfelstrudel verputzt hat, mustert uns sichtlich pikiert.

Verlegen zeichne ich mit dem Löffel Muster in meine cremige Melange.

Ich hasse es, Aufsehen zu erregen, noch dazu in meinem geliebten Stammcafé im Herzen der Wiener Innenstadt.

„Ich verstehe ja, dass Sie aufgebracht sind, aber …“, werfe ich mit gedämpfter, hoffentlich deeskalierender Stimme ein.

„Wissen Sie, Frau Sauer, ich habe in den letzten Jahren bei Erwins kleinen Seitensprüngen immer ein Auge, ach was sage ich, beide Augen zugedrückt. Was nicht immer leicht war“, fällt mir Lena Buchsbaum ins Wort.

Zum Glück spricht sie nun eine Spur leiser.

Mitfühlend nicke ich ihr kurz zu. Ich weiß aus eigener Erfahrung, wie weh ein Betrug tun kann, und in ihrem speziellen Fall dürfte das ja auch keine einmalige Sache gewesen sein, sondern vielmehr an der Tagesordnung liegen.

Ich seufze leise. Da bin ich doch lieber Teilzeit-Single, oder wie auch immer man meinen aktuellen Beziehungsstatus nennen mag. Mit aller Kraft schüttele ich den Gedanken an meine eigene verkorkste Beziehung ab und versuche, mich wieder auf das Gespräch und meine potenzielle neue Klientin zu konzentrieren.

„Das tut mir leid, Frau Buchsbaum“, setze ich an und sehe halb beeindruckt, halb geschockt dabei zu, wie Lena ihr Weinglas an die etwas entenschnabeligen Lippen setzt und es mit einem kräftigen Schluck zur Hälfte leert.

Trinkfest scheint das zierliche Persönchen zu sein.

„Was soll ich sagen? Ich bin Kummer gewöhnt, doch diesmal ist die Lage ernst.“ Ihr Blick huscht flatternd durch das Café, während sie weiterspricht: „Mein Mann scheint eine feste Freundin zu haben. Seit drei Monaten verweigert er jede körperliche Interaktion, und dass bei seinem noch immer beachtlichen Hormonstatus. Sie verstehen, Frau Sauer?“

Sie richtet ihre Augen fragend auf mich.

„Ich verstehe, Sie brauchen nicht weiterzureden“, presse ich hervor und nicke bekräftigend.

Immer wieder versuchen mir meine Klientinnen, schmutzige Details zu erzählen, die ich nicht hören will. Das tut nichts zur Sache und keinesfalls wünsche ich mir noch detailliertere Informationen zu Erwin Buchsbaums hohen Testosteronwerten oder seinen speziellen Vorlieben. Die Tatsache, dass er möglicherweise fremdgeht, reicht mir als Basisinformation, damit kann ich arbeiten.

„Haben Sie noch weitere Anhaltspunkte? Verhält er sich anders als sonst, kommt er später nach Hause?“, insistiere ich und lenke das Gespräch geschickt in geordnete Bahnen.

„Das Seltsamste an Erwins Verhalten, außer seinem körperlichen Desinteresse, ist, dass er einmal in der Woche wie vom Erdboden verschluckt ist. Genauer gesagt jeden Donnerstag ab Punkt siebzehn Uhr bis weit in die Morgenstunden. Er hebt nicht am Handy ab und niemand weiß, wo er ist. Nicht mal seine Sekretärin, die seit über vierzig Jahren für die Familie arbeitet und Erwins Termine koordiniert, hat eine Ahnung, wo er sich jeden Donnerstag herumtreibt. Seit drei Monaten! Da ist bestimmt eine andere Frau im Spiel.“ Sie seufzt schwer.

„Und das ist nicht gut, gar nicht gut.“

Lenas Stimme ist nur noch ein Flüstern und sie sackt in sich zusammen, als wäre mit einem Schlag alles Leben aus ihr gewichen.

„Ich verstehe Ihre Sorge, auch wenn es für seine Abwesenheit einen ganz harmlosen Grund geben kann", werfe ich ein, obwohl ich selbst nicht daran glaube, dass Erwin Buchsbaum jeden Donnerstag von siebzehn Uhr bis Mitternacht töpfert, Karaoke singt, joggt oder sonst einem anderen Hobby nachgeht.

Tröstend will ich nach ihrer feingliedrigen, blassen Hand mit dem riesigen Diamantring tasten, als plötzlich wieder Leben in Lena kommt.

Sie beugt sich über den Tisch und zischt mir zu: „Ich habe nämlich einen Ehevertrag! Verstehen Sie, Frau Sauer? Im Falle einer Scheidung bekomme ich nichts! Niente! Nada!"

Aha, daher weht also der Wind.

Die mögliche Aussicht, bald von Erwin Buchsbaums Vermögen geschieden zu sein, scheint Lena wirklich nahezugehen.

Mit einem finalen, kräftigen Zug leert Lena Buchsbaum das Glas und stellt es mit lautem Klirren auf dem grauen Marmortisch zwischen uns ab, was ihr ein Stirnrunzeln der beiden Männer am Nebentisch einbringt, die bis eben in eine rege Unterhaltung vertieft waren.

Ungeduldig bedeutet sie dem Kellner mit einem Winken, ihr Nachschub zu bringen.

Verstohlen werfe ich einen Blick auf meine Armbanduhr. Es ist erst elf Uhr, sollte sie nicht etwas langsamer machen?

„Ein Vögelchen in meiner Yoga-Gruppe hat mir gezwitschert, dass Sie als Privatdetektivin eine hohe Erfolgsquote haben und hat mir Ihre Visitenkarte gegeben. Wie sieht es aus, Frau Sauer, wollen Sie meinen

Fall übernehmen und herausfinden, wo mein Göttergatte sich jeden Donnerstag ab siebzehn Uhr aufhält?" Lenas Blick aus rauchgrauen Augen ist unangenehm stechend, fast hypnotisch, und unmittelbar spüre ich, wie sich meine Nackenmuskeln angstvoll verspannen.

In Gedanken mache ich mir eine Notiz, heute Abend mit dem Singvögelchen ein ernstes Wort zu reden. Endlich habe ich den Beweis, dass meine Mutter ungefragt Neukundinnen für mich in ihrer Yoga-Gruppe akquiriert.

„Bei meiner morgigen Vernissage könnten Sie unauffällig einen ersten Blick auf Erwin werfen. Bitte kommen Sie! Ich muss herausfinden, mit wem er mich betrügt, um Schlimmeres zu verhindern. Sie sollen laut meiner Quelle der beste Spürhund in Sachen untreue Ehemänner sein." Lenas Stimme ist schmeichelnd, fast flehend.

Fahrig zieht sie aus ihrer moosgrünen kastenförmigen Hermès-Tasche mit der auffälligen Kroko-Prägung, die bestimmt mehr kostet, als ich in einem halben Jahr verdiene, einen farbenfrohen Flyer und legt ihn vor mir auf den Tisch.

„Wiener Wut – ein Bilderzyklus von Lena Lotte Buchsbaum", lese ich.

Aufmerksam betrachte ich die neonbunten Klecksbilder, die laut erklärendem Kurztext, die wütende Ohnmacht der Künstlerin über die industrielle Zerstörung der Umwelt ausdrücken sollen. Ein wichtiges Thema natürlich, auch wenn ich glaube, dass Lenas Wut einen ganz anderen Ursprung hat.

Und plötzlich habe ich ein Déjà-vu.

Lena Buchsbaums Bilder erinnern mich frappant an die ersten, wie ich bis gerade eben dachte, talentbefreiten Malversuche meiner Tochter Lisa aus der Kindergartenzeit.

Ein leichter Schauder läuft über meinen Rücken.

Was wenn ich vor vielen Jahren wertvolles Kulturgut in der schnöden Altpapiertonne entsorgt habe?

Oder was noch viel schlimmer wäre: Ein kleines Vermögen?

Wiener Wut, darauf muss man erst mal kommen! Aber wie sagt meine Freundin Cosima immer? Alles ist Marketing. Und recht hat sie. Mit einer knackigen Story kann man wohl wirklich jeden Schrott verkaufen. Sogar hässliche neonfarbene Bilder.

„Frau Sauer? Darf ich also morgen Abend mit Ihnen rechnen?" Lenas Stimme knarzt wie Fingernägel auf einer Schiefertafel durch meine Gedanken.

Ich halte mich für einen sehr empathischen Menschen und die Schicksale meiner Klientinnen gehen mir normalerweise nahe, aber Lena Buchsbaum macht es mir wirklich schwer, Mitgefühl für ihre missliche Lage zu entwickeln.

Ihr scheint es wirklich nur ums Geld zu gehen.

Ich ringe mir ein, wie ich hoffe, professionelles Lächeln ab und ziehe meine Mundwinkel fest nach oben, wie ich es vor meinem Schlafzimmerspiegel trainiert habe.

„Sehr gern. Ich werde Erwin morgen unauffällig, wie es in der Fachsprache heißt, kurz-observieren", sage ich und nicke gewichtig.

Klingt doch allemal besser, als zu sagen: „Na gut, dann sehe ich mir morgen mal eben Ihr fremdgehendes

Frettchen von Ehemann bei einem Gläschen Prosecco live und in Farbe an.“

„Und dann können wir im Anschluss alle weiteren Details unserer Zusammenarbeit besprechen. Ich freue mich“, setze ich einen obendrauf und ziehe meine Mundwinkel mit aller Konzentration so weit nach oben, dass mein Gesicht schmerzt.

Ich habe die Sätze kaum ausgesprochen, als mein Magen laut und vernehmlich protestiert und wie ein hungriger Wolf knurrt.

Lena Buchsbaum zuckt erschrocken zusammen und betrachtet mich halb angeekelt, halb fasziniert. Beruhigend lege ich eine Hand auf meinen Bauch. Leider meldet sich mich mein Magen immer lautstark zu Wort, wenn ich lüge.

Meine Mutter nennt das Donnergrollen meiner Eingeweide immer „Samantha Sauers Stimme der Wahrheit“, und meint, dass ich wirklich stolz sein kann, dass mein Magen mit mir spricht.

Gerade eben aber wünschte ich nur, mein Bauch würde die Klappe halten. Lena schaut nämlich ziemlich pikiert wegen meiner rumorenden Eingeweide. Bestimmt hat die Frau, die so kerzengerade vor mir sitzt, ihre Köperfunktionen immer unter Kontrolle.

„Entschuldigung, ich wollte Sie nicht erschrecken, ich hatte heute noch kein Frühstück. Ich bin auf Diät. Ich faste nach Intervallart, ich darf bis mittags nichts essen“, versuche ich mich in einer weiteren Notlüge, lege rasch die zweite Hand auf meinen gegen Lena protestierenden Magen und atme tief in den Bauch hinein und lasse die Luft dreimal so lange wieder hinausströmen.

Ganz so, wie es mir mein guter Freund Toni, seines Zeichens Barkeeper in der Skybar, beigebracht hat, als ich eines Abends nach meiner emotionalen Scheidung einen heftigen Weinkrampf und nicht enden wollenden Schluckauf an seiner Theke bekommen habe.

Ich wiederhole das Ganze noch ein paar Mal und wie immer klappt es und mein Magen beruhigt sich nach wenigen Atemzügen.

Lena räuspert sich laut und ich gebe mir einen Ruck. Als Mutter einer kleidungstechnisch immer markenaffiner werdenden Teenager-Tochter kann ich mir den Luxus, eine zahlungskräftige Klientin abzulehnen, nicht leisten.

Auch wenn mir die attraktive Frau, deren versteinertes Gesicht keinerlei Gefühlsregung verrät, alles andere als sympathisch ist.

Was soll's, ich bin alleinerziehend und brauche das Geld.

„Ich komme morgen zu Ihrer Vernissage, Frau Buchsbaum. Ich würde aber gern eine Begleitung mitnehmen, ich nehme an, das ist möglich", sage ich entschlossener, als mir zumute ist.

Die linke Augenbraue von Lena Buchsbaum versucht, fragend nach oben zu schnellen, was dank Botox kläglich misslingt und sehr seltsam aussieht, weil sich ihre Stirn keinen Millimeter bewegt und stattdessen nur ihr linkes Auge etwas hervorquillt.

Mit aller Kraft unterdrücke ich das aufkeimende Lachen, huste zur Ablenkung in die Serviette und beschließe einmal mehr, in Würde zu altern.

„Ich dachte, Privatdetektivinnen gehen stets allein auf die Pirsch? Ermitteln Sie immer zu zweit in Sachen untreue Ehemänner, Frau Sauer?" Lena tippt mit ihren farblich zum Wein passenden rubinroten Fingernägeln ungeduldig auf die Tischplatte.

„Wenn es meiner Tarnung dient, nehme ich zu meinen Observierungen manchmal eine gute Freundin mit. Üblicherweise ermittle ich nachts in Bars oder Hotellobbys, da ist eine allein herumsitzende Frau ziemlich auffällig", informiere ich sie.

Oder wird selbst mit unsittlichen Angeboten überhäuft, was mir nicht nur einmal passiert ist. Ich schüttele mich innerlich.

„Verstehe", schnarrt Lena Buchsbaum. „Sie können natürlich gern jemand mitnehmen, für diese zweite Person zahle ich aber keinen Cent."

Reich und knausrig. Das kenne ich leider zur Genüge.

„Selbstverständlich bezahlen Sie nur mich, Frau Buchsbaum", versichere ich ihr und bete, dass mein Magen ruhig bleibt.

Ich verrechne immer eine Pauschale und in Lena Buchsbaums Fall habe ich spontan beschlossen, genug Spielraum für Schmerzensgeld einzukalkulieren.

Lena scheint mit meiner Antwort zufrieden zu sein. Und ich bin froh, dass ich die Wiener A und B Promis, die sich gern auf den Feiern der reichen Unternehmerfamilie Buchsbaum tummeln, die neben dem Café Mozart und dem Café Landtmann noch ein weiteres Kaffeehaus in Salzburg und eine Kaffeerösterei am Wiener Stadtrand besitzt, nicht allein verkraften muss.

„Sehr gut, Frau Sauer, dann sehen wir uns also morgen um achtzehn Uhr. Ich setze Sie gleich auf die Gästeliste. Sie und Ihre Begleitperson." Lena Buchsbaum richtet wieder ihren durchdringenden Blick auf mich.

„Welche weitere Person darf ich denn nun als Ihre Begleitung morgen eintragen, Frau Sauer?"

„Gräfin Cosima von Waldenstein", sage ich scheinbar beiläufig und wie immer fällt die Reaktion entsprechend aus.

Lenas blasse Wangen überzieht eine plötzlich aufflammende, hektische Röte und sie mustert mich, als sehe sie mich zum ersten Mal.

Wäre ich ein Kunstwerk hätte ich meinen Schätzwert durch die Nennung meiner adeligen Begleitung in der letzten Minute verdoppelt.

„Eine echte Gräfin, auf meiner Vernissage!" Lenas Augen glitzern und ein verhaltenes Strahlen geht über ihr Gesicht.

Laut dem österreichischen Adelsaufhebungsgesetz darf sich Cosima nicht mehr offiziell Gräfin nennen und muss das von weglassen, aber für viele Österreicher ist auch über einhundert Jahre nach dem Ende der Monarchie in Österreich nichts so attraktiv wie eine adelige Abstammung.

„Hat Frau von Waldenstein nicht auch eine kleine Kunstgalerie hier im Ersten? Vielleicht will sie mich ja ausstellen?"

Ich zucke bewusst vage mit den Schultern, ich will Lena nicht zu viel Hoffnung machen. Cosimas Fokus liegt zwar auf moderner Kunst und der Förderung von talentierten, aufstrebenden Künstlerinnen und Künstlern, aber ob ihr Lenas Bilder gefallen würden?

Ich werfe nochmals einen prüfenden Blick auf den Flyer vor mir und schüttele innerlich den Kopf. Auch wenn ich nicht, wie Cosima, Kunstgeschichte studiert habe oder eine Fachfrau für modernde Kunst bin, so fresse ich einen Besen, wenn sie die seltsam anmutenden Klecksbilder von Lena Lotte Buchsbaum ausstellt.

Doch die Kaffeehausbesitzergattin sieht ihre Chancen wohl ganz anders. Vergessen scheint der Gedanke an ihren untreuen Ehemann, und ihre gefährliche Nebenbuhlerin zu sein. Die zarte Chance, eines Tages ihre bunten Bilder nicht nur dank dem Wohlwollen ihres Mannes in dessen Kaffeehäusern zu präsentieren, sondern eines Tages vielleicht in einer echten Galerie ausstellen zu können, wirkt wie ein extra starkes Aufputschmittel auf Lena Buchsbaum.

Hektisch winkt sie Kellner Franz zu und informiert ihn, dass meine Konsumation aufs Haus geht und steckt ihm einen Fünf Euro Schein als Trinkgeld zu, was ihn kurz aus dem Takt zu bringen scheint.

„Vielen Dank für Ihre Zeit, Frau Sauer." In einer fließenden Bewegung schlüpft sie in ihren Mantel. „Dann will ich gleich mal nach Hause fahren und nachsehen, wie weit unsere Mitarbeiter mit dem Verpacken meiner Bilder gekommen sind. Wenn man nicht alles selbst kontrolliert, Sie kennen das sicher. Bis morgen, Frau Sauer, ich freue mich."

Beschwingt stöckelnd verlässt sie das Café Mozart und mancher Blick folgt der schlanken, attraktiven Frau im bodenlangen Nerzmantel.

Seufzend lehne ich mich zurück und winke meinem Lieblingskellner, der sich diskret zurückgezogen hat, kurz zu.

„Darf's noch eine Melange sein? Und ein kleines Stückerl Sachertorte zur Stärkung? Frau Buchsbaum war heute etwas emotional, wenn ich das anmerken darf." Oberkellner Franz, wie immer im korrekten schwarzen

Anzug und dunkler Fliege zum weißen Hemd, zwinkert mir kurz zu und ich frage mich, wie viel er wohl von dem Gespräch zwischen mir und seiner Chefin rein zufällig aufgeschnappt hat.

Ich zwinkere zurück, was ihm ein kurzes Lächeln entlockt. Die Wiener Kaffeehauskellner haben zu Recht den Ruf, manchmal etwas spitzzüngig und unnahbar zu sein, aber wenn man einmal ihr Herz erobert hat, genießt man vollen Service und Ihre charmante Aufmerksamkeit.

„Eine hervorragende Idee, Franz, danke. Das habe ich mir wirklich verdient."

„Mit einem kleinen Tupfer Schlagobers?"

Ich mag seine leicht sonore Stimme.

„So viel auf den Teller passt", bestätige ich ihm mit einem Lächeln.

Mein Blick wandert mit leicht schlechtem Gewissen zu der kleinen Speckrolle über meiner Jeans. Aber was soll's, dann lasse ich heute eben das Mittagessen ausfallen.

Erleichtert lehne ich mich in die graublau-gemusterte weich gepolsterte Sitzbank zurück und beobachte das Treiben um mich herum. Die geschäftliche Besprechung scheint beendet zu sein. Und auch die ältere Dame am Nebentisch lässt sich von Kellner Franz in ihren voluminösen, etwas nach Mottenkugeln riechenden Pelzmantel helfen. Sofort wird ihr Platz von einem Pärchen eingenommen, das sich vom armen Kellner Franz die fünfzehn verschiedenen Kaffee-Zubereitungsarten von Fiaker bis Einspänner auf Englisch erklären lässt. Wien hat nun mal eine reiche Kaffee-Zubereitungs-Tradition.

Ich selbst kann ja Eierlikör im Allgemeinen und als Zutat in meinem Kaffee noch viel weniger abgewinnen. Da halte mich lieber an ganz klassische Sorten wie einen Kleinen Braunen oder eine Melange.

Ich zwinkere Franz, der noch immer eifrig die Fragen der beiden jungen Amerikaner beantwortet, kurz aufmunternd zu und lasse meinen Blick durch das Café huschen.

Die Kronleuchter glitzern und tauchen den wunderschönen historischen Raum mit der fünf Meter hohen Decke in ein warmes Licht, es riecht nach frischem Kuchen und mein Magen meldet sich wieder, diesmal aber voller Vorfreude auf die Torte.

Ich blicke in einen der golden gerahmten etwas altersfleckigen Spiegel an der Wand vis-à-vis. Und wieder einmal frage ich mich, wie viele Menschen in den letzten hundert Jahren hier gesessen und über ihr Leben philosophiert haben und sich dabei nachdenklich, so wie ich gerade, dabei im Spiegel betrachtet haben. War ihnen bewusst, wie kostbar jeder Moment ist, wie vergänglich wir sind, und haben sie sich gefragt, warum wir uns manchmal das Leben so unnötig schwer machen?

Warum müssen Beziehungen so kompliziert sein? Ich versuche die trüben Gedanken abzuschütteln. Normalerweise kann ich mich von den Problemen meiner Klientinnen besser abgrenzen, aber Lena hat etwas in mir berührt und ich frage mich, ob sie wirklich so abgeklärt ist, oder ob sich hinter der Fassade der berechnenden Ehefrau der es auf den ersten Blick nur ums Geld geht, nicht doch eine zutiefst verletzte Frau versteckt. Eine, die nicht versteht, warum ihr Mann sie, die so schön und so viel jünger als er ist, betrügt.

Das Stimmengewirr der Gäste um mich herum wirkt wie ein sanftes Hintergrundrauschen zu meinen wirbelnden Gedanken und legt sich wie eine sanfte, warme Decke auf meine aufgewühlte Seele. Nirgendwo kann man so gut in Gesellschaft und trotzdem allein in Frieden seinen Gedanken und Träumen nachhängen wie in einem Wiener Kaffeehaus.

Die ersten zarten Schneeflocken dieses Winters tanzen vor dem Fenster und wie immer schweift mein Blick von meinem Eckplatz ganz hinten im Café aus dem Fenster über die Straße hinüber zur Wiener Staatsoper. Ist es wirklich schon über ein Jahr her, dass ich mit meiner Mutter und der Gräfin in einem echten Mordfall in der Staatsoper ermittelt habe? Ein eisiges Prickeln wie tausend Nadelstiche läuft über meinen Rücken, beim Gedanken daran, wie nah wir dem Mörder damals gekommen sind.

Ein Sonnenstrahl drängt sich mit aller Kraft durch die bleigrauen Wolken und taucht die Szenerie vor dem Fenster für einen Moment in funkelnd-goldenes Licht. Die Schneeflocken tanzen nun dichter im Sonnenschein und mir wird ganz warm ums Herz. Es muss Jahre her sein, dass es das letzte Mal in Wien noch vor Weihnachten so stark geschneit hat.

Meist überrascht der Schnee Wien immer erst im Jänner, nach den Feiertagen, wenn niemand mehr damit rechnet. In dicken Mänteln und Jacken huschen die Passanten am Fenster entlang, ein Fiaker fährt pferdehufklackernd vorbei und ich bin wieder einmal froh, in der schönsten und lebenswertesten Stadt der Welt zu leben.

Die leider nicht ganz billig ist.

Und darum schlage ich mir, neben meiner Tätigkeit als Sekretärin in einem Immobilienbüro, als nebenberufliche Privatdetektivin die Nächte wegen etwas zu umtriebiger, untreuer Männer wie Erwin Buchsbaum um die Ohren.

Die Wartezeit auf die Torte nutze ich, um eine Nachricht an Cosima zu schreiben, und drücke mir selbst die Daumen, dass sie Zeit und Lust hat, mich morgen zu der Ausstellung zu begleiten.

Ich blicke auf die Uhr, hoffentlich kommt die Torte bald, meine vorgezogene Mittagspause ist in einer halben Stunde vorbei und eine Wohnungsbesichtigung gleich um die Ecke in der Mahlerstraße steht an.

Und als hätte er meine Gedanken gelesen, stellt Kellner Franz in diesem Moment die Sachertorte mit einer wirklich gigantischen Schlagoberswolke sowie eine weitere Melange mit einer angedeuteten Verbeugung vor mir ab.

„Guten Appetit wünsche ich."

Dankbar lächele ich ihn an und nehme sofort einen Bissen, gefolgt von einer großen Gabel voller weißer wattiger Extra-Kalorien und schließe genießerisch die Augen.

Vergessen sind all meine Sorgen und mein Stress. Es gibt wohl keinen Kummer, den eine wirklich gute Sachertorte nicht sofort heilen kann.

KAPITEL 2

„Wo ist denn nun Erwin, der elende Ehebrecher?"

Wie immer ist Cosimas leicht nasale Stimme klar, deutlich und leider auch etwas zu laut.

„Pst, Cosima! Ich hatte dich doch gebeten, ihn nicht so zu nennen", zische ich. Hektisch blicke ich mich um, doch der allgemeine Lärmpegel, der bestimmt zweihundert Vernissage-Gäste hat Cosimas Worte zum Glück gedämpft.

Das Café Mozart, das heute Abend nur für geladene Gäste geöffnet ist, platzt aus allen Nähten und neugierig betrachte ich das hektische Treiben um mich herum.

Über den plüschigen blau-grauen Sitzgruppen wurden mit Spezialkonstruktionen aus Plexiglas Lenas Bilder mittig auf den Spiegeln drapiert und mit Halogenspots angestrahlt. Die kitschigen, neonbunten Klecksbilder scheinen im grellen Licht förmlich zu glühen und bilden einen harten Kontrast zum stilvollen Interieur des Cafés.

„Die Bilder sollten mit einem Warnhinweis versehen sein. Ich hoffe sehr, dass keine Epileptiker anwesend sind." Cosima verzieht abschätzig ihre vollen Lippen.

Ich gehe auf ihren spöttischen Kommentar nicht ein und lasse meinen Blick weiter durch das Café wandern. Ein Großteil der Sitzmöbel und Tische in der Raummitte wurde entfernt und bietet nun der ausgelassen feiernden Menge genügend Platz zum Trinken, Tanzen, Essen und natürlich Fachsimpeln.

Neben der ausladenden Kuchen- und Tortenvitrine spielt eine Jazzband und die junge Sängerin im kurzen silbernen Glitzerkleid versucht verzweifelt, mit ihrer rauchig-schönen Stimme gegen den stetig anwachsenden Lärmpegel im Raum anzusingen. Die schwarz-befrackten Catering-Mitarbeiter balancieren auf Silbertabletts kleine appetitlich aussehende Canapés und Champagnergläser die ihnen aber sofort von der laut feiernden Meute aus den Händen gerissen werden. Die Kristalllüster funkeln, Gelächter klingt durch den Raum, Gläser klirren, die Stimmung ist ausgelassen und der Lärmpegel entsprechend hoch.

Also wie man eine gute Party feiert, wissen die Buchbaums.

„Keine Ahnung, wo Erwin ist, ich kann mit dem blöden Ding nicht richtig sehen", beantworte ich endlich Cosimas Frage.

Ungeduldig schiebe ich die Stirnfransen meiner Tarnung, einer etwas filzigen schwarzen Langhaarperücke zurück, und nehme für einen Moment die rotumrandete Brille ab, die meiner Mutter vor ihrer Augenlaser-OP als Brille diente und immerhin zwei Dioptrien hat.

Schon besser, mir war schon etwas schwummrig und endlich kann ich wieder richtig klarsehen.

Aber Tarnung ist alles.

Wenn ich Erwin Buchsbaum in Zukunft beschatten soll, ist es besser, wenn er sich nicht an meine blonden Locken und großen grünen Augen erinnert.

„Was für ein Zoo“, zische ich in Richtung Cosima und betrachte fasziniert, wie eine Frau im buntgemusterten Kleid sich wie ein Raubtier mit einem gekonnten Satz ein volles Sandwich-Tablett von einem vorbeiflitzenden Kellner schnappt.

Cosima wirkt sichtlich indigniert. „Schrecklich vulgär diese Szenerie, und offensichtlich bekommen wir hier nicht einmal etwas zu trinken.“ Ihre Mundwinkel sind ärgerlich verzogen. Die Stimmung kippt.

Cosima ist es gewohnt, hofiert zu werden, aber seit wir vor zehn Minuten im Mozart eingetroffen sind, haben wir zwar einen guten Aussichtspunkt beim Flügel ergattert, sitzen aber leider auf dem Trockenen.

Ich fächele mir mit einem Notenblatt Luft zu. Noch immer strömen neue Gäste herein und es wird zunehmend stickiger. Eine kleine Erfrischung, zumindest ein Glas Mineralwasser wäre jetzt wirklich gut, ehe mein Kreislauf schlapp macht.

Und als hätte sie uns gehört, taucht plötzlich Lena Buchsbaum mit zwei Gläsern Champagner auf. Hoffentlich von der guten Sorte. Billigsprudel würde Cosimas Laune nämlich in Rekordzeit endgültig in den Keller fallen lassen. Da ist sie leider etwas eigen.

„Frau Sauer, fast hätte ich sie nicht erkannt, interessante Perücke, Modell Ulrike Meinhof? Sie werden doch nichts anstellen?“, raunt sie mir zwinkernd zu, ehe sie sich an die eigentliche Person ihres Interesses wendet. „Und ich nehme an Frau von Waldenstein?" Lenas Stimme ist vor Aufregung eine Oktave nach oben gerutscht und klingt unnatürlich hell. „Darf ich den Damen eine kleine Erfrischung reichen?"

„Sie dürfen." Cosima nickt ihr zu, nimmt mit spitzen Fingern das Glas entgegen und mustert Lena Lotte Buchsbaum dabei aus schmalen Augen wie ein interessantes Objekt.

Auch ich greife nach dem Glas und nehme durstig einen etwas zu großen Schluck.

„Frau von Waldenstein, es ist mir wirklich eine große Ehre Ihre Bekanntschaft zu machen. Konnten Sie schon einen ersten Blick auf meine Bilder werfen? Ihre Fachmeinung interessiert mich brennend", fällt Lena mit der Tür ins Haus.

Nervös betrachte ich die schöne Gräfin die mit ihrem weißen figurbetonten Designer-Kleid, ihren klassischen Zügen mit den hohen, wie gemeißelt wirkenden Wangenknochen und ihrer schlanken Gestalt wie ein edler Lipizzaner in einer Box voll lärmender Zirkusponys wirkt.

„Ich finde es ebenfalls interessant, Ihre Bekanntschaft zu machen, Frau Buchsbaum. Danke für die Einladung." Huldvoll nickt die Gräfin Lena zu, ohne auf ihre Frage einzugehen, was diese extrem zu verstören scheint, da ihr linkes Auge schon wieder seltsam zuckt.

Kann Cosima nicht irgendetwas Nettes sagen? Eine kleine Höflichkeitsfloskel wäre jetzt angebracht, schließlich will ich meine neue potenzielle Klientin nicht verärgern.

Ich räuspere mich und stupse Cosima leicht an, doch ich ernte keinerlei Reaktion. Sie hat ihren unergründlichen Blick aufgelegt, der Lena Buchsbaum noch nervöser zu machen scheint, doch zum Glück werden wir unterbrochen.

„Na, wen haben wir denn da? Meine schöne Frau, umringt von zwei ebenso hübschen Damen!" Eine kräftige Männerhand mit goldenem Siegelring am linken kleinen Finger legt sich plump um Lenas schlanke Taille.

Unauffällig mustere ich den hageren Mann, der der hochgewachsenen Gräfin nur knapp bis zur Nasenspitze reicht.

„Darf ich vorstellen, Erwin, mein Mann. Und das sind Gräfin Cosima Cäcilia von Waldenstein und ähm ... Frau Bauer aus meiner Yogagruppe", stellt uns Lena vor.

Da hat wohl jemand Cosimas zweiten Vornamen gegoogelt. Gegen meinen Willen bin ich beeindruckt und auch erleichtert, dass sie so geistesgegenwärtig war und wie wir es besprochen hatten, Erwin nicht meinen richtigen Nachnamen genannt hat.

Mein Blick huscht, jedes Detail aufnehmend, über Erwin Buchsbaums sonnengebräuntes Gesicht. Seine fünfundsechzig Lebensjahre sieht man ihm zwar an, sogar jedes einzelne davon, aber den vielen Lachfältchen um seinen blitzblauen Augen nach, waren es überwiegend gute Jahre.

Sein kantiges Gesicht wird von einer kräftigen, leicht krummen Römernase dominiert und das bereits schüttere, für sein Alter aber eindeutig zu blauschwarze Haar ist streng zurückgelt und glänzt im Licht der Kronleuchter.

An wen erinnert er mich nur? Vage blitzt das Bild eines nicht mehr taufrischen kleinwüchsigen, italienischen Filmschauspielers auf, den meine Mutter sehr verehrt.

Doch stopp, ich sollte aufhören, ihn unnötig lange direkt anzustarren. Perücke hin oder her, wenn ich ihn zukünftig beschatten soll, darf er sich nicht an mich erinnern.

Rasch beende ich meine Musterung, rücke meine Brille zurecht, die mir immer auf die Nasenspitze rutscht, und drehe den Kopf leicht zur Seite. Dabei bemerke ich, dass ich gar keine Angst um meine Tarnung haben muss.

Ich könnte mich genauso gut nackt auf dem Klavier rekeln, Volkslieder jodeln oder einen rituellen Regentanz aufführen, Erwin Buchsbaum würde mich ohnehin nicht bemerken. Fasziniert taxiert sein Blick die schöne Gräfin, die das Geglotze von Erwin mit stoischer Miene erträgt. Ganz im Gegensatz zu seiner Frau.

„Mund zu, es zieht, Erwin." Lena gibt Erwin einen etwas unsanften Stups in die Rippen.

Cosima schenkt Erwin in seinem etwas zu stramm sitzenden, schwarzen Nadelstreifen-Anzug, Marke Mafia Pate, einen abschätzigen Blick aus katzenschmalen Augen. Einen Blick, der mir immer etwas Angst macht und mich zum Glück nur selten streift.

„Sehr erfreut." Cosima nickt Erwin kurz zu und wendet sich dann Lena zu. „Aber jetzt entschuldigen Sie uns bitte. Ich wollte Ihrer Gattin gerade ein Feedback zu ihren Bildern geben. Frau Buchsbaum, wollen wir nicht ein paar Schritte gehen? Mich interessiert dieses Werk neben der Kuchenvitrine besonders. Das sieht gefährlich aus. Was darf ich mir darunter vorstellen? Lassen sie mich raten: Ein explodiertes Kernkraftwerk?"

Lena Buchsbaum heftet sich sofort erfreut an die Fersen von Cosima, die sich einen sicheren Weg durch die feiernde Menge bahnt.

Mist, jetzt bin ich mit dem Pseudo-Italo-Gockel allein, so war das nicht geplant. Mit gesenktem Blick zähle ich die Blubberbläschen in meinem Champagnerglas. Smalltalk ist leider überhaupt nicht meine Stärke. Ich bin vom Typ her eher die aufmerksame, aber stille Beobachterin und überlasse gern den anderen das Wort. Außerdem sollte ich jegliches Gespräch und weiteren Kontakt mit meinem zukünftigen Observierungsobjekt vermeiden. Auch das hatte ich doch mit Lena im Vorfeld so besprochen.

Innerlich betend, dass Erwin endlich geht, lasse ich meinen Kopf gesenkt und atme tief ein. Was ein Fehler war. Denn nun habe ich eine ganze Nase von Erwins penetranten, süßlichen Parfum Marke Macho inhaliert. Meine Nase kitzelt und juckt unangenehm. Ich krame in meiner Tasche nach einem Taschentuch, um mir die Nase zu putzen, und sehe kurz auf. Moment, hat Erwin gerade versucht, der vorbeieilenden Kellnerin einen Klaps auf den Po zu geben? In welchem Jahrhundert lebt der Macho? Ein unsympathischer Zeitgenosse, wie seine Gattin.

Eigentlich haben sich die beiden verdient, sinniere ich vor mich hin, während mir tausend Fragen durch den Kopf schwirren, die ich Erwin nur allzu gern stellen würde. Aber leider ist es wohl besser, zu schweigen, um meine Tarnung nicht zu gefährden. Und endlich werden meine Gebete erhört.

Nachdem Erwin mich ein letztes Mal kurzobserviert und offensichtlich für nicht beutewürdig oder in irgendeiner Form spannend befunden hat, wendet er sich gelangweilt ab und entdeckt prompt neues weibliches Flirtpotential, das er sofort begockeln muss.

„Entschuldigen Sie Frau Bauer. Ich muss mal eben kurz einige Bekannte begrüßen. Viel Spaß noch, wir sehen uns später."

Mit einem breiten Lächeln eilt er auf eine hübsche blonde Dame im kurzen roten Kleid und ihre Freundin zu und drückt sie überschwänglich an seine schmale Brust, was die beiden zu meiner Verwunderung zu freuen scheint.

Erleichtert, Erwin Buchsbaum und seinem aufdringlichen Parfum entkommen zu sein, beobachte ich ihn aus sicherer Entfernung aufmerksam weiter. Und es gibt viel zu sehen. Zwei Gläser Champagner später notiere ich gedanklich, dass Erwin Buchsbaum jede attraktive blonde Frau in seinem Café näher zu kennen scheint, beziehungsweise wenn nicht, alles Menschenmögliche unternimmt, um sie näher kennenzulernen. Ich verstehe die Bedenken von Lena genau. Diese Charme-Offensive würde wohl jede Frau misstrauisch machen.

Doch die gefährliche Nebenbuhlerin scheint nicht hier zu sein.

Erwins Aufmerksamkeit konzentriert sich nämlich, soweit ich es von meinem Beobachtungsposten aus sehe, nicht auf eine Einzelperson, sondern gleichmäßig auf alle anwesenden Blondinen im Raum, außer auf seine Gattin.

„Ich hoffe, das ist etwas Hochprozentiges." Cosima ist neben mir aufgetaucht, schnappt sich ein Glas vom Tablett eines vorbeieilenden Kellners und kippt die klare Flüssigkeit auf ex hinunter. „Was für eine redselige Frau und diese schrille Stimme. Ich glaube, ich bekomme Migräne."

Die Gräfin sieht wirklich blass um die Nase aus.

Entschlossen stoppe ich einen weiteren Kellner, drücke Cosima ein Glas kalten Champagner in die Hand und schaffe es sogar, zwei Brötchen für uns zu ergattern.

„Bitte sehr, wohl bekomm's." Ich proste ihr zu. „Iss erst mal eine Kleinigkeit, dann geht es dir bestimmt gleich besser."

Ich blicke auf die Uhr, es ist neunzehn Uhr. Sind wir wirklich erst eine Stunde hier? Gefühlt stehe ich hier seit Tagen herum. Doch wie Einstein schon sagte: Zeit ist relativ, und nie vergeht sie langsamer, als wenn man sich langweilt.

Geduldig warte ich ein paar Minuten, bis Cosimas Wangen wieder etwas Farbe haben und sie das Brötchen verputzt hat, aber dann kann ich meine Neugier nicht mehr bremsen.

„Sag schon, was meinst du als Fachfrau zu Lenas Bildern, hat sie Talent?" Gespannt halte ich die Luft an.

Die Gräfin zieht die linke Oberlippe nach oben, was ich immer heimlich ihr halbes, verächtliches, Lächeln nenne.

Cosima seufzt schwer. „Du kennst mich, ich finde im Prinzip ja jede künstlerische Ausdrucksform charmant. Kunst liegt im Auge des Betrachters." Cosima macht eine kurze Pause und beugt sich näher an mein Ohr. „Aber in diesem Fall kann ich leider nur sagen, ein Affe kann besser malen als unsere liebe Lena Lotte Buchsbaum." Sie hickst verstohlen hinter vorgehaltener Hand.

Erleichtert atme ich auf. In Lisa schlummert also wohl doch kein verborgenes Talent und ich habe vor Jahren nicht ein kleines Vermögen im Altpapier-Container entsorgt. Außerdem wäre die Chance, meine Tochter dazu zu bringen, mal eben für Mami ein neues Bild zu malen, um uns alle reich zu machen, momentan ohnehin gleich null. Denn mein bis vor einem Jahr noch pflegeleichtes Kind, ist mit beiden Fohlenbeinchen und dem einen oder anderen Pickel in ihrem hübschen Gesicht hormonell und stimmungstechnisch mitten in der Pubertät angekommen und hadert mit der Welt im Allgemeinen und mir, ihrer Mutter, im Besonderen.

„Also ich weiß nicht, wie es dir geht Cosima, aber ich habe genug gesehen." Ein letztes Mal lasse ich meinen Blick über die feiernde Menschenmenge schweifen.

Lena hält vor einer interessiert wirkenden Menschentraube Hof und Wortfetzen wie „Die Kraft der industriellen Zerstörung …", wehen zu uns herüber.

„Ich habe auch genug von dieser Veranstaltung. Nichts wie weg hier, ehe Lena Lotte mich wieder in eines ihrer, wie sie es nennt, Expertinnen-Gespräche verwickelt." Cosimas Stimme duldet keinen Widerspruch.

Energisch leert sie ihr Glas und wendet sich zum Gehen.

„Ich muss aber vorher noch kurz auf die Toilette. Dringend!" Die drei Gläser Champagner drücken auf meine Blase.

„Ich warte draußen auf dich, Samantha. In diesem Irrenhaus halte ich es keine Minute länger aus." Cosima schreitet mit weitausholenden Schritten durch die ausgelassen feiernde Menschenmenge, die sich vor der schönen Gräfin wie das Rote Meer vor Moses teilt, Richtung Ausgang. Cosima hat eine wahnsinnige Präsenz, um die ich sie sehr beneide.

Aber jetzt sollte ich mich wirklich beeilen.

Mit flinken Schritten mache ich mich auf den Weg Richtung Toiletten und da sehe ich ihn. Erwin Buchsbaum scheint wohl auch ein dringendes Bedürfnis zu haben, denn er eilt flott vor mir den Gang entlang. Doch zu meinem Erstaunen biegt er am Ende des Ganges nicht Richtung der Sanitäranlagen, sondern nach rechts ab.

Ob ich ihm folgen soll?

Vielleicht versteckt er hier im hinteren Trakt des Cafés in einem der zahlreichen Räume seine Geliebte? Doch sofort verwerfe ich den Gedanken. Das wäre sogar für einen Frauenheld wie ihn sehr geschmacklos.

Meine Blase ist zwar bis zum Zerreißen gespannt, aber meine Neugier ist größer, ich werde den alten Schwerenöter kurz-observieren. Erwin, der zum Glück nicht bemerkt, dass ich ihn verfolge, öffnet schwungvoll eine Tür am Ende des Ganges und erstarrt.

„Was machen Sie hier? Hatten wir einen Termin? Ich habe Ihnen schon das letzte Mal gesagt, ich verkaufe nicht!" Seine Stimme klingt wütend und gepresst.

Ich pirsche mich leise ein paar Schritte heran und bleibe seitlich versetzt an der offenen Tür stehen und riskiere einen neugieren Blick.

Vor mir liegt ein großzügig geschnittener, quadratischer Raum mit schweren, antiken Möbeln und geschmackvollen Gemälden. Der Raum wird von einem mächtigen Schreibtisch dominiert und an diesem lehnt, mit dem Rücken zur Tür, ein blonder Mann in hellem Leinensakko.

„Brauchen Sie eine Sondereinladung? Raus hier!" Erwin Buchsbaums wütende Stimme bricht. Doch noch immer bewegt sich der Mann keinen Millimeter. Ist er taub?

Neugierig halte ich die Luft an. Und endlich erhebt sich der Stein des Anstoßes langsam und dreht sich fast in Zeitlupe zu uns herum.

Ich schnappe nach Luft. Wow, so schöne Augen habe ich noch nie gesehen. Was ist das bitte für eine unbeschreibliche Farbe? Saphirblau? Meeresblau? Türkisgrün? Mir fehlen die Worte.

Nein, jetzt habe ich es: Himmelwolkenblau! Ja, Himmelwolkenblau trifft es gut.

Moment, was denke ich da?

Reiß dich zusammen Samantha, du bist eine monogame Frau in einer Teilzeit-Wochenend-was-auch-immer-Beziehung, rufe ich mich selbst zur Ordnung. Und bestimmt sind das ohnehin nur farbige Kontaktlinsen. So eine Augenfarbe gibt es nur in Chemielaboren.

„Suchen Sie etwas?" Die unbeschreiblichen Augen schweifen über Erwins Kopf in Richtung Türe und richten sich nun fragend auf mich.

Ich starre ihn an wie ein Kaninchen die Schlange und bringe keinen Ton heraus. Seine Stimme ist warm und angenehm weich mit leichtem Akzent, den ich nicht zuordnen kann. Sogar seine Stimme ist schön.

Erwin Buchsbaum fährt erschrocken zu mir herum. „Frau … ähh … Bauer? Was machen Sie denn hier? Stehen Sie schon länger da? Kann ich Ihnen helfen, gnädige Frau?"

Er eilt beflissen auf mich zu.

Hat er mich jetzt vor dem Blauauge gnädige Frau genannt? Wie peinlich, das klingt, als wäre ich einhundert Jahre alt. Obwohl … viel jünger sehe ich in meiner seltsamen Verkleidung auch nicht aus.

„Ich suche die Toiletten und bin wohl falsch abgebogen", sage ich mit belegter Stimme. Hastig schiebe ich meine Brille, die mir zur Nasenspitze hinuntergerutscht ist, wieder an ihren Platz und versuche, mich wie eine erwachsene Frau und nicht wie ein schwärmender Teenager zu verhalten.

„Kein Problem. Den Gang wieder hinunter und dann links. Es ist ausgeschildert, aber ich kann Ihnen gern den Weg weisen, Gnädigste."

Erstaunt mustere ich Erwin. Was ist denn mit dem los? Warum ist er plötzlich so zuvorkommend zu mir? Irgendwie habe ich den Eindruck, dass es ihm peinlich ist, dass ich seinen emotionalen Auftritt mitbekommen habe, und er mich nun schnellstmöglich loswerden möchte.

„Danke, sehr nett. Diesmal finde ich bestimmt den Weg." Meine Stimme ist eisig.

Glaubt er, ich bin senil? Ich biege diesmal an der richtigen Stelle am Gang ab. Schade, dass ich aufgeflogen bin. Zu gern hätte ich das weitere Gespräch zwischen den beiden ungleichen Männern belauscht.

Zum Glück ist die Schlange vor der Toilette nicht sehr lang, denn mittlerweile bin ich mir sicher, dass es mindestens vier Gläschen Blubberwasser waren.

Ich beeile mich danach mit dem Händewaschen, nehme die Brille ab, tupfe etwas verlaufene Wimperntusche mit einem Taschentuch von den Augenlidern ab und ziehe meine Lippen nach. Dabei rede ich mir ein, dass es keinen Grund gibt, ein schlechtes Gewissen zu haben, mich für eine potenziell weitere Begegnung mit Blauauge aufzuhübschen, obwohl das mit der hässlichen Perücke und der altmodischen Brille ohnehin vergebliche Liebesmühe ist. Aber einen kurzen Blick in Erwins Büro kann ich ja trotzdem auf dem Rückweg riskieren.

Doch als ich wenige Minuten später wieder rein zufällig falsch abbiege und an Erwin Buchsbaums Büro vorbeihusche, ist zu meinem grenzenlosen Bedauern die Türe fest verschlossen und nur gedämpft dringen die Stimmen der beiden Männer nach außen.

KAPITEL 3

Jetzt weiß ich wieder, warum ich so selten Champagner trinke. Erstens weil ich mir das teure Blubberwasser nicht leisten kann und nur trinke wenn es gratis ist, so wie gestern auf Lenas langweiliger Vernissage und zweitens, weil ich davon immer höllische Kopfschmerzen bekomme.

Langsam einen Schritt vor den anderen setzend gehe ich in Zeitlupe die Rotenturm-Straße, in Richtung Stephansplatz entlang.

Bis vor wenigen Minuten hielt ich es noch für eine gute Idee, mir etwas Frischluft zu verschaffen und zu Fuß ins Büro zu gehen, aber das Hämmern hinter meinen Schläfen wird mit jedem Schritt lauter. Als würde ein ambitionierter Schlagzeuger in meinem Kopf ein wildes Trommelsolo spielen.

Normalerweise riskiere ich im Vorbeigehen immer einen Blick in die Auslagen der zahlreichen Shops, die meinen Weg säumen, aber heute habe ich keine Zeit für einen näheren Blick auf die neuen kuscheligen Pullis und warmen Mäntel oder die Angebote meiner Lieblingsparfümerie.

Die Kirchenglocken des Stephansdoms schlagen dreimal kurz.

Wie so oft in letzter Zeit habe ich den Wecker überhört und bin entsprechend spät dran. Ich habe noch fünfzehn Minuten, um in mein Büro in der Walfischgasse zu kommen, was eigentlich locker machbar sein sollte, aber meine Stiefel fühlen sich an, als wären sie statt mit warmen Teddyfell mit Bleiplatten gefüttert.

Tapfer setze ich meinen Weg fort und schwöre mir, nie wieder Alkohol zu trinken. Habe ich eigentlich noch ein Aspirin in meiner Büroschublade? Ich schicke ein stummes Stoßgebet gen Himmel, dass dem so ist.

Endlich bin ich am Stephansplatz angekommen und beim Anblick des mächtigen Stephansdoms, fühle ich in meinem Herzen einen wehmütigen Stich und bleibe für einen Moment vor dem imposanten Riesentor, dem Eingang des Stephansdoms, stehen.

Der Legende nach hat das Tor seinen Namen von den Riesen, die mitgeholfen haben, die Kirche zu bauen und auch hier getauft wurden. Andere Erzählungen ranken sich um einen riesigen Mammutknochen, der beim Bau des Nordturms im 15. Jahrhundert gefunden wurde. Tatsächlich stammt der Name des nach innen tief und schräg abfallenden mit Engeln und Heiligen reich verzierten Portals aber wohl eher vom mittelhochdeutschen Wort risen was so viel wie sinken und fallen bedeutet.

Hier, besser gesagt im Inneren der Kirche auf der dritten Kirchenbank ganz vorne rechts, haben Stephan und ich uns das erste Mal geküsst, während der Regen an die bunten Fenster prasselte und es draußen donnerte und blitzte.

Genau an diesem Ort hat alles so romantisch begonnen. Und jetzt? Warum nur ist unser Timing so schlecht?

Meine Mutter und Cosima finden es ehrenhaft, dass Stephan wieder in seine Heimatstadt Salzburg zurückgegangen ist, um sich um seinen kranken Vater zu kümmern, und natürlich finde auch ich es gut, dass er ihn nicht im Stich lässt. Doch ein anderer skeptischer Teil von mir glaubt, dass ihm das neue Jobangebot als Leiter der Mordkommission Salzburg und der Hilferuf seines kranken Vaters gar nicht so ungelegen kam, um etwas mehr Distanz in unsere Beziehung zu bringen. Warum sonst hätte er, ohne Zögern, seinen Job als Leiter der Mordkommission Wien an einen Kollegen übergeben und sein bisheriges Leben in Wien im Rekordtempo von weniger als einer Woche aufgelöst.

Mein Bauch grummelt wehmütig, wie immer, wenn ich an ihn denke.

Cosima ist theoretisch der beste Beweis, dass eine Wochenendbeziehung funktionieren kann, doch bei mir liegt der Fall leider anders.

Stephan und mich trennen nämlich nicht nur drei Stunden Zugfahrt, sondern vor allem die Tatsache, dass Stephan jobtechnisch nicht automatisch samstags und sonntags frei. Gemordet wird immer. Und so haben wir uns nun zu meinem großen Bedauern seit zwei Wochen nicht mehr gesehen.

Unter Aufbietung meiner letzten Energiereserven erhöhe ich nun doch mein Tempo und umrunde dabei einen Lieferwagen, der gerade die Zara-Filiale mit neuer

Winterkleidung beliefert, und stolpere dabei fast über einen freilaufenden Rauhaar-Dackel.

„Können Sie nicht aufpassen? Die Fellwurst gehört an die Leine, das ist ja lebensgefährlich!", knurre ich in Richtung seines ebenso erschrockenen Besitzers, während der Hund schwanzwedelnd an meinem Hosenbein schnuppert.

In Gedanken schäme ich mich für meinen Ausbruch, aber vor meinem ersten Kaffee bin ich einfach noch kein Mensch, oder zumindest kein guter.

Als ich an der nächsten Kreuzung um die Ecke biege, bessert sich meine Laune spontan. Eine Topfengolatsche und eine Melange sind jetzt genau das Richtige gegen das nervöse Restalkohol-Grummeln in meinem Magen und die perfekte Unterlage für die hoffentlich in meiner Büroschublade liegende Kopfschmerztablette.

Doch als ich mich meinem Ziel nähere – der Bäckerei Kipferl –, sehe ich ein blau-blinkendes Polizeiauto vorbeifahren, und dann noch eines.

Rasch beschleunige ich meine Schritte und erstarre, als ich sehe, dass die Straßenseite und der Gehsteig vor dem Eingang des Café Mozart großräumig mit rotweiß-rotem Absperrband abgesichert ist. Was ist denn hier los? Das sieht ja aus wie ein Tatort.

Als Tochter eines Kriminalbeamten-Elternpaares und erfolgreiche Privatdetektivin springt sofort mein angeborener Neugier-Radar an und zwingt mich, umgehend herauszufinden, was hier los ist.

„Was machen Sie da?" Plötzlich baut sich ein junger, schnauzbärtiger Polizist vor mir auf und bläht drohend seinen beeindruckenden Bierbauch auf.

„Ich wollte wie jeden Morgen ins Mozart“, sage ich mit gelassener Stimme und lasse das rot-weiß-rote Absperrband, unter dem ich mich gerade durchmogeln wollte, wieder sinken.

„Das geht jetzt nicht. Gehen Sie bitte weiter!“, bellt er schroff.

„Was ist hier los?“, frage ich erschrocken, während ich dabei zusehe, wie Männer in weißen Ganzkörper-Schutzanzügen ins Gebäude eilen.

Ich habe ein fieses Déjà-vu und rechne jede Sekunde damit, dass die Titelmelodie vom Tatort erklingt und meine Mutter und Lisa sich um die Schüssel mit den Käse-Nachos streiten. Meine Kehle ist trocken vor Nervosität.

„Gehen Sie jetzt bitte endlich weiter, das ist ein Tatort“, höre ich dumpf die Stimme des korpulenten Polizisten, während das Blut in meinen Ohren unheilvoll rauscht.

Da, er hat das „T-Wort“ gesagt.

Mein Herz schlägt schneller und meine Gedanken beginnen zu rasen.

„Ein Tatort?“, echoe ich. „Ist gestern auf der Vernissage etwas passiert, ist jemand tot?“

Am liebsten würde ich mich kneifen, um sicherzustellen, dass ich nicht noch komatös zu Hause im Bett meinen Restkater ausschlafe. Meine Gedanken spulen diverse Möglichkeiten ab. Hat jemand beim Anblick von Lena Buchsbaums Bildern der Schlag getroffen? Oder hat sich ein Bild aus der Verankerung gelöst und einen unschuldigen Vernissage-Gast erschlagen? Die Kraft der Zerstörung – war der Name des Bildes Programmes?

„Genau, jemand ist zu Tode gekommen und jetzt gehen Sie bitte endlich weiter. Sie behindern die Ermittlungen!“ Die Miene des jungen Polizisten wird immer grimmiger. Sein Gesicht ist knallrot und sein gewaltiger Bauch bläht sich bedrohlich auf.

Widerwillig wende ich mich zum Gehen.

Mir ist zwar unklar, wie ich durch mein bloßes Herumstehen vor dem Café irgendwelche Ermittlungen behindere, aber ich will mal nicht so sein, auch wenn ich zu gern wüsste, wer die Leiche ist.

„Stopp! Einen Moment noch!“ Der Polizist geht einen Schritt auf mich zu. „Woher wissen Sie eigentlich, dass hier gestern eine Vernissage war? Standen Sie auf der Gästeliste? Wie war noch mal Ihr Name?“ Sein Blick aus kleinen Schweinsaugen ist etwas lauernd.

„Ich habe Ihnen meinen Namen nicht genannt und ich war gestern Abend auch nicht hier. Ich habe es generell nicht so mit Kunst. Ich hole mir nur jeden Morgen im Café Mozart eine Topfengolatsche und habe das Plakat gesehen“, schalte ich schnell und weise auf das neongelbe Plakat im Fenster, das Lenas Ausstellung Wiener Wut ankündigt.

Als Zeugin für was auch immer hier vorgefallen ist, vernommen zu werden, darauf habe ich jetzt weder Zeit noch dafür Lust.

Der Polizist blickt immer noch skeptisch, aber seine Gesichtsfarbe hat sich zum Glück normalisiert.

„Gehört die Bäckerei Kipferl auch zum Sperrgebiet?“, frage ich. „Wenn nein, dann würde ich mir jetzt gern mein Frühstück dort kaufen. Da ich ins Café Mozart aktuell ja nun leider nicht gehen kann. Einen schönen Tag noch!“, sage ich mit meiner arrogantesten Stimme.

Ich lasse den etwas bedröppelt wirkenden Polizisten stehen, überquere die Straße und betrete die Bäckerei Kipferl, in der es wie immer köstlich nach frisch gebackenen Semmeln, Nusskipferln, Zimtschnecken und Topfengolatschen duftet.

„Schönen guten Morgen, Frau Sauer. Was für eine Aufregung! Haben Sie es schon gehört? Er ist tot. Mausetot. Was sagt man dazu?" Ernestine Pospischill, genannt Frau Erni, zupft ihre altmodische weiße Rüschen-Schürze, die immer etwas über ihrem mächtigen Busen spannt, zurecht. Sie wirkt beinahe aufgekratzt. „Tja, so schnell kann es gehen." Ihre Augen funkeln aufgeregt, während meine Gedanken rasen. „Wie immer eine Topfengolatsche, Frau Sauer? Sie sind heute etwas blass um die Nase."

Etwas entsetzt von Frau Ernis Frohmut, nicke ich.

„Wer ist tot, Frau Erni? Der Polizist wollte es mir nicht sagen." Ungeduldig sehe ich ihr dabei zu, wie sie in aller Seelenruhe die goldbraunen duftenden Backwaren einer näheren Inspektion unterzieht, schließlich routiniert mit einer Silberzange eine besonders große Topfengolatsche in ein Papiersackerl legt und mir über die Verkaufstheke reicht.

Meine Gedanken überschlagen sich, während ich ungeduldig auf ihre Antwort warte.

„Na, der Herr Buchsbaum, vom Café Mozart. Gott hab ihn selig", kommt es endlich von Frau Erni.

Vor Schreck lasse ich fast die Topfengolatsche fallen.

„Wie bitte, Erwin Buchsbaum ist tot?", presse ich hervor und spüre, wie sich meine Kopfschmerzen spontan verschlimmern.

„Ja genau! Hat den Löffel abgegeben, wie man so schön sagt. Meine Freundin, die Irmi, putzt privat bei den Buchsbaums. In deren Villa in Grinzing. Und manchmal hilft sie auch im Café Mozart aus. Zum Beispiel, wenn jemand vom Stamm-Putztrupp krankheitsbedingt ausfällt, oder wie gestern nach einer größeren Veranstaltung im Café. Und dort hat die Irmi den armen Erwin Buchsbaum heute Früh um sechs Uhr gefunden. In seinem Büro. Mit dem Gesicht nach unten auf dem Teppich liegend. Direkt neben seinem Schreibtisch.“ Frau Ernis Knopfaugen glitzern sensationslüstern und ihre runden Backen glühen. „Können Sie sich das vorstellen? Meine Freundin wäre bei dem unschönen Anblick vor Schreck beinahe selbst tot umgefallen! Sie wusste sofort, dass er tot ist. All das Blut auf dem guten Perserteppich. Was für ein Schock, und schade um das gute Stück.“

Meint sie jetzt den Teppich oder Erwin Buchsbaum?

„Wie schrecklich“, flüstere ich und räuspere einen dicken Kloss in meinem Hals weg. Mit aller Kraft verdränge ich den Gedanken an den von Erwin Buchsbaums rotem Lebenssaft verunreinigten Teppich. Es gibt einen guten Grund, warum ich trotz meiner natürlichen Neugierde nicht wie meine Eltern eine Polizeilaufbahn eingeschlagen habe. Mir wird nämlich jedes Mal speiübel, wenn ich Blut sehe.

Eigentlich reicht schon meine Vorstellungskraft für ein leicht flaues Gefühl und ein erstes Bauchgrimmen.

„Noch eine Melange zum Mitnehmen, liebe Frau Sauer?“

Automatisch nicke ich und sehe ihr dabei zu, wie sie sich fröhlich summend an der alten Siebträgermaschine zu schaffen macht.

Ich weiß nicht was mich mehr schockt.

Dass Erwin Buchsbaum tot ist oder dass Frau Erni überhaupt nicht betroffen zu sein scheint, dass in ihrer unmittelbaren Nachbarschaft jemand gestorben ist. Ganz im Gegenteil. Sie wirkt beinahe froh, dass sie etwas Spannendes zu erzählen hat und endlich mal was los ist. Sie reicht mir den Becher über den Tresen.

„Passen Sie auf, der ist heiß! Verbrennen Sie sich nicht. Nehmen Sie am besten eine Serviette. Macht dann alles in allem sieben Euro."

Ich lege das Geld auf den Tresen, nehme vorsichtig den Kaffee entgegen und genehmige mir auf den Schock einen kleinen Schluck, während meine Gedanken weiter Karussell fahren und das Gehörte zu verarbeiten versuchen.

„Hat die Polizei gesagt, was genau passiert ist und wann er starb?", frage ich vorsichtig nach.

„Also wie gesagt, meine Freundin hat ihn heute um sechs Uhr in der Früh gefunden. Wie lange er da schon tot am Teppich lag, weiß der unfreundliche, dicke Polizist nicht, das habe ich ihn auch schon gefragt. Und er wollte auch partout keine Details verraten. Ich vermute, dass Erwin Buchsbaum einen Herzinfarkt hatte, die Rettung rufen wollte, zum Telefon auf seinem Schreibtisch griff und dabei mit dem Kopf auf die Tischkante stürzte. Aus die Maus!" Sie beugt sich etwas weiter vor und sagt: „Unter uns: Vielleicht hatte er zuvor ein kleines blaues, die Manneskraft verstärkendes Pulverl zu viel genommen? Soll nicht gut sein für das

Herz von etwas älteren Männern ..." Sie zwinkert mir zu. „Er war ja recht umtriebig der gute Herr Buchsbaum, munkelt man. Obwohl er so eine fesche, junge Frau hatte."

Wenn man etwas über das aktuelle Tagesgeschehen in Wien wissen will, kann man die ‚Täglich Neues' kaufen, oder besser direkt mit Frau Erni reden.

„Tja ja, manche Männer können es halt einfach nicht lassen. Und so hat ihn dann wohl Gottes gerechte Strafe ereilt", beendet Frau Erni ihren Monolog mit einem breiten Lächeln.

Wie betäubt nicke ich, zahle und gehe am Hotel Sacher vorbei die Walfischgasse entlang zu meinem Büro. Erwin, der elende Ehebrecher, liegt tot in seinem Büro. Beziehungsweise bald in der Gerichtsmedizin und nur noch ein Pathologe interessiert sich für seinen Körper.

Ich fröstele. Frau Erni hat recht – wie schnell es doch gehen kann: Eben noch wirbelt Erwin Champagner trinkend, seinen speziellen Charme und seine intensiven Lockstoffe versprühend durch sein schönes Lokal und jetzt ist er tot.

Mausetot, wie Frau Erni meinte.

Doch ich habe keine Zeit über die Vergänglichkeit des Lebens im Allgemeinen und von Erwin Buchsbaum im Besonderen nachzugrübeln. Denn ich sollte längst an meinem Schreibtisch sitzen.

Rasch trete ich durch das mächtige Eingangstor, der Walfischgasse Nr. 10. Auch heute erwartet mich wieder ein arbeitsintensiver Tag und obwohl ich mit meinem Chef, Herrn Mayer, zwischenzeitlich ein etwas entspannteres Angestelltenverhältnis habe, so weiß ich doch genau, wie sehr er Unpünktlichkeit hasst. Und leider bin ich bereits jetzt eine Viertelstunde zu spät.

Ächzend kämpfe ich mich die vier Stockwerke zum Immobilienbüro Mayer & Sohn hinauf. Das Benutzen des alten Liftes kommt für mich als bekennende Klaustrophobikerin bei dem altersschwachen Lift, der gern mal stecken bleibt, nicht infrage.

In meinem Büro angekommen, atme ich erleichtert auf als ich feststelle, dass Herr Mayer noch nicht da ist. Das erspart mir eine Strafpredigt. Um die verlorene Zeit wettzumachen, stürze ich mich auf das neue Wohnungsexposé, das heute noch fertig werden muss. Zum Glück stehen heute keine Besichtigungstermine an und ich kann die Flut von E-Mails und Anfragen in Ruhe abarbeiten, ohne ständig aus dem Büro hetzen zu müssen.

Ich spüle die Kopfwehtablette mit meiner Melange hinunter und verputze heißhungrig die flaumig weiche Topfengolatsche. Keine Ahnung warum, aber jedes Mal, wenn ich einen Kater habe, verspüre ich am Tag darauf einen Bärenhunger.

Gegen Mittag ist schließlich mein Posteingang bis auf wenige E-Mails leer und meine Kopfschmerzen haben sich zum Glück vollständig verflüchtigt. Doch ich bin weiterhin unruhig, fahrig und unkonzentriert. Ständig schweifen meine Gedanken zu dem toten Erwin ab und dabei habe ich fast ein schlechtes Gewissen.

Denn ich bedauere seinen plötzlichen Tod wirklich aus vollem Herzen – aber meine Beweggründe dafür sind niedrig.

KAPITEL 4

*„Der Kaffee ist fertig, klingt das nicht
unheimlich zärtlich?"
(Lied von Peter Cornelius und
Telefonwarteschleife im Café Mozart)*

„Wie schade, dass dein Observierungsobjekt tot ist, Kindchen. Das war es dann wohl mit deinem netten Zusatzeinkommen." Wie immer kann meine Mutter Gedanken lesen und bringt die Sachlage zwar präzise, in diesem Fall aber etwas pietätlos auf den Punkt.

„Also bitte, Mama! Wir reden hier nicht von einem Objekt, sondern von einem Menschen. Einem verstorbenen Menschen", entgegne ich.

„Ich sehe schon die reißerische Schlagzeile in der Täglich Neues: Wiens Frauen trauern um den elenden …!" Cosima macht eine weit ausholende Geste.

Ich bringe Cosima mit einem strengen Blick zum Schweigen.

„Schon gut, schon gut. Du hast ja recht. Man redet nicht schlecht über die Toten. Wie wäre es dann mit: „Wiens Frauen trauern um den einmaligen Erwin!" Cosima kräuselt ihre kleine Stupsnase. „Zumindest alle außer mir und seiner Frau. Ich spüre noch immer seine durchdringenden Röntgenblicke auf mir! Der 3-D-Scanner in der Sicherheitskontrolle des Flughafens ist nichts dagegen. Nie habe ich mich in aller Öffentlichkeit so nackt gefühlt." Sie schüttelt sich kurz.

Betrübt rühre ich in meiner Melange, die mir heute nicht so recht schmeckt. Was wohl daran liegt, dass ich sie vor lauter Grübeln mittlerweile habe kalt werden lassen.

Natürlich bedauere ich Erwins Tod, aber ehrlicherweise vor allem, weil ich Lenas großzügiges Honorar bereits fest verplant hatte. Für Lisas dreitägigen Schulausflug nach Prag, ihre neue Zahnspange und ein Marken-T-Shirt, wegen dem sie mich in letzter Zeit ständig anbettelt.

„Du weißt, dass ich dir jederzeit Geld borge, wenn du knapp bei Kasse bist." Meine Mutter schenkt mir einen aufmunternden Blick aus ihren warmen braunen Augen und tätschelt meine Hand.

„Ich komme schon klar." Dankbar nicke ich ihr zu und rutsche tief in die weichen Samt-Sitzpolster und lasse den Blick auf meiner Mutter und Cosima ruhen.

Das Freitagnachmittag-Treffen im Café Mozart mit meiner Mutter und Cosima nach einer anstrengenden Arbeitswoche ist einfach immer der perfekte, entspannte Wochenausklang. Auch wenn es sich seltsam anfühlt heute, nur drei Tage nach dem Tod von Erwin Buchsbaum wieder hier zu sein.

„Glaubt ihr an die Herzinfarkt-Theorie? Denkt ihr, Erwin ist tatsächlich mit dem Kopf unglücklich auf die Tischkante gestürzt?" Cosima, heute ganz in seriösem Anthrazit gewandet, inklusive schwarz-umrandeter Brille, die sie ein wenig Lehrerinnen-streng, aber nicht minder schön aussehen lässt, blickt fragend in die Runde.

Ihre schmale, feingliedrige Hand mit dem funkelnden Smaragdring, ein Familienerbstück, streichelt dabei liebevoll über den grau getigerten Rücken ihres haarigen Begleiters. Strizzi, ihr Lebenskater, ruht laut schnurrend auf einer Decke neben ihr, hebt nur kurz den Kopf, als er ihre Stimme hört und fährt dann fort sich gründlich zu putzen.

„Also ich glaube ja eher, dass ihn ein eifersüchtiger Ehemann auf dem Gewissen hat! Vielleicht gab es nach der Vernissage einen heftigen, tödlichen Streit in seinem Büro?“

Das erscheint mir wahrscheinlicher.

„Ja, kann gut sein. So umtriebig wie der liebe Erwin war, hat er sich bestimmt viele Feinde gemacht und ob die Dame verheiratet war oder nicht, hat den alten Schwerenöter sicher nicht interessiert. Ich kann euch nur sagen, die Wiener Gerüchteküche brodelt. Heute in der Galerie haben mich drei Kunden darauf angesprochen. Es scheint in Wien aktuell kein anderes Thema mehr zu geben!“ Cosima tätschelt Strizzis Kopf.

„Da fällt mir ein: Kannst du nicht Stephan fragen, Samantha? Er hat doch noch immer engen Kontakt zur Wiener Polizei? Seht ihr euch eigentlich dieses Wochenende endlich mal wieder, er war ja schon lange nicht mehr in Wien.“ Cosima blickt mich erwartungsvoll an.

„Stopp! Du klingst schon wie Mama“, unterbreche ich ihren Redefluss und werfe meiner Mutter einen kurzen Blick zu. „Ist das ein Kreuzverhör, Cosima?“, schnappe ich.

Ich sollte meine schlechte Laune wohl besser am Verursacher, der mich seit zwei Tagen nicht zurückruft, auslassen. Wie viel kann man zu tun haben, dass man es nicht schafft, geschlagene achtundvierzig Stunden zum Telefon zu greifen? Ich bin ernsthaft verstimmt, will mir aber meinen schönen Freitagnachmittag nicht von trüben Gedanken kaputt machen lassen und verdränge jeden weiteren Gedanken an Stephan.

„Also eure Überlegungen könnt ihr alle gleich kippen, meine Lieben! Meine Polizei Kollegen, haben mir erzählt, dass Erwin erschossen wurde. In den frühen Morgenstunden, so gegen zwei oder drei Uhr", lässt meine Mutter mit vor Stolz geschwellter Brust die Bombe platzen. Meine Mutter ist seit drei Jahren in Pension, hat das aber noch immer nicht verinnerlicht.

„Es sind nicht mehr deine Kollegen, sondern deine Ex-Kollegen", werfe ich automatisch ein, während sich meine Gedanken überschlagen und mein Herz immer schneller klopft.

Erwin wurde erschossen.

„Ein Mord, wie spannend!"

Cosimas stets etwas nasale Stimme hallt glasklar durch das Café.

Erschrocken blicke ich mich um. Doch zum Glück sitzen an den Tischen um uns herum keine Stammgäste und auch alle anderen Kaffeehausbesucher blicken nicht in unsere Richtung.

Cosima strahlt über das ganze Gesicht. So sieht echte Begeisterung aus.

„Ja, toll, oder? Findet ihr es nicht auch total aufregend? Ein neuer Mordfall, und wir mal wieder mittendrin und live dabei!" Meine Mutter spannt ihren Rücken wie eine Feder, ihre Augen glitzern. Und plötzlich muss ich an einen Jagdhund denken, der Witterung aufgenommen hat.

O nein, ich sehe den Schnellzug auf mich zukommen, doch ich kann nicht mehr ausweichen oder verhindern, was jetzt kommt.

„Also ich wüsste zu gern, wer ihn ermordet hat. Ihr nicht auch? Noch dazu hier direkt in unserem Stammcafé." Die Augen von Cosima strahlen funkensprühend mit den Kronleuchtern um die Wette.

„Du hast recht, das könnte ein neuer Fall für uns sein." Meine Mutter nickt begeistert.

Resigniert winke ich Franz, mir ein Stück Sachertorte zu bringen. Zum zweiten Mal in diese Woche pfeife ich auf die Kalorien. Ich brauche Nervennahrung. Jetzt.

Streng blicke ich in die Augen von Cosima und meiner Mutter, die so begeistert leuchten, als wäre ihnen gerade der Weihnachtsmann mit einer Wagenladung voller glitzernder Geschenke erschienen.

„Was ist nur los mit euch, warum rennt ihr gedanklich gleich wieder los wie die aufgescheuchten Hühner, wenn ihr das Wort Mord hört?" Ich blicke streng in die Runde. „Darf ich euch daran erinnern, dass wir Stephan hoch und heilig versprochen haben, nicht mehr selbst zu ermitteln?", mahne ich und denke mit Schrecken daran, wie ich vor über einem Jahr dem Opern-Mörder etwas zu nahegekommen bin und mich damit selbst in Gefahr gebracht habe.

„Haben wir das? Nun, Stephan ist in Salzburg. Außerdem kann ich mich nicht mehr so genau erinnern und du musst es ihm ja auch nicht erzählen." Meine Mutter verdreht wie ein entnervter Teenager die Augen.

„Ermittlungen in Sachen untreue Ehemänner: Ja. Mörder: Nein. Dafür gibt es Profis, die dafür ausgebildet wurden. Und die arbeiten bei der Polizei, und zwar hauptberuflich", sage ich in meiner Funktion als Stimme der Vernunft und greife nach meinem Handy, das blinkt und einige Anrufe in Abwesenheit zeigt.

Natürlich würde es mich auch brennend interessieren, wer Erwin erschossen hat, aber das muss ich den beiden nicht auf die Nase binden.

Nanu, was will den Lena Buchsbaum von mir? Und warum ruft sie mich in einer Stunde gleich dreimal hintereinander an?

Ich lege das Mobiltelefon auf den Tisch, ich werde sie später zurückrufen.

Mein Handy vibriert erneut.

„Na das ist aber jemand hartnäckig. Wer will denn so dringend etwas von dir? Stephan? Du hast mir vorhin gar nicht geantwortet." Cosima wirft einen Blick auf meine Handydisplay und fährt erschrocken zurück, als sie sieht, wer mich so hartnäckig zu erreichen versucht.

„Wenn sie ihre grässlichen Bilder bei mir in der Galerie ausstellen will, sag ihr, ich bin nicht da. Ich bin im Ausland. In den Highlands in meinem Schloss und dort habe ich keinen Handy-Empfang."

„Du hast ein Schloss in Schottland? Davon weiß ich ja gar nichts. Warum hast du uns das bisher verheimlicht?" Meine Mutter schafft es gleichzeitig, eingeschnappt und begeistert auszusehen.

„Nein, hat sie nicht. Aber das weiß Lena Buchsbaum nicht", sage ich, zwinkere meiner Mutter zu und nehme zögerlich das Telefonat an.

Doch der anwachsende Lärmpegel an unserem Tisch veranlasst mich, mir ein ruhigeres Plätzchen zum Telefonieren zu suchen.

Rasch wickele ich meinen Schal um den Hals und trete vor das Café Mozart.

Fröstelnd lausche ich Lena Buchsbaum Stimme und bedauere, dass ich in der Eile vergessen habe, meinen Mantel anzuziehen. Der eisige Wind fährt durch meinen dünnen Blazer. Doch zum Glück dauert das Gespräch nicht lange und als ich kurz drauf wieder das Café betrete, hat sich meine Laune extrem gebessert.

„Drei Gläser Sekt, bitte", raune ich Kellner Franz im Vorbeigehen zu.

„Haben Sie etwas zu feiern?" Beim Lächeln hebt sich sein gepflegter kurzer Schnurrbart an den Ecken eine Spur nach oben an.

„Ja das habe ich." Mit einem zufriedenen Lächeln nehme ich wieder an unserem Tisch Platz und als Franz die Gläser mit dem Blubberwasser vor uns abstellt, weihe ich die beiden Frauen in mein Gespräch ein.

KAPITEL 5

*„Skrupel kann ich mir nicht leisten. Ich bin
alleinerziehend und brauche das Geld."
(Samantha Sauer, Privatdetektivin in
Sachen untreue Ehemänner)*

„Für mich bitte nur ein Glas Mineralwasser, vielen
Dank. Gern prickelnd", sage ich in Richtung Lena
Buchsbaum und blicke mich genauer um, während sie
zur reich bestückten Bar am Ende des Raumes stöckelt,
um mein Mineralwasser und ihr obligatorisches Glas
Rotwein zu holen.

Es ist ein seltsames Gefühl, heute in Erwin Buchsbaums Büro zu sein. Ist es wirklich erst fünf Tage her,
dass ich ihn das letzte Mal quietschlebendig genau hier
vor diesem Schreibtisch gesehen habe?

Mein Blick huscht weiter zu den zahlreichen Fotografien in schweren Silberrahmen die Erwin bei zahlreichen, meist sportlichen Freizeitaktivitäten zeigen.

Gegen meinen Willen bin ich beeindruckt von seinem
Elan. Erwin spielt Polo, schwingt den Golf- und den
Tennisschläger oder surft. Auf einem Foto weiter hinten entdecke ich einen viele Jahre jüngeren Erwin mit
dichtem Haar und bis zum Bauchnabel aufgeknöpften

weißem Leinenhemd an Bord einer beeindruckenden Yacht. Stolz hält er seinen Catch of Day, diesmal keine Dame, sondern einen bestimmt einen Meter langen Fisch breit grinsend in die Kamera.

Eine Gänsehaut breitet sich auf meinen Unterarmen aus. Man kann sagen, was man will, ein intensives und abwechslungsreiches Leben hatte der gute Erwin.

Und jetzt ist er tot.

Ich beuge mich weiter vor, als ich ein professionell geshootetes Foto von Erwin und Lena auf einer weitläufigen Terrasse am Meer entdecke. Das Bild mag auf den ersten Blick vom Setting her, inklusive Sonnenuntergang und üppigen Blumenarrangements, etwas inszeniert wirken, doch der stolze Blick, mit dem Erwin seine schöne Frau betrachtet, und ihr strahlendes Lächeln sind echt und beweisen, dass die beiden in diesem Moment sehr verliebt waren.

Mein Blick fällt auf den Boden und mein Magen verkrampft sich. Hätte Lena Buchsbaum nicht einen anderen Ort für unser Treffen wählen können? Der blutige Perser-Teppich wurde entfernt, doch auf dem Parkettboden sieht man noch einen gewaltigen dunklen Fleck, wo das Blut durchgesickert ist.

Mit aller Kraft versuche ich, den Gedanken, was hier passiert ist, zu verdrängen, aber es gelingt mir nicht. In diesem Raum scheint Erwin Buchsbaum Geist noch immer präsent zu sein und wenn ich die Augen schließe, rieche ich sogar noch sein penetrantes Parfum.

Energisch schüttle ich den Gedanken an Erwin und seinen eigenwilligen Duft ab und konzentriere mich wieder auf meine Umgebung.

Der Raum mit den schweren Möbeln, den Antiquitäten und den alten Gemälden strahlt vor allem eines aus: Geld, Macht und Tradition. Hier hängen nur Bilder, die von echten Könnern gemalt sind. Besonders das Porträt, das direkt hinter dem mächtigen Mahagoni-Schreibtisch hängt, und über Lena Buchsbaums Kopf zu schweben scheint fasziniert mich.

Ob die junge, schöne Frau mit den dunklen langen Haaren eine direkte Vorfahrin von Erwin Buchsbaum ist? Ich beuge mich weiter vor, um sie näher zu betrachten.

Eine kaum wahrnehmbare Schwermut liegt auf ihren klaren, etwas zu blassen Gesichtszügen. Ich kann nicht aufhören das Bild zu betrachten. Die junge Frau hat einfach eine unglaubliche Präsenz und Ausstrahlung. Und obwohl sie zart lächelt, meine ich, in ihren blauen Augen zu erkennen, dass ihr etwas Kummer bereitet.

Bewundernd registriere ich die klare Linienführung. Wer auch immer das Bild gemalt hat, wusste genau, was er tut. Das ist echte Kunst, das erkennt sogar mein Laienauge.

Lena räuspert sich laut und verlangt meine Aufmerksamkeit.

Ich straffe meine Schultern. Dann will ich mir mal anhören, warum sie mich heute hierhergebeten hat, und vor allem, warum sie mir bei unserem Telefonat ein sattes Honorar in Aussicht gestellt hat. Denn die Beschattung von Erwin Buchsbaum hat sich ja wohl erübrigt.

Ich nehme einen Schluck Wasser und richte meinen Blick mit voller Konzentration auf ihr heute fast wächsern anmutendes Gesicht.

Unter ihren Augen liegen tiefe dunkle Schatten und zwei scharfe Falten haben sich neben ihre Mundwinkel gegraben. Die letzten Tage sind nicht spurlos an ihr vorübergegangen und einmal mehr sehe ich meinen Verdacht bestätigt, dass sie Erwin noch immer geliebt hat.

„Kommen wir zur Sache, Frau Sauer. Ich möchte Ihnen kurz erläutern, warum ich Sie hergebeten habe." Sie nimmt einen kräftigen Schluck Rotwein. „Wir, also die Familie meines Mannes und ich, hatten die Presse gebeten, diskret zu sein, fast gefleht haben wir, es als Unglücksfall darzustellen, aber das hat leider nicht geklappt. Der Mord an meinen Mann füllt heute alle Schmierenblätter und sogar die seriösen Tageszeitungen scheinen auf einmal kein anderes Thema mehr zu haben." Sie nimmt noch einen kräftigen Schluck Rotwein.

Irgendjemand sollte ihr sagen, dass sie ein Alkoholproblem hat, aber ich werde diese Aufgabe nicht übernehmen.

„Das alles muss furchtbar für Sie sein." Ich denke mit Bedauern für Lena und ihre Familie an die heutige Schlagzeile in der Täglich Neues und den geschmacklosen Artikel, der unschöne Vermutungen anstellt, wie und warum Erwin Buchsbaum gewaltvoll zu Tode kam und wer einen Grund hatte, ihn zu erschießen.

„Hat die Polizei schon einen konkreten Verdacht, wer ihn ermordet hat?", frage ich und könnte mir im gleichen Atemzug auf die Zunge beißen. Ich klinge schon fast so neugierig und sensationslüstern wie meine Mutter. Lena mustert mich wie ein widerliches Insekt, was ich ihr nicht mal verdenken kann.

„Die Polizei geht diversen Spuren nach. Mein Mann hat sich mit der Sache in Schönbrunn wohl einen Feind zu viel gemacht, aber das sind nur Vermutungen." Ihre Stimme bricht plötzlich ab.

„Die Sache in Schönbrunn?", insistiere ich und beuge mich vor.

Lenas Mund ist zu einem schmalen Spalt verkniffen.

„Vergessen Sie das bitte sofort wieder", schnarrt sie scharf.

Ich nicke, während ich das Gehörte natürlich fein säuberlich abspeichere.

Für eine Minute schweigen wir beide und hängen unseren Gedanken nach ehe Lena erneut das Wort ergreift.

„Ich bin heute zum ersten Mal, seit Erwin tot ist, in diesem Raum, weil ich in den nächsten Tagen noch einige Unterlagen bearbeiten muss. Können Sie sich vorstellen, dass es hier passiert ist, Frau Sauer? Genau hier ..." Ihre blasse Hand weist etwas zitternd auf den eingetrockneten Blutfleck auf dem Parkettboden.

Sogar im Sitzen spüre ich, wie sich mein Kreislauf verabschiedet, als ich diesmal etwas zu lange hinsehe. Ich kann Blut nicht mal im eingetrockneten Zustand sehen.

Lenas große graue Augen schimmern feucht. „Ich kann nicht mehr schlafen. Die Polizei wird den Mörder meines Mannes bestimmt finden, aber unabhängig davon, muss ich wissen, wer seine Geliebte war. Nur so kann ich meinen inneren Frieden wieder erlangen. Finden Sie heraus, mit wem mich mein Mann betrogen hat. Liefern Sie mir einen Namen", unterbricht Lena meine Gedanken.

Sie öffnet eine Schublade des Schreibtisches und hält mir ein Kuvert vor die Nase. „Das sind Tausend Euro, als Anzahlung für Ihre Spesen. Ich nehme an, das ist ausreichend? Wenn Sie liefern, erhalten Sie den Rest. Fünftausend Euro in Summe ist mir mein ruhiger Schlaf wert."

Das ist nur die Anzahlung?

Meine Hand schwebt leicht zitternd über dem Kuvert, dessen Inhalt weit über meinem normalen Tarif liegt. Lena scheint meine Ermittlungsarbeit wirklich etwas wert zu sein, doch ich zögere, den Umschlag mit dem Geld zu nehmen. Warum will sie posthum wissen, wer die Geliebte Ihres Mannes war? Denn scheiden kann er sich ja jetzt ohnehin nicht mehr lassen.

Oder vermutet sie, dass die vermeintliche Freundin nun Ansprüche auf das Buchsbaumsche Vermögen stellt, weil Erwin ihr im Testosterontaumel irgendwelche Dinge versprochen hat und will dafür gewappnet sein? Oder hat sie Angst, dass die Dame Schmutzwäsche in der Öffentlichkeit wäscht?

Ich nehme den Umschlag an mich und zähle zehn Hundert-Euroscheine. Das ist eine verdammt große Summe, aber wie man es auch dreht und wendet: Die Sache hat leider einen gewaltigen Haken.

„Nun vielen Dank für Ihr Vertrauen Frau Buchsbaum, aber es ist natürlich keine leichte Aufgabe, einen Verstorbenen der Untreue zu überführen", beginne ich vorsichtig, meine Gedanken in Worte zu fassen.

Lena sieht auf einmal so sauer drein, als hätte sie in eine Zitrone gebissen.

„Der Fall ist etwas schwierig. Normalerweise leben meine Observierungsobjekte, also die zu observierenden Personen, noch und ich kann sie beschatten, das heißt, beobachten, mit wem sie sich treffen. In einer Bar bei einem Drink oder in einer Hotellobby“, versuche ich, mich zu erklären, und merke im gleichen Zug, dass ich einen Riesenfehler gemacht habe.

Lena Buchsbaum wirkt, soweit ich es aus ihrem versteinerten Gesicht und den stechenden Blick ablesen kann, nun richtig wütend.

„Wollen Sie jetzt etwa einen Rückzieher machen, Frau Sauer? Ich dachte, Sie haben so eine hohe Erfolgsquote. Wir waren uns doch einig! Oder wollen Sie den Preis künstlich in die Höhe treiben?“ Sie springt auf und nimmt zu meinem Erstaunen vorsichtig das Bild mit der schönen dunkelhaarigen Frau von der Wand und stellt es behutsam auf den Boden, sodass ich einen freien Ausblick auf eine Metalltür habe.

Ein Safe, darauf wäre ich nie gekommen.

Erstaunt sehe ich Lena dabei zu, wie sie mit flinken Fingern eine Tastenkombination drückt. Die Safetür schwingt auf und Lena greift nach einem Geldbündel. Sorgsam schließt sie den Safe wieder und hängt das Bild an seinen Platz.

„Ich durchschaue Sie, Frau Sauer, aber sei es drum. Ich erhöhe Ihre Anzahlung und das Honorar. Für den Start sind das weitere zweitausend Euro.“ Sorgsam zählt sie das Geld vor mir ab. „Wenn Sie die Geliebte meines Mannes finden, bekommen Sie weitere fünftausend. Sind Sie damit einverstanden?“ Es klingt mehr nach einer Feststellung als einer Frage und ihr Blick ist lauernd.

Ich starre auf das Geld, während meine Gedanken rasen und ich mit mir kämpfe, die gewaltige Anzahlung anzunehmen. Was wenn ich die besagte Frau nicht finde?

„Was ist denn nun, Frau Sauer, haben wir einen Deal?" Lena setzt wieder ihren starren, hypnotischen Blick auf.

Ich sollte wirklich nicht länger zögern. Das Geld käme mir nämlich gerade jetzt sehr gut gelegen. Lisa hat vor einem Jahr eine neue Zahnspange bekommen und braucht noch mindestens ein bis zwei Jahre lang stetige Nachjustierungen. Laut der Kostenschätzung ihrer Zahnärztin investiere ich in Lisas Lächeln in den nächsten Jahren ein kleines Vermögen. Und wenn dann noch etwas übrigbleibt, könnten wir alle doch mal endlich wieder gemeinsam in Urlaub fahren. Vielleicht ein langes Wochenende nach Italien. Ich sehe mich schon in der Altstadt von Grado mit meiner Mutter, Lisa und Cosima sitzen und einen Aperol Spritz trinken. Was soll's, ich gebe mir einen Ruck.

„Also gut, ich nehme den Fall, ich meine, die Observierung ihres verstorbenen Gatten hiermit offiziell an, Frau Buchsbaum", sage ich mit fester Stimme.

Ich habe zwar keine Ahnung, wie ich vorgehen soll, da ich mich schlecht an Erwins Fersen heften und ihn beschatten kann, um ihn in flagranti mit seiner Geliebten zu erwischen, wie ich es sonst immer mache, aber mir wird schon etwas einfallen.

„Könnte ich Zugang zu Erwins privatem und geschäftlichem Terminkalender bekommen?", frage ich vorsichtig nach.

„Erwins Termine verwaltet alle seine Sekretärin Frau Manninger. Sie hat das Büro gleich nebenan." Lena weist auf eine Verbindungstür, die mir bisher nicht aufgefallen ist. „Frau Manninger arbeitet schon ewig für die Familie Buchsbaum und kennt Erwins beruflichen Tagesablauf und seine Termine genau. Vielleicht kann sie Ihnen einen Hinweis geben, der Sie auf die Spur seiner Donnerstags-Aktivitäten bringt. Aber bitte seien Sie diskret. Der alte Drache mag mich nicht und tratscht gern herum. Es muss niemand wissen, dass Sie hier in Sachen Geliebter herumschnüffeln. Darum hatte ich Sie auch an einem Sonntag hergebeten, aber Ihnen wird schon etwas einfallen."

Ich muss mir auf die Zunge beißen, ich hasse es, wenn mich Klientinnen erst anflehen, ihre untreuen Ehemänner zu überführen und dann von meiner Tätigkeit so verächtlich sprechen.

Doch den Fall abzulehnen, kann ich mir nicht leisten, und so schlucke ich eine Entgegnung und meinen Stolz hinunter, lasse das Kuvert in meine Handtasche gleiten und erhebe mich.

„Sie hören bald von mir", sage ich entschlossener, als mir zumute ist, und verlasse rasch das Büro. Wie sagt meine Mutter immer: Aufgeben tut man einen Brief!

KAPITEL 6

*„Besser die Taube in der Hand als den Frosch
auf dem Dach!"
(Theresa Sauer, pensionierte Polizeibeamtin)*

„Was ist da drinnen? Gequirlter Frosch? Ich dachte, hier ist alles vegan?" Angewidert betrachte ich den grünen Smoothie, den mir meine Mutter entgegenstreckt. Auf der Oberfläche schwimmt dicker weißer Schleim mit kleinen schwarzen Punkten, der mich an Lisas misslungenes Biologie-Projekt erinnert, für das sie eine Fünf bekam. Was ich immer noch ziemlich unfair finde. Woher hätten wir auch wissen sollen, dass die Kaulquappen nicht frostresistent sind und eine kalte Jännernacht im Marmeladeglas am Balkon nicht überleben?

Angeekelt schüttele ich den Kopf und wuchte mich mit letzter Kraft auf den Barhocker. Mit der Hand greife ich nach der Snackkarte des Yoga-Studios mit dem klangvollen Namen Smiling Buddha.

Nun, nach Lachen ist mir gerade nicht zumute. Ich fühle mich, als wäre ich unter den Bus gekommen, mehrmals. Das wird ein fieser Muskelkater.

„Papperlapapp, Kindchen. Manchmal muss ich mich über deine Unwissenheit in Sachen Super-Food und Vitaminen wundern." Meine Mutter nimmt beherzt einen großen Schluck des grünen Schleims.

„Das ist ein Brokkoli-Smoothie und für das Topping wurde natürlich kein Froschlaich verwendet. Das sind Chia-Samen und Granatapfel. Schau nicht so angewidert. Du könntest wenigstens mal kosten."

An dieser Stelle sei erwähnt, dass meine Mutter mehr Zeit auf Instagram verbringt als ihre Enkelin.

Auffordernd hält sie mir wieder das Glas unter die Nase.

„Nein danke. Es sieht trotzdem aus wie pürierter Frosch, kein Bedarf", winke ich ab. „Für meine Gesundheit habe ich die letzte Stunde ja nun wohl genug getan", entgegne ich und nippe an meinem Apfelsaft, den ich mir nach der anstrengenden Yoga-Stunde so etwas von verdient habe. Da weiß ich wenigstens was drin ist. Hm, ein Stück Torte dazu wäre jetzt gut.

Ich blättere durch die Barkarte. Fehlalarm, hier gibt es natürlich nur gesunde Snacks. Alles ist ohne Konservierungsstoffe, Fett, Zucker und Geschmack.

„Namaste, die Damen! Na Samantha, habe ich dir zu viel versprochen? Oskar ist doch wirklich der Hammer! Was für eine Yogaeinheit. Heute hat er sich selbst übertroffen." Cosima legt ihre sorgsam eingerollte, eierschalenfarbene Yoga-Matte mit der Lammfellauflage so vorsichtig, als wäre sie aus Glas, auf den Hocker neben mir.

„Das war eher ein Nahtoderfahrung als eine Yogaeinheit", knurre ich. „Keine Ahnung, wie oft ich die Sonne gegrüßt habe. Und den lachenden Hund gemacht habe." Ich bedeute der Kellnerin mit einem Winken, mir gleich noch einen Apfelsaft einzuschenken, ich fühle mich total dehydriert.

„Es heißt herabschauender Hund", höre ich plötzlich eine Stimme hinter mir. Oskar, unser Yoga-Lehrer, ist an der Bar aufgetaucht und legt mir unerwartet kollegial eine Hand auf die Schulter.

„Was ich nie verstanden habe. Warum schaut der Hund auf uns herab? Hat er irgendwelche Standesdünkel, ist er gar ein adeliger Schnösel?" Cosima zwinkert mir zu.

Oskar schaut einen Moment verwirrt, rafft aber schließlich, dass sie einen Scherz gemacht hat.

„Na, alles gut bei dir, Samantha?" Seine Stimme klingt salbungsvoll.

Ich nicke schwach und schüttele seine Hand, die noch immer auf meiner Schulter liegt, ab.

Das Geduze im Kurs fand ich bereits vorhin etwas affig und ich mag es auch nicht, von Wildfremden berührt zu werden, da bin ich eigen.

„Ja, alles bestens, danke", sage ich mit schwacher Stimme.

„Das wird schon! Ohne Fleiß kein Preis." Sein Lächeln ist etwas gönnerhaft. „Ein Tofu-Sandwich zum Mitnehmen, bitte", bestellt er bei der Kellnerin. „Mach dir nichts draus. Deine Mutter hat bei ihrer ersten Yoga-Stunde auch bereits nach dem zwanzigsten Sonnengruß schlappgemacht, und sieh sie dir heute an!" Für meinen Geschmack betrachtet der Yoga-Heini meine schlanke Mutter, die heute eine pinke Leggings trägt, etwas zu intensiv.

Blöder Lustgreis.

Ich räuspere mich vernehmlich und werfe ihm einen strengen Blick zu, was ihn nicht daran hindert, meine Mama ungeniert weiter anzustarren.

„Ich weiß ja nicht, ob du etwas von ihren Genen mitbekommen hast, aber das wird schon noch", sagt er breit grinsend und wendet endlich seine Augen vom Po meiner Mutter ab.

Ich verkneife mir eine patzige, scharfe Antwort. Ich weiß, dass ich keine Sportskanone bin, aber muss ich mir das wirklich von einem siebzigjährigen Yoga-Lehrer, mit blauschwarz gefärbten bis zum Ellenbogen reichenden Haaren sagen lassen?

Nun gut, der Rest seines Körpers, von den Schultern abwärts, und vor allem seine Bauchmuskeln, die ich während des Sonnengrußes bewundern konnte, scheinen doch zu beweisen, dass Yoga zu einem schönen Körper verhilft. Zumindest, wenn man es wie er jeden Tag mehrere Stunden macht und aufhört, Topfengolatschen zu essen.

Unruhig rutsche ich auf dem harten Barhocker auf und ab. Ich brenne darauf, meiner Mutter und Cosima endlich von meinem neuen Auftrag zu erzählen und schicke ein Stoßgebet nach oben, dass Oskar, der sich ungefragt neben meiner Mutter platziert hat, bald verschwindet.

Nach einer gefühlten Ewigkeit, in der uns Oskar mit Erlebnissen seines Yoga-Lehrerdaseins und Reiseanekdoten aus Indien, wo er seine Ausbildung gemacht hat, zwangserfreut hat, ist endlich seine Essensbestellung fertig. Mit einem letzten affigen „Namaste, Ladys" und einer kleinen angedeuteten Verbeugung in Richtung meiner Mutter geht er endlich in Richtung Ausgang.

„Für sein Alter ist er echt noch in Schuss, findet ihr nicht auch?" Meine Mutter blickt dem davoneilenden Oskar nach.

Moment, schwärmt sie etwa für ihn? Beruht die körperliche Anziehung etwa auf Gegenseitigkeit?

Eigentlich wollte ich sie ja mit Gianni verkuppeln, dem etwas beleibten Italiener, der eine Trattoria im Erdgeschoss unseres Wohnhauses betreibt und das beste Tiramisu von Wien bis Rom in seiner kleinen Küche zaubert. Aber so verklärt, wie sie gerade lächelt, wird es wohl nichts mehr mit den gratis Dolce-Lieferungen an die Familie Sauer durch den warmherzigen Italiener, der meine Mutter immer so offensichtlich anschmachtet.

„Was wolltest du uns denn erzählen, Samantha?" Cosima wirkt so entspannt, als hätte sie soeben einen netten Waldspaziergang unternommen.

Ihre Wangen strahlen gesund und rosa, während ich gefühlt die Farbe einer reifen Tomate angenommen habe.

„Ich war heute Nachmittag bei Lena Buchsbaum", beginne ich und beuge mich weiter vor. „Und jetzt dürft ihr raten, was mein lukrativer, mein wirklich sehr lukrativer Auftrag ist."

„Sie will, dass du im Mordfall ermittelst?" Der Tonfall meiner Mutter ist mehr als hoffnungsvoll.

„Nein, will sie nicht", schnappe ich.

„Du sollst weiterhin herausfinden, wer die Geliebte von Erwin Buchsbaum war?", trifft Cosima den Nagel auf den Kopf.

„Stimmt, aber wie kommst du drauf? Was interessiert es Lena posthum, mit wem sie ihr Mann monatelang

betrogen hat? Er kann sich doch nicht mehr scheiden
lassen?" Fragend blicke ich die Gräfin an.

„Natürlich will Lena wissen, wer ihre Nebenbuhlerin
war. So gleichgültig und abgebrüht, wie sie tut, ist sie
nicht. Wahrscheinlich hat sie ihn sogar noch ein wenig
geliebt. Aber tatsächlich geht es ihr natürlich um die
Leute." Cosima war insgesamt dreimal verheiratet und
ist so etwas wie eine Expertin in puncto perfekte Tren-
nungen.

„Um die Leute? Das verstehe ich nicht", sage ich ein
wenig ratlos.

„Also gut, ich gebe euch ein Beispiel: Als Ehemann
Nummer zwei und ich uns getrennt haben, lautete die
offizielle Version, dass ich etwas mit meinem attraktiven Anlageberater am Laufen hatte und deswegen so
oft nach Monaco flog. Und aus Rache hat er mich dann
mit einer renommierten, wahnsinnig attraktiven
Promi-Hautärztin in unserem Ferienhaus in Kitzbühel
betrogen."

Einmal mehr bin ich beinahe eine Spur neidisch auf
Cosimas schillerndes Leben. Da kann ich leider nicht
mithalten. Ich habe keine Feriendestinationen an mondänen Orten oder einen Anlageberater. Warum auch?
Der gute Mann wäre bei meiner Finanzlage arbeitslos.
Ich habe nicht mal eine Hautärztin und der Ort, an dem
mich mein Ex-Mann mit seiner Kollegin betrogen hat,
hätte banaler nicht sein können. In einem Heurigenlo-
kal am Stadtrand von Wien. Angeblich in den Wasch-
räumen, wie mich eine vermeintlich wohlwollende andere Arbeitskollegin informierte, die sie dort in flagranti bei ihrem unsittlichen Tun ertappte.

Ich schüttele mich, wahrscheinlich hatte er mit jener Kollegin auch etwas am Laufen und sie musste mir das eifersüchtig, wie sie war, brühwarm erzählen.

Ich betrachte Cosima mit einer Mischung aus Bewunderung und Unverständnis. Als meine Ehe nach dem Vorfall, der leider nicht der erste seiner Art war, aber der erste, den ich entdeckte, wie ein Kartenhaus in sich zusammenstürzte, war ich nicht in der Lage, ihn auch zu betrügen. Weil ich einfach viel zu verletzt und geschockt war und vielleicht auch ein wenig aus Mangel an Gelegenheit. Woher hätte ich, selbst wenn ich gewollt hätte, zwischen der Arbeit, dem Haushalt, vor dem er sich so gern drückte, und dem Großziehen von Lisa auch so rasch einen attraktiven Ersatzmann für eine Racheaktion hergezaubert? Am besten noch an einem mondänen Ort.

„Und wie lautet nun die inoffizielle Version?", hakt meine Mutter nach.

„Ich habe ihn nicht betrogen. Ich neige zu Monogamie. Aus Prinzip und natürlich auch wegen der komplizierten Eheverträge mit den Untreue-Klauseln. Die inoffizielle, aber wahre Version lautete, dass Ehemann Nummer zwei und ich uns freundschaftlich getrennt haben. So verliebt, wie wir zu Beginn waren, war bereits nach kurzer Zeit einfach die Luft raus. Und so beschlossen wir, uns in Frieden und aller Freundschaft zu trennen, ehe jemand den anderen vielleicht doch noch betrügt. Aber das will keiner hören. Das ist zu langweilig und glaubt dir sowieso keiner. Daher haben wir uns für unsere Freunde eine spannende Geschichte überlegt, bei der wir beide gut wegkamen." Sie lächelt uns Beifall heischend an. „Und alle waren glücklich."

„Nun gut, zurück zu den Buchsbaums“, sage ich nach einer Minute, die ich gebraucht habe, um das Gehörte in den hintersten Winkel meines Hirns zu schieben, um es später hervorzuholen und näher zu analysieren. „Also, Lena will in Sachen Geliebte alles wissen und gewappnet sein. Sie will wissen, wer ihre Nebenbuhlerin war. Vielleicht hat sie auch Angst, dass Erwin dieser Frau Geschenke oder Beteiligungen an seinem Vermögen versprochen hat“, lenke ich die beiden wieder auf das eigentliche Thema.

„Das könnte natürlich sein, Kindchen. Vielleicht steht die Nebenbuhlerin sogar in seinem Testament? Oder kommt mit einer Neufassung seines letzten Willens plötzlich um die Ecke“, wirft meine Mutter ein.

„O mein Gott, eine Neufassung! Das wäre ja furchtbar für sie!“ Cosima wirkt ehrlich entsetzt.

„Woher kommt deine plötzliche Sympathie für Lena Buchsbaum? Ich dachte, du findest sie anstrengend und unsympathisch?“, sage ich erstaunt.

„Das hat nichts mit Sympathie zu tun, Samantha. Ich finde Lena als Person nach wie vor talentbefreit und etwas vulgär. Aber eine Nebenbuhlerin, die plötzlich in einem neuen Testament auftaucht und das Erbe der aktuellen Ehefrau schmälert, diese Komplikation möchte ich mir gar nicht vorstellen, arme Lena, fast könnte sie mir leidtun. Ich muss mir eine Notiz machen. Also nur falls Arthur und ich heiraten. Es muss eine neue Klausel in meinen Standard-Ehevertrag.“

Sie zieht ihr Handy heraus und beginnt, hastig zu tippen.

„Lassen wir mal beiseite, warum sie es wissen will“, versuche ich, das Gespräch wieder in geregelte Bahnen zu lenken. „Vielmehr ist es wichtig, wie ich nun vorgehen soll“, seufze ich.

„Na, wie immer Schätzchen, das machst du doch mit links.“ Meine Mutter lächelt mich zuversichtlich an.

„Mama bitte. Ich kann schlecht business as usual machen und mich an die Fersen von Erwin Buchsbaum heften. Denn der liegt in der Gerichtsmedizin und wird obduziert und wenn die Leiche schließlich freigegeben wird, liegt er in der Familiengruft. Und unternimmt von dort keine untreuen oder überhaupt irgendwelche Ausflüge mehr.“

„Da hast du wohl recht.“ Man sieht an den Denkfalten auf der Stirn meiner Mutter, wie die Zahnräder in ihrem Kopf rattern. „Hat dir Lena keinen Tipp gegeben, wo du ansetzen kannst, Kindchen? Du kannst doch seinen Terminkalender checken. Bestimmt hat Erwin Buchsbaum eine tüchtige Sekretärin, die alles für ihn erledigt.“

„Daran habe ich auch schon gedacht und den Kontakt von Frau Manninger habe ich. Aber Lena meinte, ich solle diskret vorgehen und ihr nicht erzählen, warum ich, O-Ton, herumschnüffle. Das heißt, ich muss an seinen Terminkalender kommen, ohne Frau Manninger danach zu fragen“.

„Verstehe. Aber lass das mal meine Sorge sein, Diskretion ist mein zweiter Vorname.“ Die Augen meiner Mutter glitzern.

„Ich bin sicher, du gehst wie immer extrem unauffällig vor, Theresa.“ Die Gräfin zwinkert mir zu und ich kichere in mich hinein.

„Was wollt ihr damit sagen?“ Meine Mutter wirkt sofort wieder eingeschnappt und bekommt hektische rote Flecken im Gesicht. Leider eine Familienkrankheit.

„Denk doch mal nach, Mama. Deine neugierigen Fragen haben uns vor einem Jahr in ziemliche Bedrängnis und den Opernmörder überhaupt erst auf unsere Fährte gebracht."

„Und das war gut so, sonst hätten wir ihn wohl nie überführt. Aber in Ordnung." Meine Mutter hebt in einer Geste der Resignation die Hände. „Ihr habt natürlich recht, ich habe daraus gelernt und außerdem ermitteln wir nicht im Mordfall, bla, bla. Oder etwa doch?" Ihre Stimme hat einen sehnsüchtigen Unterton und ihr Blick ist etwas stechend.

„Nein, Mama, das tun wir nicht. Das übernimmt die Polizei", wiederhole ich mantraartig.

„Nun ich habe vielleicht eine Idee." Cosima wirkt nachdenklich. „Das könnte klappen. Und das Beste: Morgen Nachmittag hätte ich Zeit."

KAPITEL 7

„Der Espresso widerlegt das Vorurteil, dass groß immer besser ist.“
(Verfasser unbekannt)

Unbehaglich verlagere ich mein Gewicht von einer Pobacke auf die andere. Mein Post-Yoga-Muskelkater ist wie befürchtet schlimm und mein Gesäß sticht bei jeder Bewegung auf dem nicht gepolsterten, harten Sitzmöbel.

Mühsam unterdrücke ich ein gewaltiges Gähnen. Es war ein anstrengender Tag im Büro. Mein Nacken schmerzt und eigentlich würde ich gerade viel lieber meinen Feierabend genießen und mit einem Glas Wein zu Hause auf der Couch liegen und die Aufzeichnung von Shopping Queen ansehen.

Ich blicke nach rechts. Zum Glück bin ich bei meiner schwierigen Mission nicht allein. Jetzt heißt es nur noch Daumendrücken, dass unser sorgsam ausgetüftelter Plan dank meiner schauspielerischen Minderleistung nicht sofort auffliegt.

„Entspann dich, Samantha. Man sieht dir deine Nervosität an der Nasenspitze an.“

Die Gräfin, heute wieder in kompetent-seriösem Outfit mit schwarz-umrandeter Brille zu schwarzem Rollkragenpulli, drückt zur Beruhigung kurz meinen Unterarm.

„So, bitte sehr, eine Melange für Sie, Frau Bauer, und ein doppelter Espresso für Sie, Frau von Waldenstein, ich meine natürlich, Frau Gräfin. Ich hoffe, es ist recht so."

Frau Manninger stellt zwei blassblaue Porzellantassen vor uns ab, ehe sie auf ihrer Seite des Schreibtisches Platz nimmt.

„Nun denn, was darf ich für Sie tun?" Sie zupft mit flatternden dünnen Fingern den Rüschenkragen ihrer weißen Bluse zurecht, offensichtlich etwas aufgeregt, einer echten Gräfin gegenüber zu sitzen.

„Vielen Dank, Frau Manninger. Aber bitte nennen Sie mich Frau Waldenstein oder einfach nur Cosima, wenn ich das so amikal einfach anbieten darf. Wir wollen doch nicht so förmlich sein." Cosima zeigt dabei ihr schönstes Gewinnerinnenlächeln.

„Also Frau Waldenstein, ich meine Cosima, das ist zu freundlich. Was kann ich denn nun für Sie tun?" Frau Manninger rückt ihre Brille zurecht, die auf ihrer etwas zu spitzen Nase thront, und zieht ihre fadenscheinige Strickjacke fester über ihrem schmalen Körper. Ich betrachte sie eingehend.

Ein wenig erinnert sie mich an ein dürres graues Vögelchen, wie sie da so auf der äußersten Kante ihres Schreibtischstuhls sitzt, bereit, jederzeit davonzuflattern. Von ihr hatte Lena Buchsbaum, rein von der Optik her, wohl nichts zu befürchten.

Ihre hellen Augen ruhen aufmerksam auf uns.

„Wie Sie vielleicht wissen, betreibe ich eine Kunstgalerie im ersten Bezirk in der Herrengasse und bin immer auf der Suche nach spannenden neuen Künstlern."

Frau Manninger nickt aufmunternd.

„Frau Buchsbaum meinte, Sie könnten mir einige ihrer Bilder aus der Ausstellung noch einmal zeigen. Ich war zwar auf der Vernissage, konnte sie aber dort nicht ausreichend lange und in Ruhe betrachten. So viele Menschen!" Cosima schüttelt den Kopf. „Dabei war ich wirklich beeindruckt von den Bildern. Eine kraftvolle, unvergleichliche Arbeit."

Ich schnappe kurz nach Luft, jetzt übertreibt Cosima etwas.

„Unvergleichlich, na, so kann man es auch nennen." Frau Manningers Tonfall ist gleichsam abschätzig und sarkastisch.

Cosima zieht fragend eine Augenbraue nach oben.

Ertappt zuckt Frau Manninger zusammen. Das ist ihr wohl rausgerutscht, doch sie fasst sich sofort wieder und schlüpft in ihre Rolle als tüchtige Sekretärin.

„Natürlich kann ich Ihnen die Bilder kurz zeigen, Frau Waldenstein, ich meine Cosima. Sie müssten dazu jedoch in den Lagerraum mitkommen." Sie blickt auf Cosimas beige Stoffhose. „Es könnte dort aber leider etwas staubig sein."

„Kein Problem. Und um meine Hose brauchen Sie sich keine Sorgen zu machen." Cosima ist schon aufgesprungen und strebt mit Frau Manninger zur Tür.

Ich halte die Luft an, jetzt müsste gleich mein Telefon läuten.

„Frau Bauer, kommen Sie nicht mit?" Frau Manninger blickt mich fragend an.

Und aufs Stichwort läutet mein Handy.

Mama, steht auf dem Display. Rasch lege ich meine Hand darüber, hatte ich sie nicht gebeten, mich nach fünf Minuten mit unterdrückter Nummer anzurufen? Egal. Frau Manninger kann das von ihrer Position aus bei der Tür nicht gesehen haben.

„Oh, das ist leider wichtig, ein Kunde, da muss ich rangehen", sage ich entschuldigend in ihre Richtung.

„Wir gehen schon mal vor, Frau Bauer", sagt Cosima und zwinkert mir kurz zu. „Kommen Sie dann bitte nach, wenn Sie mit dem Telefonat fertig sind und wenn der Kunde Fachfragen hat, verweisen Sie ihn besser an mich. Sie sind noch nicht optimal eingearbeitet."

Ich nicke und bin im gleichen Zug froh, nicht wirklich Cosimas Angestellte zu sein. Ich warte noch einen Moment, um sicher zu sein, dass die beiden nicht etwas vergessen haben, und blicke mich dann im Büro von Frau Manninger um.

Der Bildschirmschoner hat sich noch nicht eingeschaltet und ich husche rasch auf ihre Schreibtischseite und lasse mich in den bequemen, ergonomisch geformten Stuhl mit der hohen Lehne fallen und zolle in Gedanken Frau Manningers Perfidität Respekt. Hinter dem mausgrauen Strickjäckchen verbirgt sich ein schlauer Fuchs. Sie selbst hat den bequemsten Bürostuhl der Welt und die harten Sitzgelegenheiten vor ihrem Schreibtisch, die für die Besucher gedacht sind, wurden wohl eigens von ihr ausgewählt, um zu verhindern, dass sich jemand zu lange vor ihrem Schreibtisch aufhält.

Ich öffne in Outlook ihren Kalender und auch den von Erwin Buchsbaum. O Gott, sind das viele Termine.

Panisch scrolle ich durch seinen Kalender. Kurz schiele ich zur Tür, ich hoffe, Cosima kann Frau Manninger mit ihren Fachfragen zu den Bildern und mit wohl dosierter Begeisterung noch etwas länger beschäftigen.

Nun gut, dann wollen wir mal. Zum Glück bin ich vorbereitet.

Ich ziehe meinen Notizblock heraus. Wie war das noch mal? Ich klicke in der Navigationsleiste auf Kalender und Start und wähle dann die Option Kalender per E-Mail senden. Als Datumsbereich gebe ich das letzte halbe Jahr ein, das sollte reichen. Dann wähle ich die entsprechende Kalenderoption und drücke auf Okay. Geschafft. Rasch gehe ich in gesendete Objekte und lösche das E-Mail mit den Kalendereinträgen, das soeben an meine private Adresse gesendet wurde.

Ich öffne wieder den E-Mail-Eingang und husche auf meine Seite des Schreibtischs zurück. Auf meinem Handy kontrolliere ich, ob die Daten ordnungsgemäß eingegangen sind.

Es hat geklappt, erleichtert atme ich auf.

Wie lange es Cosima wohl noch gelingt, Frau Manninger abzulenken und Interesse für Lena Buchsbaums Bilder zu heucheln?

Ich blicke auf die Uhr. Mist, sie ist schon über fünf Minuten weg, das bedeutet, dass ich die Wette verloren habe und Cosima einen Frosch-Smoothie und die Teilnahme an einer weiteren schrecklichen Yoga-Stunde schulde.

Meine Augen huschen über den sorgsam aufgeräumten Schreibtisch von Frau Manninger. Kurz blättere ich durch den Tischkalender, doch finde ich dort zu meinem Bedauern nur ihre privaten Einträge. Einmal im

Monat geht sie wohl zur Kosmetik und zum Friseur und alle drei Wochen zur Maniküre und Pediküre, was ich der blässlichen Erscheinung gar nicht zugetraut hätte.

An der Wand neben dem mächtigen Regal, das vor Aktenordner fast überquillt, sehe ich die Verbindungstür zu Erwin Buchsbaums Büro.

Ob ich heimlich einen weiteren Blick hineinwerfen und etwas herumstöbern soll?

Vielleicht finde ich ja einen Hinweis auf die 17-Uhr-Frau. Ich kann diese günstige Gelegenheit unmöglich verstreichen lassen. Vorsichtig öffne ich die Tür und wieder einmal scheint es mir, als würde ich Erwins Präsenz ganz stark spüren.

Es ist, als wäre ein Teil von ihm noch hier, als würde seine Seele hier in diesem Raum herumhuschen. Vielleicht bleibt er noch so lange in dieser Welt, bis sein Mörder gefasst wird?

Ein Schauder läuft mir über den Rücken und ich verdränge den unheimlichen Gedanken. Sein Schreibtisch sieht so aus, als wäre er nur eben kurz aus dem Raum gegangen. Zahlreiche Aktenordner und ungeöffnete Briefe liegen auf dem Schreibtisch, scheinbar hat Lena das Büro nun als ihr eigenes okkupiert.

Unschlüssig bleibe ich für einen Moment stehen, während ich mich von den schönen blauen Augen der Dame auf dem Porträt etwas beobachtet fühle.

Nervös sehe ich mich um. Ich husche hinter den Schreibtisch und ziehe eine Lade heraus, die aber nur Schreibutensilien, einen Locher und einen Spitzer enthält. Gespannt lausche ich, ob ich Stimmen höre, aber alles ist ruhig. Cosima scheint Frau Manninger im Lagerraum erfolgreich in einen längeren Dialog über die Bilder verwickelt zu haben.

Also suche ich weiter.

Ich ziehe eine weitere Schublade heraus und blättere durch Papiere, irgendwelche Rechnungen von Lieferanten und Auftragsbestätigungen. Das hilft mir nicht weiter. Mit der Hand taste ich unter den Papierstapel und fühle eine Art Knopf, den ich drücke, worauf sich zu meinem Erstaunen eine schmale Schublade öffnet.

Wie aufregend, ein Geheimfach. Ich stecke meine Hand in das schmale Fach und ertaste mit den Fingern einen rechteckigen Gegenstand, den ich vorsichtig herausziehe.

Erwins kleiner schwarzer Terminkalender! Jetzt kommen wir der Sache vielleicht näher. Mit etwas Glück hat er hier seine privaten Termine vermerkt.

Mit klopfendem Herz beginne ich sofort, darin zu blättern.

Was hast du am Donnerstag immer gemacht, du kleiner Schwerenöter? Wo warst du und mit wem hast du dich getroffen?

17.00 PT, lese ich und blättere mit fliegenden Fingern durch die Einträge der letzten Monate. Ist das alles? Beginnend mit August steht an jedem Donnerstag der gleiche Eintrag.

PT, was soll das heißen? Wahrscheinlich eine Abkürzung für privater Termin. Zumindest kürzt Herr Mayer in seinem Outlook Kalender immer so seine privaten Termine ab.

Enttäuscht will ich den Kalender wieder zurücklegen, als ich plötzlich herannahende Schritte und laute Stimmen vor der Tür höre. Meine Gedanken rasen, aber dann schließe ich das Geheimfach und die Schublade des Schreibtischs und lasse den Terminkalender rasch in die Tasche meines Blazers gleiten.

Und das keine Sekunde zu früh. Die Stimmen vor der Tür werden immer lauter.

Ich setze zum Sprint zurück in das Büro von Frau Manninger an, doch es ist zu spät, also hilft nur die Flucht nach vorne. Möglichst selbstbewusst positioniere mich vor Erwins Schreibtisch, vermeintlich versunken in die Betrachtung des Porträts der schönen Dame.

Die Tür zu Frau Manningers Büro wird schwungvoll geöffnet.

„Wirklich hochinteressante Werke. Danke nochmals für Ihre Zeit, Frau Manninger. Ich melde mich, sobald ich eine Auswahl unter all diesen erlesenen, beeindruckenden", die Gräfin räuspert sich und ringt nach Worten, „wirklich interessanten Bildern getroffen habe."

Cosima entdeckt mich im Nebenraum, wirft mir einen fragenden Blick zu und rettet geistesgegenwärtig die Situation.

„Frau Manninger, da haben Sie mir ja verheimlicht, dass es noch weitere interessante Bilder gibt." Selbstbewusst schreitet Cosima in Erwins Büro und nimmt das Bild näher in Augenschein. „Ist das ein Auchentaller?" Cosimas Augen weiten sich, diesmal ist ihre Begeisterung nicht vorgetäuscht.

„Gut erkannt. Aber unverkäuflich, falls Sie sich dafür interessieren. Herr Buchsbaum ist sehr stolz auf das

Bild. Es ist schon seit über einhundert Jahren im Besitz seiner Familie. Erst neulich hat eine Fachzeitschrift einen Artikel darüber gebracht", informiert uns Frau Manninger und so etwas wie Stolz schwingt in ihrer Stimme mit.

„Das ist sehr schade. Aber vielen Dank für Ihre Zeit, Frau Manninger. Frau Bauer, husch, husch, was stehen Sie noch herum? Wir haben heute noch einige Termine."

Feldwebel Cosima verabschiedet sich mit einem Händedruck von Frau Manninger und drängt mich energisch Richtung Ausgang.

„Auf Wiedersehen", verabschiede ich mich von Erwins Sekretärin und kann ihr dabei nicht in die Augen sehen. Es ist mir peinlich, dass ich in ihrem Computer und ihren privaten Einträgen herumgeschnüffelt habe, und das kleine schwarze Buch von Erwin scheint ein Loch in meinen Blazer zu brennen.

„Immer gern." Frau Manninger stellt unsere leeren Kaffeetassen auf ein Silbertablett auf die schmale Anrichte hinter ihr und ich lasse noch ein letztes Mal einen Blick durch den Raum schweifen.

„Brauchen Sie eine Extraeinladung, Frau Bauer?" Cosimas Stimme hallt herrisch zu mir und ich nicke Frau Manninger kurz zu, ehe ich meiner vermeintlichen Chefin beflissen hinterhereile.

Seite an Seite streben wir stumm Richtung Ausgang und erst als wir vor dem Café und außer Hörweite sind, macht Cosima ihren aufgestauten Emotionen Luft.

„Ich weiß nicht, wie es dir geht, Samantha, aber ich brauche jetzt etwas Nervennahrung. Die Bilder sind ja so deprimierend stümperhaft. Habe ich erwähnt, dass ein Äffchen besser malen kann?" Cosima überquert die Straße und eilt im Stechschritt auf unseren Lieblingswürstelstand den Bitzinger zu und bestellt, ohne mich zu fragen, zwei Portionen Käse Krainer mit scharfem Senf und Brot und zwei Gläser Champagner.

„Das einzig interessante Bild, das ich in der letzten halben Stunde gesehen habe, war der Auchentaller. Ein schönes Bild, eine tolle Arbeit", macht sich Cosima Luft, nachdem sie die halbe Käse Krainer verputzt hat.

„Ja, die traurige schöne Frau ist speziell, oder? Als würde sie einen direkt ansehen und etwas erzählen wollen, als würde sie ein Geheimnis hüten." Ich spreche nur undeutlich, weil ich gerade den Mund etwas zu voll genommen habe und mir der heiße Käse, der aus der Wurst quillt, die Zunge verbrannt hat. Sofort lösche ich den Brand mit einem Schluck Champagner was meine in Mitleidenschaft gezogenen Geschmacksnerven kitzelt.

„Der Auchentaller ist ein kleines Vermögen wert. Schade, dass sie ihn nicht verkaufen will." Auch Cosima nuschelt etwas. „Isst du das etwa nicht auf?" Cosima hat in Rekordzeit ihre Portion verputzt und starrt gierig auf meinen Pappteller.

„Du kennst meine Einstellung zu Sport, vor allem nach meinem letzten dramatischen Yoga-Erlebnis, also versuche ich aktuell, weniger zu essen." Ich schiebe meinen Pappteller schweren Herzens in ihre Richtung.

Obwohl mir gerade einfällt, dass ich ohnehin noch einmal zum Yoga mitgehen muss. Wettschulden sind Ehrenschulden, wie mein Vater immer sagte.

„Und warst du, während ich Lenas grässliche Bilder begutachten musste, wenigstens erfolgreich?" Cosima hat nun auch den Rest meiner Wurst in Rekordzeit verputzt.

„Definitiv. Ich konnte Erwins Online-Kalender kopieren", werfe ich stolz ein, was die Gräfin mit hochgezogener Augenbraue quittiert und wohl ihrer Anerkennung Ausdruck verleihen soll.

„Bravo. Dann war unser kleiner Ausflug und mein hoffentlich temporäres Augenflimmern ja nicht umsonst", sagt sie und nickt mir zu.

„Ich bin dir ja so dankbar, Cosima. Du hättest nicht zufällig auch morgen Abend kurz Zeit?", werfe ich zaghaft ein.

„Du willst bei einer Lagebesprechung den Kalender gemeinsam sichten?", seufzt Cosima. Wie immer ist die Gräfin nicht gerade auf den Kopf gefallen.

Ich nicke und setze meinen schönsten Dackelblick auf.

„Na gut, ich bin ja auch neugierig und wenn es ein Eierlikörchen gibt, bin ich dabei. Wahrscheinlich nehme ich Strizzi mit. Aber jetzt muss ich wieder zurück in die Galerie!"

Wir verabschieden uns vor dem Bitzinger mit einem Küsschen auf die Wange.

Als ich über die Straße gehe, blicke ich ein letztes Mal zum Café Mozart und bleibe nachdenklich vor dem Eingang einen Moment stehen.

„Erwin, falls du wirklich noch hier irgendwo herumschwebst, wäre ich wirklich dankbar für einen kleinen Tipp, an wen du dein untreues Herz verschenkt hast", flüstere ich. „Ich muss Resultate liefern, und du weißt, wie ungehalten Lena werden kann."

Doch natürlich antwortet er mir nicht und so trete ich schließlich meinen Heimweg an.

KAPITEL 8

„Meine Damen, ich präsentiere: Erwin Buchsbaums
Terminkalender!"

Sorgsam platziere ich die drei Ausdrucke von Erwins
Online-Terminkalender, die ich heute im Büro in der
Mittagspause heimlich gemacht habe, auf unseren Ess-
zimmertisch und lege färbige Leuchtstifte dazu.

„Etwas mehr Begeisterung. Bitte sehr, nicht drängeln,
jede bekommt einen Ausdruck! Jede bekommt einen
Stift!", sage ich mit meiner besten All-Inclusive-Anima-
teurinnen-Stimme und schiebe einen Stapel Ausdrucke
über den Tisch zu meiner Mutter rüber sowie einen zu
Cosima, die beide so freudig dreinblicken, als hätte ich
ihnen gerade einen Termin für eine Wurzelbehand-
lung klargemacht.

„Ein Eierlikörchen dazu?" Meine Mutter wartet Cosimas Antwort gar nicht ab, sondern strebt bereits zu unserer Jugendstil-Anrichte, die sie von ihrer Mutter ge-
erbt hat und die neben ihrem Hochzeitsgeschirr, ihren

selbstgebrannten Nuss-Schnaps und stets eine frische Flasche Eierlikör beinhaltet.

„Samantha? Ausnahmsweise?" Meine Mutter schwenkt die Flasche auffordernd vor meiner Nase und blickt mich fragend an, doch ich winke dankend ab.

Der klebrig-süße Eierlikör erinnert mich immer an meinen ersten Schwips, den ich mir im zarten Alter von acht Jahren in der Weihnachtsnacht geholt habe. Heimlich, als die Erwachsenen schliefen, schlich ich damals zur Anrichte, um das verbotene Getränk zu kosten, das meine Eltern, Onkeln und Tanten so gerne tranken, und mir als Kind natürlich streng verboten war.

Der Plan war, nur einen kleinen Schluck zu nehmen, doch dann hörte ich Schritte am Gang, nahm aus Versehen einen mächtigen Schluck und verbrachte darauf die halbe Nacht über der Kloschüssel. Nie wieder war mir so übel und ich verstehe bis heute nicht, warum meine Mutter und Cosima das Gebräu so sehr lieben.

Fünf Minuten herrscht konzentriertes Schweigen, während wir mit tiefgebeugten Köpfen durch die Ausdrucke blättern.

„Also an den Donnerstagen sehe ich ab 17 Uhr immer nur einen Terminblocker im Kalender. PT – Privater Termin, vermute ich, aber natürlich steht kein Ort oder ähnliches dabei", grummelt meine Mutter.

„Wäre auch zu schön gewesen", seufzt Cosima.

„Und zu einfach. Natürlich habe ich die Donnerstags-Einträge längst überprüft", lasse ich meine Mitermittlerinnen wissen.

„Warum sollen wir dann weiter alles durchsehen, wenn uns doch nur die Donnerstage interessieren?“ Cosima schiebt den Blätterhaufen wie ein schmollendes Kind, das keine Lust mehr zu spielen hat, von sich.

„Nun, da ich mich ja nicht wie sonst an seine Fersen heften kann, muss ich Erwin posthum näher kennenlernen und mir ein Bild von ihm machen. Das heißt, eine Art Profil von ihm erstellen. Wohin ging er? Mit wem traf er sich? Wie sahen seine Tages- und seine Abendaktivitäten aus? Vielleicht finden wir etwas in seinem Kalender, das uns weiterhilft, und sei es nur ein Name. Vielleicht stoßen wir auf eine erste Spur“, versuche ich mich zu erklären.

„Ihn näher kennenzulernen und ein Profil zu erstellen, ist immer eine gute Idee, bravo, Kindchen, dein Vater wäre stolz auf dich.“ Meine Mutter tätschelt mir etwas gönnerhaft die Hand.

Konzentriert blättere ich weiter durch die Ausdrucke und seufze. Veranstaltungen, berufliche Besprechungen und Freizeitaktivitäten aller Art. Was für ein umtriebiges Kerlchen er doch war.

„Der eitle Fatzke ging jede zweite Woche zum Frisör, wahrscheinlich, um sein schütteres Haupthaar dunkel zu färben“, kommt es von meiner Mutter. „Wirkt immer etwas peinlich bei älteren Männern, weil man deutlich sieht, dass die Haare gefärbt sind. Das mit dem in Würde altern hatte er wohl nicht so drauf. Dafür spricht auch seine junge Frau und seine Affären. Aber offensichtlich hat er optisch auf sich geachtet und war ein sehr gepflegter Mann – Montag um 16 Uhr ging er immer zur Maniküre und Pediküre“, merkt meine Mutter an und betrachtet kritisch ihre Fingernägel. „Apropos Maniküre. Ich glaube, die sollte ich mir auch mal wieder gönnen. Bei meinem letzten Friedhofsbesuch, als ich die neuen Stiefmütterchen eingepflanzt habe, hatte ich die Gartenhandschuhe vergessen. Noch ein Eierlikörchen, Cosima?"

„Gern. Und wenn du möchtest, gebe ich dir den Kontakt von meiner mobilen Maniküredame, ich sage dir, die ist so ein Gedicht." Cosima wedelt zum Beweis mit ihren in zartrosa lackierten, perfekt manikürten Nägeln vor dem Gesicht meiner Mutter herum.

„Genug geschwätzt und jetzt wieder volle Konzentration", unterbreche ich das Geschnatter und schicke einen strafenden Blick hinterher. Das ist ja schlimmer als im Kindergarten.

„Was macht ihr da?" Plötzlich steht Lisa im Esszimmer, beugt sich neugierig über meine Schulter und linst auf die Ausdrucke.

„Nichts Wichtiges", sage ich rasch und drehe den Papierstapel um, während ich gleichzeitig versuche, Strizzi, der Lisa gefolgt ist, davon abzuhalten, meine gepolsterte Sessellehne mit seinen Krallen zu perforieren. Doch zu spät.

„Weg da, Strizzi, das ist kein Kratzbaum. Ich hoffe, du hast eine gute Haushaltsversicherung, Cosima", zische ich und löse begleitet von lautem Protest-Gemaunze vorsichtig seine Pfoten von der Sessellehne.

„Strizzi ist bestimmt nur hungrig, bitte gib ihm etwas zu fressen, Lisa. Wir müssen hier nämlich in einem neuen Fall recherchieren", meint meine Mutter, was ihr einen wütenden Blick von mir einbringt.

„Etwa wieder ein Mordfall?" Lisas Augen leuchten ähnlich begeistert wie die von meiner Mutter.

„Nein, ein Untreue-Fall", schnappe ich.

„Ach so, das ist langweilig, dann füttere ich jetzt Strizzi. Er sieht wirklich hungrig aus." Lisa wendet sich zum Gehen und Cosima, scheinbar ebenfalls froh für die Unterbrechung, eilt den beiden hinterher.

„Na, wenn alle sich eine kleine Pause gönnen, dann mache ich das jetzt auch", schnauft meine Mutter, offenbar erleichtert die langweilige Recherche unterbrechen zu können,

„Na super", sage ich entnervt. „Nach fünf Minuten macht ihr schon schlapp. Ihr seid mir echt eine tolle Hilfe."

„Ich habe mich wirklich bemüht, Kindchen. Aber ich kann leider daraus gar nichts ablesen. Der Mann hatte einen volleren Terminplan als die Queen in ihren besten Zeiten. Außerdem, hätte es nicht ausgereicht, wenn du nur die letzten drei Monate seines Lebens ausgedruckt hättest? Musste es gleich das letzte halbe Jahr sein? Wo sollen wir da nur anfangen?", seufzt meine Mutter.

„So, Strizzi ist essenstechnisch versorgt." Cosima ist zu meiner Überraschung wieder aufgetaucht und lässt sich elegant am Esstisch nieder und blickt zufrieden in die Runde. „Nun ich habe einen ersten Ansatz gefunden."

Sie lächelt zufrieden in die Runde und sieht dabei beinahe so satt und glücklich aus wie Strizzi, der gerade zurück ins Esszimmer trottet und neben ihr auf den freien Sessel springt. Genüsslich beginnt er, sich die Pfoten zu putzen.

Ich schüttele den Kopf, was meint Cosima nur?

„Also, ich bin systematisch vorgegangen und habe mich auf seine wiederkehrenden geschäftlichen Termine konzentriert. Erwin scheint an jedem Wochentag ein anderes seiner Kaffeehäuser inspiziert, und fixe Termine dort mit seinen Geschäftsführern und Lieferanten gehabt zu haben. Am Montag war er vormittags im Mozart, am Dienstag im Landtmann und so weiter." Die Gräfin grinst uns stolz an.

„Und inwiefern hilft uns das jetzt weiter?", wirft meine Mutter mit fragendem Gesichtsausdruck ein.

„Nun, es hilft uns bei deinem Profiling von Erwin, Samantha. Erwin scheint verlässlich seine Ziele verfolgt zu haben, was für ihn spricht. Er war ein Mann, der geschäftliche Termine an fixen Tagen in seinen Kaffeehäusern einplante. Und seit drei Monaten hatte er am Donnerstagabend seinen besagten privaten Termin – vermutlich seine Geliebte."

„Zu der wir immer noch keinen neuen Anhaltspunkt haben." Ich fege ärgerlich die Blätter vom Tisch.

Erwin Buchsbaums geheimnisvolle Freundin zu finden, erscheint mir immer unrealistischer.

„Lisa wird wohl nicht auf Klassenfahrt gehen können und mit schiefen Zähnen leben müssen, wenn ich mit dem Fall kein Geld verdiene", seufze ich.

„Wirf nicht vorschnell die Flinte ins Korn, Samantha. Ich bin sicher, die Angestellten in den Cafés wissen eine Menge über das Privatleben ihres verblichenen Chefs. Eine kleine Recherche in den Kaffeehäusern ist sicher ein guter erster Ansatz. Und wir können ja auch das nähere Umfeld der Familie Buchsbaum durchleuchten." Meine Mutter stupst mich aufmunternd an.

„Das kann ich gern übernehmen." Cosima nickt mir zu. „Ich kenne fast jeden der oberen Zehntausend in Wien direkt, oder über eine oder zwei Ecken. Und ich kann mir auch gern die Familienchronik der Buchsbaums etwas genauer ansehen."

„Danke, Cosima." Erleichterung durchströmt mich, dass ich mit meiner Suche nach der Nadel, also der Geliebten, im Heuhaufen nicht allein bin.

„Lasst und mit unserer Vor-Ort-Recherche, im Café Mozart starten. Unser lieber Franz kellneriert dort schon sein halbes Leben und ist ja zum Glück recht mitteilungsbedürftig. Vielleicht bekommen wir ganz unauffällig etwas über das heimliche Privatleben seines Chefs aus ihm heraus." Meine Mutter hat schon wieder diesen starren Blick.

Mich schaudert es beim Gedanken daran, wie sie Franz in ihrer speziellen Art ganz unauffällig befragt, aber ich habe keine andere Wahl. Denn auch meine andere Informationsquelle, Frau Erni, hat mir versprochen, sich umzuhören, hat bis dato aber leider noch keine konkreten Neuigkeiten für mich.

„Nun gut. Dann treffen wir uns morgen um 18 Uhr im Mozart", sage ich und proste der Gräfin und meiner Mutter mit meiner Kaffeetasse zu.

Lisa steht plötzlich wieder in der Tür und blickt etwas schmollend in meine Richtung. „Bestellen wir Pizza, Mama? Du hast mal wieder nicht eingekauft."

Sofort fühle ich mich schuldig. Was bin ich doch für eine schlechte Mutter. Heute in der Mittagspause wollte ich eigentlich für das Abendessen einkaufen, war dann aber stattdessen bei einem längeren, leider ergebnislosen, Plausch in der Bäckerei Kipferl mit Frau Erni.

„Ich muss jetzt leider los. Ich habe noch einen Termin in der Galerie und erwarte in einer halben Stunde eine größere Lieferung. Ist es für euch okay, wenn ich Strizzi so lange bei euch lasse?" Cosima springt auf und tätschelt kurz Strizzis Kopf. „Ich habe bei Anlieferungen immer Angst, dass der neugierige kleine Kerl aus der Tür flitzt, wenn ich einen Moment nicht aufpasse, und es ist ja schon dunkel."

„Ja klar." Ein Strahlen geht über Lisas Gesicht. „Futter sollte auch noch ausreichend da sein und später kann mir Strizzi bei den Englisch-Aufgaben helfen. Was ist denn jetzt mit Pizza? Mama? Oma?" Ihr Tonfall ist anklagend.

„Für mich nicht, ich bin noch mit einer Freundin in der Stadt verabredet." Meine Mutter errötet sanft.

„Mit einer Freundin, so, so." Ich würde meine einzige Designer Handtasche darauf verwetten, dass die sogenannte Freundin, auf den Namen Oskar hört.

„Aber hebt mir gerne was vom Tiramisu auf." Meine Mutter zwinkert uns zu und ich entspanne mich etwas. Jeder Mann kämpft mit anderen Waffen um die Gunst seiner Angebeteten. Und Giannis Waffe ist Mascarpone-Creme mit einem Topping glühender Verehrung. Sagt man nicht, dass Liebe durch den Magen geht? Vielleicht hat Gianni ja doch noch eine Chance bei meiner Mutter, ich würde es ihm wünschen.

Nachdenklich beobachte ich meine Mutter, die zwischen Bad und Schlafzimmer herumwuselt, um sich für ihr Date fertig zu machen. Mein Vater ist nun seit drei Jahren tot und wir vermissen ihn jeden Tag. Trotzdem bin ich froh, dass meine Mutter sich endlich wieder beginnt, für Männer zu interessieren. Warum soll sie auch allein bleiben, schließlich sieht sie toll aus und ist erst achtundsechzig. Die Sache hat nur einen Haken: Wenn ich es mir aussuchen könnte, wäre mir der gemütliche, warmherzige Gianni lieber als der verwitterte, scharfzügige Yoga-Heini Oskar.

„Na dann, bis später, ihr drei!" Cosima haucht zwei Küsschen auf den Katerkopf und eilt zur Tür hinaus.

„Mama?" Lisa wirkt mittlerweile ungeduldig. „Bleiben also nur noch wir beide. Willst du nun eine Pizza bestellen, oder was? Ich habe Hunger."

„Warum nicht? Ich brauche Nervennahrung", gebe ich mir einen Ruck. „Aber morgen gibt es Salat. Oder irgendetwas Gesundes. Ich koche uns etwas Gutes, ja?"

Lisa wirkt nur mäßig begeistert. Meine Kochkünste sind ambitioniert, aber nicht herausragend.

Ich schnappe mir mein Handy.

„Zweimal Pizza Margherita, einmal mit extra Knoblauch, bitte. Und einen Rucola-Salat", gebe ich meine Bestellung auf. „In zwanzig Minuten kannst du die Pizza holen", informiere ich Lisa nach dem Telefonat, während meine Mutter in einem Kleid, das ich noch nicht kenne und das ihr nur knapp bis zu den Knien reicht, sowie eingehüllt in die Duftwolke eines neuen Parfums, aus der Tür eilt.

Sogar meine Mutter hat ein aufregenderes Privatleben als ich. Zum gefühlt tausendsten Mal blicke ich in Erwartung einer Nachricht von Stephan auf mein Handy und ärgere mich über mich selbst. Warum nur warte ich den ganzen Tag darauf, dass er mir endlich zurückschreibt? Habe ich nichts Besseres zu tun? Wütend lege ich das Handy mit dem Display nach unten auf die Anrichte, um zu verhindern, dass ich ähnlich wie ein verliebter Teenager alle fünf Minuten checke, ob Stephan mir geantwortet hat, und setze mich zu Lisa, die sich ihr Englisch-Buch geschnappt hat, auf die Couch.

Hoffentlich kommt die Pizza bald, Essen beruhigt mich immer.

Kater Strizzi, der meine miese Laune bemerkt, hüpft zu mir auf die Couch und sieht mich aus klugen grünen Augen an, eher sich an meine Seite kuschelt. Getröstet kraule ich durch sein dichtes samtig-weiches Fell und lausche dem zufriedenen Schnurren und sofort entspanne ich mich etwas und ein Lächeln breitet sich auf meinem Gesicht aus: Wer braucht schon einen Mann, wenn der perfekte kleine haarige Kerl neben einem liegt und zufrieden schnurrt.

KAPITEL 9

„Das Gras wächst nicht schneller, wenn man daran zieht."
(Samantha Sauer)

„Was für eine schöne Wohnung. Ich bin sicher, dass sie meinem Mann gefallen wird." Die Dame im hellen, knöchellangen Kamelhaarmantel schreitet mit sicherer Eleganz auf ihren hohen Stiefeln durch die Dachgeschosswohnung am Minoriten Platz, wobei ihre Absätze unschön über den teuren Parkettboden kratzen.

Ich sehe meinen Chef, Herrn Mayer, stressbedingt auf seinen kleinen Lackschuh-Füßchen auf- und abwippen. Die heutigen Besichtigungstermine nehmen wir, gemäß der Firmenmaxime – Je teurer das Objekt, desto höher die Anzahl der Makler – wahr.

Also sind wir heute in voller Besetzung, nämlich zu zweit, hier. Auch wenn ich eigentlich nicht zähle, da ich keine konzessionierte Maklerin, sondern nur die Sekretärin bin. Aber das weiß die kaufkräftige Klientel nicht.

„Kein Problem, Gnädigste!" Die Schweißtropfen auf seiner hohen Stirn und der knurrige Tonfall strafen die Worte von Engelbert Mayer Lügen.

Ich summe leise „Wer hat an der Uhr gedreht?“, was mir einen bösen Blick von ihm einbringt.

Bereits in zwanzig Minuten sollen die nächsten Wohnungsinteressenten kommen und wenn mein Chef eines hasst, dann ist das Unpünktlichkeit und die daraus resultierenden Terminkollisionen mit den Folgeterminen. Er nimmt sich gern ausführlich Zeit für die Besichtigungen.

Schneller und schneller schaukelt er nach vor und zurück. Das macht er immer, um sich selbst zu beruhigen. Doch diesmal scheint es nicht zu klappen.

Endlich bemerkt auch die Dame die angespannte Stimmung und die Gewitterwolke, die über Herrn Mayers Kopf schwebt und schielt nervös auf ihr Handy.

„Ich bin sicher, mein Mann sucht gerade einen Parkplatz, er ist bestimmt gleich da.“

„Kein Problem, in der Zwischenzeit können wir ja noch einmal eine kleine Runde drehen. Hatten Sie vorhin nicht noch Fragen zu den Funktionen der hochmodernen Whirlpool-Marmorwanne?“ Ich lächele charmant und bugsiere die Dame in Richtung Badezimmer, weg von der mittlerweile giftgrünen Aura von Herrn Mayer, als es klingelt.

„Da ist er ja!“ Sie wirkt fast so erleichtert wie ich.

Ein gut aussehender Mann in seinen Vierzigern, in konservativem schwarzen Anzug und Brille, betritt mit einem kurzen „Grüß Gott!“, aber ohne ein Wort der Entschuldigung für sein Zuspätkommen den Raum.

Bestimmt ein Anwalt. Mittlerweile kann ich die Berufe der Wohnungsinteressenten mit einer Trefferquote von über 70 % an Kleidung, Gestik und Auftreten erraten. Nur Herr Mayer ist in puncto Menschenkenntnis noch besser.

„Ich habe zwanzig Minuten Zeit! In einer Stunde muss ich wieder in der Kanzlei sein", sagt der Interessent mit lauter Stimme, als wäre es unsere Schuld, dass er mit Verspätung hier eintrifft. Doch mit seiner Berufswahl hatte ich recht, ich grinse in mich hinein.

Ich werde immer besser im heiteren Beruferaten.

„Nun dann wollen wir keine weitere Zeit verlieren. Willkommen in Ihrer Top-Immobilie, Herr und Frau Schebesta!" Herr Mayer schaltet von einer Sekunde zur nächsten auf volle Charmeoffensive und führt das Ehepaar mit flottem Schritt durch die Wohnung. Ich ziehe mein Handy heraus – noch fünfzehn Minuten, ehe das nächste Interessentenpaar kommt, ich hoffe, die Schebestas sind bis dahin schon wieder aus der Tür draußen.

Ich stecke das Handy wieder in die Tasche, als es abermals an der Tür läutet. Nicht gut, die Besichtigungsrunde zwei ist viel zu früh.

Seufzend drücke ich den Türöffner, gespannt, wie wir die Terminkollision lösen.

***

Drei Stunden später sitze ich mit Herrn Mayer, der sich weigert, nach unserem Besichtigungsmarathon auch nur einen weiteren Schritt mehr als absolut notwendig zu gehen, erschöpft im Taxi auf dem Weg zurück ins Büro.

„Was für Schnösel!", entfährt es ihm seufzend. „Wissen Sie, Frau Sauer, ich liebe meinen Beruf, aber seit ein paar Jahren habe ich das Gefühl, die Menschen erkennen die Seele einer Wohnung einfach nicht mehr."

O mein Gott, er ist wieder auf seinem philosophisch-buddhistischen Tripp. Ich wappne mich für eine längere Ansprache. Für Herrn Mayer haben nämlich alle Häuser und Wohnungen, insbesondere Altbauwohnungen eine Seele. Und sein Lieblingsspruch, den er gern ganz beiläufig in Verkaufsgesprächen in einem Nebensatz fallenlässt, ist der: „Die richtige Immobile findet stets die richtigen Menschen."

„Es betrübt mich zusehends, wenn sich Leute nicht für die Wohnung interessieren, in der sie leben wollen, oder sich vollends auf sie einlassen. Wissen Sie, dass die Menschen in Japan alles über die Vormieter oder Vorwohnungsbesitzer wissen wollen, Frau Sauer?"

Die Geschichte hat er mir schon hundert Mal erzählt, aber ich setze meinen schönsten fragenden Blick auf, weil es eine rhetorische Frage ist, und er es mir ohnehin gleich erzählen wird.

„Den Japanern ist es wichtig, wer in der Immobilie, für die sie sich interessieren, zuvor gelebt hat. Waren die Menschen dort glücklich, lebte dort eine Familie? Liefen spielende Kinder durch den Raum, oder ..." seine Stimme wird dunkler und grabesschwer. „Fand dort vielleicht ein Suizid oder gar ein Mord statt? Denn dann könnte die Wohnung als Jiko Bukken klassifiziert werden, was bedeutet, dass sie als belastet oder stigmatisiert gilt. Das alles macht den Verkauf einer Immobilie in Japan wohl nicht einfacher, aber die Menschen interessieren sich wenigstens dafür, wo sie essen, schlafen, lachen, lieben und leben." Er schnauft laut.

„Heute ging es allen Paaren, die die Wohnung besichtigt haben, nur um ein Anlageobjekt. Geld, es geht immer nur um den schnöden Mammon. Die Interessenten wollen nicht mal selbst in den Wohnungen leben."

Er knirscht mit den Zähnen und ist ziemlich rot im Gesicht. Nicht dass er mir hier im Taxi umkippt. Wiederbelebungsmaßnahmen an meinem etwas korpulenten, vor lauter Aufregung stark verschwitzten Chef stelle ich mir unangenehm vor.

„Reine Gier, Frau Sauer. Und während die schnöseligen Profitgeier den Kaufvertrag unterschreiben und die Tinte noch nicht trocken ist, überschlagen sie bereits im Kopf, mit welchem Gewinn sie die Wohnung in drei Jahren wieder weiterverkaufen."

Beruhigend tätschele ich seinen Arm, hoffentlich kollabiert er nicht. Ich werfe dem Taxifahrer, der unserem Dialog schweigend zuhört, einen kurzen Blick im Spiegel zu.

Hm, er sieht nicht aus, als hätte er Lust, meinen Chef wiederzubeleben, wenn es hart auf hart kommt.

„Nun, aber zumindest haben sie den Wert der Wohnung erkannt", werfe ich ein und registriere erleichtert, dass das Taxi vor unserem Büro in der Walfischgasse hält. Ich bin immer wieder erstaunt, wie sehr Engelbert Mayer an den Immobilien hängt. Sollte es ihm nicht egal sein, wer die Wohnung kauft und zu welchem Zweck? Schließlich verdient er in jedem Fall gutes Geld damit.

„Ich brauche heute Nachmittag erst mal Ruhe, bitte keine Telefonate."

Herr Mayer reißt die Tür des Taxis auf und stürmt von gerechtem Zorn beflügelt hinaus, und so bleibt es an mir, den Taxifahrer zu bezahlen.

Wie angekündigt, sehe und höre ich den restlichen Nachmittag nichts von meinem Chef, was mir Zeit gibt, meinen E-Mail-Posteingang abzuarbeiten und die zahlreichen Anfragen zu beantworten. Das Immobilienbüro Mayer und Sohn floriert und die meiste administrative Arbeit bleibt an mir hängen. Ob ich mal wieder die Frage nach einer Aushilfe zu meiner Unterstützung stellen soll? Nun, heute ist wohl kein guter Tag. Aber mittlerweile müsste Herr Mayer das Desaster mit unserem letzten Versuchsobjekt, der Praktikantin Florentine, doch endlich verarbeitet haben? Denn allein schaffe ich die ganze Arbeit nicht mehr.

Ich arbeite konzentriert vor mich hin. Erst um 18.45 Uhr klappe ich müde meinen Laptop zu und eile zur Tür hinaus. Ich muss mich beeilen, ich habe gleich noch einen Termin.

KAPITEL 10

„Wir sind sonst nie abends hier. Noch dazu an einem Mittwoch. Vielleicht hat Franz heute keinen Dienst", sage ich fast erleichtert in Richtung meiner Mutter.

Ich habe nämlich keine Ahnung, wie ich das Gespräch zwischen der Bestellung eines Getränkes oder eines kleinen Snacks möglichst unauffällig auf seinen ermordeten Chef und dessen umtriebiges Privatleben lenken soll.

Ich blicke mich von unserem Stammplatz im Café Mozart, ganz hinten am Ende des Raums direkt am Fenster, um. Was für ein Glück, dass unser Tisch heute Abend frei war. Von hier aus hat man den besten Ausblick auf das Lokal und kann den Blick auch nach draußen schweifen lassen.

Ich lausche dem Stimmengewirr der Gäste und atme tief den vertrauten Kaffeeduft ein. Sofort entspanne ich mich.

„Was für ein anstrengender Tag. Engelbert Mayer hatte heute nach einem Besichtigungsmarathon wieder eine Sinnkrise", sage ich und gähne.

„Lass mich raten, die Wohnung muss die Besitzer finden. Und hat sie?" Cosima begrüßt uns mit Küsschen und rutscht auf die Sitzbank vis-à-vis von mir. Schwungvoll öffnet sie ihre voluminöse Tasche und setzt Strizzi neben sich.

„Nein, es war umgekehrt. Die Besitzer haben die Wohnung gefunden, aus schnöder Geldgier. Als Anlageobjekt. Das regt ihn immer auf. Habt ihr Franz schon gesichtet? Ich würde jetzt echt gern etwas bestellen, denn mir knurrt der Magen", maule ich im Tonfall von Lisa, wenn ihr eine Laus über die Teenagerleber gelaufen ist.

Ich teile Cosima gerade meine Befürchtung mit, dass unser Lieblingskellner heute möglicherweise nicht mehr im Dienst ist, als meine Mutter eine Franz-Sichtung meldet.

„Ha, da ist er doch! Direkt neben der Kuchenvitrine. Huhu, Herr Franz!" Meine Mutter beginnt, freudig zu winken.

Der herbei Geheißene eilt ahnungslos mit einem höflichen Lächeln auf uns zu.

„Oh, wie schön, welch unerwartete Freude. Die Damen beehren uns an einem anderen Wochentag. Ich bringe gleich die Decke für Strizzi. Was darf es denn sein? Vom Mittagsmenü ist noch ein Erdäpfelgulasch über oder möchten Sie nur etwas trinken?" Er macht eine kurze, galante Verbeugung und legt die Speisekarte vor uns auf den Tisch.

„Vielleicht esse ich eine Kleinigkeit", sage ich und in der gleichen Sekunde fällt mir siedend heiß ein, dass ich Lisa versprochen hatte, heute zu kochen.

„Ich habe, ehe ich gegangen bin, für Lisa Gemüselaib-
chen gemacht. Die muss sie sich nur noch in der Mik-
rowelle aufwärmen“, spricht meine Mutter in meine
Gedanken. Dankbar lächele ich ihr zu, was würde ich
nur ohne sie machen?

Ich greife nach der Speisekarte und beginne, sie intensiv zu studieren. Um mich herum herrscht Schweigen. Unauffällig stupse ich mit dem Fuß meine Mutter
unter dem Tisch an, doch diese reagiert nicht.

„Also ich hätte gern ein Glas Wein, Den Riesling bitte“,
breche ich das unangenehme Schweigen und versuche
es bei meiner Mutter erneut mit einem Stupsen, diesmal fester. Warum sitzt sie stumm wie ein Fisch da? Es
war doch ihre Idee, Franz in Sachen Privatleben seines
ermordeten Chefs zu interviewen.

„Für mich auch, und du Theresa?“ Die Gräfin ist nicht
viel einfallsreicher, so wird das wohl nichts.

„Ich nehme auch eine Glas Wein, zur Feier des Tages“,
sagt meine Mutter lächelnd.

Welche Feier? Was redet meine Mutter nur für einen
Stuss? Ich räuspere mich vernehmlich und endlich
geht ein Ruck durch sie. Sie nimmt den Kellner ins Vi-
sier.

„Und, lieber Franz, wie geht es Ihnen? Haben Sie sich
schon etwas vom Schock erholt? Wie lange ist ihr Chef
nun tot?“

Peinlich berührt tausche ich einen Blick mit Cosima,
die nur mit den Schultern zuckt und schief grinst. Das
ist also die unauffällige Befragungstaktik meiner Mutter.

Beschämt richte ich meinen Blick auf Strizzi, der sich zufrieden schnurrend putzt. Im nächsten Leben werde ich ein Kater.

„Nun der erste Schock ist etwas abgeklungen. Aber natürlich sind wir alle immer noch in tiefer Trauer und bestürzt über das gewaltsame Ableben von Herrn Buchsbaum!“, seufzt Franz.

„Das verstehe ich. Er war ja ein sehr beliebter und interessanter Mann. Die Angestellten mochten ihn wohl alle gern. Und ich wette, manch einer oder manch eine vielleicht sogar ein bisschen mehr.“ Sie zwinkert ihm zu.

„Nun, wir mochten ihn alle gern, er war ein sehr angenehmer Chef, danke der Nachfrage.“ Die Stimme von Kellner Franz ist etwas spröde.

Muss meine Mutter mit der Tür ins Haus fallen? Ich krümme mich innerlich vor Peinlichkeit.

„Das freut mich zu hören. Aber wenn ich etwas indiskret sein darf ...?“ Meine Mutter legt eine kurze Kunstpause ein und ich halte erschrocken die Luft an: Sie will also noch indiskreter werden, da bin ich mal gespannt. „Es schwirren ja die dümmsten Gerüchte herum. Die Leute reden viel, wenn der Tag lang ist, aber haben Sie einen konkreten Verdacht, warum er sterben musste?“ Meine Mutter lächelt, als könnte sie kein Wässerchen trüben.

Ich bete, dass sich der Boden unter meinen Füssen auftut und mich verschluckt. Sie ist so taktlos. Wahrscheinlich müssen wir uns ein neues Stammcafé suchen. Nach der peinlichen Befragung werde ich Franz nie wieder in die Augen sehen können.

„Sie glauben ja nicht, was ich den ganzen Tag hier so höre, meine Damen." Franz wirkt nachdenklich und beugt sich etwas näher zu uns und senkt die Stimme. „Es schwirren viele Gerüchte herum um sein gewaltsames Ableben …" Er schüttelt betrübt den Kopf und greift sich für einen Moment theatralisch an die Brust. „Aber ich kann mir nicht vorstellen, dass er wirklich deswegen ermordet wurde …" Er sieht uns bedeutungsschwanger an und wackelt etwas mit den Augenbrauen.

„Ich verstehe nicht? Warum wurde er ermordet, was meinen Sie?" Cosima blickt fragend in die Runde, aber auch ich kann mir keinen Reim auf seine Andeutung machen.

„Na, Sie wissen schon …", knurrt Franz leise und seine Wangen färben sich rot, als hätte er zu viel verraten. Er macht eine diskrete Handbewegung in Richtung des Nebentisches, an dem eine ältere Dame gerade genussvoll eine große Portion Apfelstrudel verputzt.

„Lieber Franz, Sie sprechen in Rätseln. Die Dame hat also etwas damit zu tun? Sie sieht doch völlig harmlos aus", kichert meine Mutter leise hinter vorgehaltener Hand. Etwas ratlos mustern wir die elegante Dame, mit der weißgrauen Löckchen Frisur im feinen Chanel-Kostüm.

„Nein, natürlich hat diese Dame nichts damit zu tun!" Franz schüttelt vehement den Kopf und starrt weiter auf den Tisch hinter uns, besser gesagt auf den Teller der Dame. Also ich verstehe nach wie vor nur Bahnhof.

Er beugt sich weiter zu uns vor und flüstert bedeutungsschwanger: „Der Apfelstrudel!"

„Sie denken er wurde wegen des Apfelstrudels ermordet?“, kichert nun auch Cosima.

„Nun, es sind schon Leute wegen weniger umgebracht worden. Das Apfelstrudel-Rezept der Familie Buchsbaum ist legendär. Wir bereiten den Apfelstrudel in allen Kaffeehäusern stets gleich zu. Ein internationaler Fertigtorten- und Kuchenproduzent hat sich sehr dafür interessiert, das hat mir Herr Buchsbaum selbst erzählt. Doch er war nicht interessiert, die Geheimrezeptur zu verkaufen. Klasse statt Masse war bei allem, was er tat, sein Credo. Die Vorstellung, dass sein geliebter handgefertigter Apfelstrudel als Massenware in Tiefkühlregalen landet, war ihm ein Greul! Auch wenn das Angebot wirklich großzügig gewesen wäre.“

Er beugt sich noch ein Stück tiefer zu uns und senkt seine Stimme auf ein Flüstern.

„Das originale Apfelstrudel-Rezept hütete Herr Buchsbaum wie einen Schatz. Die Zusammensetzung kennen nur wenige Angestellte und diese haben einen Vertrag mit einer entsprechenden Schweigeklausel unterschrieben. Aber bitte, das muss unter uns bleiben, ich hätte nichts sagen sollen. Und ich kann mir eigentlich auch wirklich nicht vorstellen, dass wirklich jemand deswegen unserem armen Herrn Buchsbaum ...“ Er stockt, bricht ab, richtet sich wieder auf und rückt seine Fliege zurecht. Seine Wangen sind nun flammend rot und kleine Schweißperlen zeigen sich auf seiner Stirn, die er dezent mit einem Stofftaschentuch wegtupft.

Verwirrt blicke ich abermals in die Runde. Ist das sein Ernst?

„Wir dachten eher an ein privates Motiv. Zum Beispiel einen eifersüchtigen gehörnten Ehemann, der sich an ihm rächen wollte. Ein Apfelstrudel-Killer? Sie nehmen uns doch auf den Arm, Franz“, wirft meine Mutter ein.

„Bitte vergessen Sie, was ich gesagt habe. Und ehe Sie Ihr Verhör fortsetzen: Zu den privaten Angelegenheiten meines Chefs, Gott hab ihn selig, möchte ich keinen Ton sagen“, blockt Franz. „Das steht mir nicht zu.“

„Wir wissen doch, dass Sie die Diskretion in Person sind, lieber Franz. Aber Sie kennen Herrn Buchsbaum bestimmt schon viele Jahre und wissen um seine Vorlieben und Interessen“, gurrt die Gräfin und schenkt ihm ihr schönstes Lächeln. Doch so sehr Franz die Gräfin schätzt und verehrt, diesmal läuft ihre Charme-Offensive leider ins Leere.

Mit eisiger Miene mustert er uns.

„Also wirklich, schämt euch!“, übernehme ich nun die seriöse Rolle. „Herr Buchsbaum hatte als Geschäftsmann doch gar keine Zeit für, nennen wir es mal, private Angelegenheiten. Hatte er nicht immer viele Geschäftstermine? Zum Beispiel montags, hier im Mozart?“, versuche ich, das Gespräch in die richtigen Bahnen zu lenken.

Ich profile gerade, versaut es nicht, sagt mein Blick an meine Mutter und Cosima.

„Da Sie es ansprechen, das ist ja kein Geheimnis. Ja, zu Wochenbeginn war er meist den ganzen Tag hier im Stammcafé. Er war halt noch vom alten Schlag und traf seine Geschäftspartner lieber persönlich. Aber ich muss mich jetzt auch den anderen Gästen widmen.“

Nachdenklich blicken wir dem davoneilenden Franz nach.

„So war das nicht ausgemacht“, zische ich in Richtung meiner Mutter.

„Nun, irgendwie müssen wir doch anfangen, und wenn wir dabei auch gleich den Mord aufklären, schadet das auch nichts“, schnappt meine Mutter beleidigt zurück.

„Vielleicht hängt ja auch eines mit dem anderen zusammen“, mutmaßt Cosima.

Die Augen meiner Mutter glitzern aufgeregt. „Ein eifersüchtiger Ehemann, der von der Affäre seiner Frau mit dem umtriebigen Erwin erfahren hat, engagiert nicht wie Lena Buchsbaum diskret eine Privatdetektivin, sondern geht auf die Vernissage, stellt seinen Nebenbuhler zur Rede und schreitet dann entschlossen in den Morgenstunden selbst zur Tat. Und schon hast du mit einem Schlag den Mörder von Erwin Buchsbaum und die Geliebte.“ Sie kann es einfach nicht lassen, obwohl mir der Gedanke natürlich auch schon gekommen ist.

Franz eilt wieder herbei und stellt in rascher Folge die drei Weingläser vor uns ab. In meinem Kopf tanzen hundert Fragen und Möglichkeiten, die ich nicht einfangen kann. Ich ziehe aus der Tasche meinen Notizblock und beginne, meinen Gedanken in schriftlicher Form etwas Struktur zu geben, das hilft mir immer, wenn ich mich sortieren muss.

„Also, nehmen wir mal an, dass es der eifersüchtige, gehörnte Ehemann war“, sagt meine Mutter. „Er schleicht sich bei der Vernissage ein, wartet ab, bis alle

Gäste nach Hause gegangen sind, um dann in den Morgenstunden mit Erwin um die Ehre seiner Frau zu kämpfen. Ein Duell, das nur einer überlebt hat." Meine Mutter schaudert vor Wonne.

„Mama bitte, wir leben nicht im 18. Jahrhundert", stutze ich sie zurecht.

„War ja nur ein Spaß, also der Part mit dem Duell, der Rest nicht. Ich muss schon sagen, von mir hast du diese Humorlosigkeit nicht, Kindchen."

Jetzt ist sie wieder eingeschnappt.

„Du könntest Lena Buchsbaum bitten, dass sie dir die Gästeliste schickt und auch die Fotos. Auf der Vernissage ist doch ein offizieller Fotograf herumgelaufen", schlägt Cosima vor.

Meine Mutter lächelt beglückt. „Eine gute Idee, Cosima. Stellt euch nur vor, wir finden den Mörder zuerst. Es wäre mir so eine Genugtuung, wieder einmal schneller als die Polizei zu sein. Und du, Kindchen, bekommst den Namen der Frau, also Erwins Geliebte gratis dazu geliefert."

„Aber wie stellt ihr euch das vor? Auf der Feier waren doch über zweihundert Gäste. Wollt ihr die alle zu ihrem Alibi zur Tatzeit befragen? Wir sind nicht die Polizei", werfe ich ein und schicke einen mahnenden Blick in Richtung meiner Mutter.

Dass sie nicht mehr im aktiven Dienst ist, will ihr partout nicht in den Kopf.

„Nun, einige Personen können wir sicher sofort ausschließen. Cosima kennt beruflich durch ihre Galerie, ihre Vernissagen und Veranstaltungen und natürlich auch durch ihren illustren Bekanntenkreis sehr viele Menschen. Und ich schaue gern die Promi-News auf

ATV. Und so können wir den Kreis der Verdächtigen sicher etwas einschränken."

„Aha, also wenn ich euch so zuhöre, sind Personen, die Cosima persönlich kennt, beziehungsweise A- und B-Promis aus dem Fernsehen, automatisch nicht verdächtig", sage ich in süffisantem Tonfall. „Alle anderen Männer sind laut eurer Logik hingegen dringend tatverdächtig, idealerweise, wenn sie auf den Fotos wütend aussehen. Vielleicht haben wir auch Glück und ein Mann fuchtelt auf einem der Fotos mit einer Pistole herum."

„Du brauchst gar nicht so sarkastisch zu sein. Ich weiß auch, dass die Ausgangslage nicht ideal ist, aber es ist ein Anfang, oder hast du eine bessere Idee? Also, kannst du uns von Lena die Einladungsliste und die Fotos besorgen? Ich sehe mir dann in Ruhe alles durch! Als Pensionistin habe ich ja ausreichend Tagesfreizeit."

Meine Mutter kann so dominant sein, aber so ist sie wenigstens eine Zeit lang beschäftigt.

Ergeben tippe ich eine Nachricht an Lena Buchsbaum. In zweiundvierzig Jahren habe ich gelernt, dass es Nerven sparender ist, den kruden Wünschen meiner Mutter sofort nachzukommen, als stundenlang mit ihr zu diskutieren.

Dann greife ich wieder nach meinem Stift und schreibe Mordmotiv Nummer zwei auf den Block.

„Also rein theoretisch, wenn – ich sage wenn – wir den Fall Erwin Buchsbaum ganzheitlich betrachten", ich räuspere mich, „dann sollten wir nicht nur dem vermeintlichen wütenden Nebenbuhler sondern auch dem Hinweis von Franz nachgehen!"

„Dem Apfelstrudelrezept-Mörder?", fragt Cosima und sie und meine Mutter kichern wieder blöd. „Das war doch sicher nur ein dummer Scherz von Franz."

„Nein, das war kein Scherz", flüstere ich so leise, dass mich die beiden nicht hören können. An der Geschichte könnte echt etwas dran sein.

Denn plötzlich taucht das Bild von Lena vor mir auf, wie sie das Geldnotenbündel aus dem Safe nimmt. Würde man nicht eben dort auch ein geheimes Rezept verstecken?

Ein Schauder läuft mir über den Rücken, während der Streit von Blauauge und dem wütenden Erwin vor meinem geistigen Auge aufblitzt. Ist er etwa besagter Kuchenproduzent? Wurde Erwin wegen des Kuchenrezepts, das er nicht verkaufen wollte, von ihm ermordet?

Meine Gedanken überschlagen sich: Kann der Mann, in dessen himmelblaue Augen ich mich spontan ein ganz klein wenig verliebt habe, wirklich ein eiskalter Killer sein, und sollte ich hier und jetzt meiner Mutter und Cosima davon erzählen?

Mein Magen knurrt in meine Überlegungen hinein und erinnert mich daran, dass ich seit dem Frühstück nichts gegessen habe. Besser, ich behalte meine Gedanken erst mal für mich.

„Eine Portion Apfelstrudel mit Schlagobers!", bestelle ich mit lauter Stimme beim gerade vorbeieilenden Kellner Franz.

Schließlich muss ich wissen, ob es sich lohnt, dafür zu morden.

KAPITEL 11

Am nächsten Morgen bin ich ausnahmsweise mal eine halbe Stunde zu früh im Büro und stürze mich enthusiastisch in die Arbeit, froh, meine kreisenden Gedanken in kontrollierbare Bahnen lenken zu können.

Die erste Stunde arbeite ich fleißig die eingehenden E-Mails der Reihe nach ab. Bis mittags habe ich meinen Posteingang geleert, einen Newsletter an unsere Interessentenliste geschickt und die Angebote auf unserer Webseite aktualisiert. Von wegen, die Wohnungen finden die Besitzer. Es steckt eine Menge Arbeit dahinter, denn ohne entsprechende Werbung geht in puncto Verkauf gar nichts.

Dann bestätige ich noch zwei Besichtigungstermine für den nächsten Nachmittag und mache mich etwas widerstrebend an die ungeliebte Angebotsablage. Denn das Immobilienbüro Mayer & Sohn ist noch weit vom papierlosen Büro entfernt.

Als mein Magen heftig zu knurren beginnt, stelle ich erstaunt fest, dass es bereits vierzehn Uhr ist: Wieder

einmal habe ich vor lauter Arbeitseifer die Mittagspause, die mir theoretisch zusteht, übersehen.

Ich schlüpfe in meine dicke Winterjacke und binde
mir einen Schal um. Ein Blick aus dem Fenster zeigt,
dass es gerade heftig zu schneien begonnen hat. Ich suche in den Untiefen meiner Schreibtischschublade
nach einer Mütze, die ich dort im letzten Winter depo-
niert habe, und ziehe sie mir fest über die Ohren.

Als ich auf die Straße trete, bleiben die frischen Flocken bereits auf dem kalten Asphalt glitzernd liegen.
Beglückt wie ein Kind, schließe ich für einen Moment
die Augen, als die dicken Schneeflocken kitzelnd auf
meinen Wangen landen.

Ich liebe Schnee.

Spontan fasse ich den Beschluss, nicht direkt in den
Supermarkt um die Ecke zu gehen, sondern erst noch
eine kleine Runde durch die Stadt zu drehen. Ich gehe
am noblen Hotel Sacher vorbei, dessen Entree wie immer um diese Jahreszeit weihnachtlich-geschmackvoll
geschmückt ist. Mit zwei riesigen, beinahe zwei Meter
hohen roten Nussknackern, die wie eifrige Pagen vor
dem Haupteingang stehen, und dicken Tannenkrän-
zen. Es schneit nun heftiger, doch mir ist ganz warm
ums Herz. Ich liebe meine Stadt und könnte mir nicht
vorstellen, irgendwo anders zu leben.

Ich umrunde geschickt die Menschenmenge, die vor
dem Café Sacher ansteht und bewundernswert geduldig auf ihren gebuchten Timeslot wartet, um einen begehrten Platz im weltberühmten Café zu erlangen und
Selfies von sich mit einer Portion Original Sachertorte
zu machen.

Die Schneeflocken tanzen immer dichter vor meinen Augen und ich bin kurz davor, Last Christmas auf mein Handy herunterzuladen. Erste Weihnachtsvorfreude macht sich in mir breit.

Der Wind frischt auf, sodass ich fröstelnd meinen Schal noch fester um mich ziehe, und als ich bei der Bäckerei Kipferl vorbeigehe, sehe ich Frau Erni aus dem Fenster winken.

Kurz zögere ich. Eigentlich war mein Plan, mir nach meinem kurzen Spaziergang einen Fertig-Salat aus dem Supermarkt zu holen und für das Abendessen einzukaufen, aber so eine kleine süße Nachspeise habe ich mir heute verdient und vielleicht kann ich ja das Angenehme mit dem Nützlichen verbinden.

„Grüß Gott, Frau Sauer!“ Erni begrüßt mich mit einem breiten Lächeln auf ihrem rosig glänzenden Gesicht. „Wie immer eine Topfengolatsche? Sie waren schon ein paar Tage nicht mehr da.“

Ohne meine Antwort abzuwarten, greift sie mit der Zange eine besonders große Topfengolatsche aus der Vitrine und stopft sie in ein raschelndes braunes Papiersackerl.

„Ich hatte viel zu tun“, sage ich bewusst vage.

„Verstehe, verstehe, Sie arbeiten zu viel. Eine so hübsche Frau sollte sich amüsieren, Sie wollen doch nicht allein und ungeküsst unter dem Weihnachtsbaum stehen? Eine Melange zum Mitnehmen?“

Ich nicke stumm und drücke mir selbst die Daumen, dass es mit dem romantischen Weihnachtsfest klappt. Als ich gestern mit Stephan telefoniert habe, hat er sich bei mir entschuldigt, dass er sich so wenig meldet. Aber er ist gerade in einen neuen, komplexen Mordfall verstrickt.

„Jetzt ist es ja bald so weit und er kommt unter die Erde“, sinniert Frau Erni mit plötzlich ernstem Gesicht vor sich hin. „So schnell kann es gehen, wie bei meinem guten Ernst. Gott hab ihn selig! Nur dass mein Ernst nicht so ein Weiberheld war, sonst hätte ich ihn wohl auch umgebracht.“

Ich schnappe erschrocken nach Luft, so eine brutale Ader hätte ich der gemütlichen alten Dame gar nicht zugetraut.

„Also nicht, dass ich der Frau Buchsbaum so etwas unterstellen würde!“, korrigiert sie sich rasch.

„Nein, natürlich nicht“, sage ich.

„Obwohl es für sie sicher nicht leicht war. Ich habe mich ein wenig umgehört. Man munkelt, er hatte eine neue fixe Freundin. So eine Blonde. Und beruflich hatte er auch viel um die Ohren, mit der neuen potentiellen Kaffeehaus-Sache. War halt ein umtriebiges Kerlchen.“

Ich versuche, die geballte neue Information zu verarbeiten und auf das für mich Wesentliche zu filtern.

„Welches Kaffeehaus und welche blonde Frau?“, werfe ich lauernd ein.

Erni legt ihre Stirn in Dackelfalten. „Lassen Sie mich nachdenken, Frau Sauer, ich bin nicht mehr die Jüngste und mein Gedächtnis ist mittlerweile so durchlässig wie ein Nudelsieb. Also Herr Buchsbaum wollte sein Kaffeehaus-Imperium erweitern und ein neues Kaffeehaus kaufen munkelte man. Und die blonde Frau, von der hat mir letztens jemand erzählt ... Aber der Name will mir nicht einfallen." Frau Erni macht eine ausgiebige Denkpause. „Warten Sie, gleich fällt es mir wieder ein. Ludmilla hieß sie, glaube ich."

„Die Freundin von Herrn Buchsbaum?"

„Nein, die Frau, die mir von seinem blonden Fehltritt erzählt hat!", meint Frau Erni.

„Ludmilla also", wiederhole ich.

„Genau. Ludmilla, aber ganz sicher bin ich mir nicht. Ich kann mir Vornamen leider nicht mehr so gut merken wie früher. Auf jeden Fall arbeitet sie im Café Landtmann an der Garderobe, oder war es an der Kuchentheke?"

Sie scheint meinen enttäuschten Blick zu bemerken.

„Es wird mir sicher wieder einfallen! Und sonst gehen Sie halt hin und reden mit ihr." Sie zwinkert mir zu.

Die Türklingel ertönt und Frau Erni blickt über meine Schulter. Schade, es wäre auch zu schön gewesen, wenn ich etwas länger mit ihr ungestört hätte reden können, vielleicht hätte sie sich genauer an den Namen erinnert.

Aber immerhin habe ich einen ersten blonden Anhaltspunkt. Wenn auch einen schwachen.

Ich seufze, Erwin war wirklich kein Kind von Traurigkeit, da hat Lena schon recht.

Ich bezahle und mache mich nachdenklich auf den Weg. Ob ich so viel Glück habe und mir diese Ludmilla, oder wie auch immer sie heißt, etwas zu Erwins Geliebter sagen kann? Auf dem Weg in den Supermarkt geht vibrierend eine neue Nachricht auf meinem Handy ein.

Hoffentlich von Stephan! Ich lächele in mich hinein und auf einmal wird mir ganz warm ums Herz. Mit vor Kälte klammen Fingern ziehe ich mein Handy heraus.

Hm, leider nur eine Nachricht meiner Mutter, die wissen will, wann ich heute Abend nach Hause komme, ob ich einkaufen war, oder ob nicht doch wieder sie etwas kochen soll.

Was eine gute Idee ist. Ich bin wirklich keine sehr ambitionierte Köchin.

Ich schreibe ihr zurück, dass ich sehr froh wäre, wenn Sie das Abendessen übernimmt, und will mein Handy wieder in die Tasche zurückstopfen, kann es dann aber aus einem Impuls heraus einfach nicht lassen, durch meine Bilder zu scrollen, bis ich es finde.

Mein Lieblingsbild von Stephan. Ein genialer Schnappschuss, der gleich nach dem Aufstehen entstanden ist. Mich schaudert es beim Gedanken, dass es das Pendant dieses Fotos von mir gäbe. Morgens bin ich nicht sehr fotogen.

Ich streiche mit dem Finger sacht über das Foto auf dem Handydisplay. Auf Stephans markanten Wangenknochen liegen tiefe Bartschatten und seine dunklen Haare stehen ihm etwas zerzaust vom Kopf ab. Sein Lächeln ob meines Spontan-Fotos ist etwas schief und in seinen Augen liegt noch der Schlaf oder besser gesagt Nicht-Schlaf der vergangenen Nacht.

Seufzend stecke ich mein Handy wieder in die Tasche.

Etwas unschlüssig wandere ich durch den Supermarkt und schnuppere, als ich an der Fleisch- und Wurst-Theke vorbeigehe. Was würde ich jetzt in diesem Moment für eine warme Leberkäse-Semmel geben. Essen macht glücklich, Essen entspannt mich. Aber an so etwas kalorienreiches sollte ich angesichts der Nachspeise in meiner Tasche gar nicht erst denken.

Missmutig lege ich einen Fertig-Salat samt Dressing und ein Vollkornweckerl in meinen Einkaufskorb. Na, war ja gar nicht so schwer, klopfe ich mir gedanklich stolz auf die Schulter.

Ich bezahle seufzend meine gesunde Jause und mache mich endlich auf den Rückweg zu meinem Büro. Entschlossen steige ich Stufe um Stufe hinauf in den vierten Stock. Heute schon insgesamt acht Stockwerke und ein zusätzlicher Spaziergang – die Schritte-App auf meinem Handy überschlägt sich vor Begeisterung und meldet einen neuen Bewegungs-Rekord. Gleich ruft mich mein Netzbetreiber an, und fragt mich, ob mein Handy gestohlen wurde.

Zurück an meinem Schreibtisch beginne ich, den Salat wie ein Häschen zu kauen, um das Sättigungsgefühl zu verstärken, was nur mäßig gelingt. Zur Ablenkung von dieser Misere scrolle ich online durch die neuesten Nachrichten. Die österreichischen Zeitungen sind, weil es wohl keine neuen Details zum Mord gibt, wieder zur Tagesordnung übergegangen und über das unfreiwillige Ableben von Erwin Buchsbaum erscheint kein einziges Wort mehr.

Wie schnell man doch vergessen ist, sinniere ich vor mich hin.

Eben noch eine beliebte, schillernde Persönlichkeit der besseren Wiener Gesellschaft und der strahlende Mittelpunkt einer ausgelassenen Party mit zweihundert Gästen und jetzt – aus. Tot.

Kein Hahn kräht mehr nach dir. Keiner denkt mehr an dich. Keiner trauert um dich.

Obwohl so ganz stimmt das sicher nicht. Bestimmt trauern seine Kinder, seine Angestellten und natürlich auch Lena, wenn auch heimlich, um ihn. Und vielleicht vergießt sogar jetzt gerade die blonde Geliebte ein paar Tränchen.

Ich lege die Gabel zur Seite und werfe die Überreste meines Salats in den Müll, öffne das Sackerl mit der Topfengolatsche und beiße genüsslich hinein. Himmlisch!

Mein Handy meldet eine neue Nachricht.

Die Leiche ist endlich polizeilich freigegeben, Beerdigung am Freitag im kleinen Familienkreis,

lautet die Nachricht von Lena und schon piepst mein Handy erneut.

Vernissage-Fotos schicke ich durch. Treffen morgen um 20 Uhr in meinem Büro?

Es ist natürlich keine Frage, sondern ein Befehl.

Mein Magen grummelt. Nicht nur weil Lena Buchsbaum ähnlich wie die Presse emotionslos zur Tagesordnung übergeht und ihren Erwin ziemlich geschmacklos nicht mehr als ihren Mann, sondern nur mehr als „die Leiche" tituliert, sondern vielmehr, weil sie mich in ihr Büro zitiert, um endlich für ihr Geld erste Resultate zu sehen. Die ich ihr beim besten Willen nicht liefern kann. Panik macht sich in mir breit.

Das erste Mal, seit ich als Privatdetektivin tätig bin, habe ich keinen konkreten Plan, wie ich vorgehen soll. Ein guter Manager strukturiert seine Aufgaben und delegiert was möglich ist an andere, rufe ich mich selbst zur Ordnung. Doch was in der Praxis ganz logisch ist, ist in diesem Fall nicht so einfach.

Cosima hat mit ihrer Galerie, Kater Strizzi und ihren vielen beruflichen und privaten Reisen, ziemlich viel um die Ohren und übernimmt nur Recherchen, die ihr Spaß machen, wie zum Beispiel die Familienchronik der Buchsbaums. Erst gestern hat sie mir eine seitenlange Abhandlung dazu geschickt, die ich noch nicht komplett durchgelesen habe, aber der Grundtenor ist klar.

Die Buchsbaums sind im Laufe der Geschichte aus einfachsten Verhältnissen stammend, zu einer der reichsten Familien Wiens aufgestiegen.

Vor über 100 Jahren, kurz nach dem ersten Weltkrieg, hat Hans Buchsbaum, der Urgroßvater von Erwin Buchsbaum, mit einem Kompagnon eine etwas marode Kaffeerösterei am Wiener Stadtrand gekauft und erfolgreich saniert. Es gab ein paar Gerüchte, dass dieser Geschäftspartner, der auch der Geldgeber der Familie Buchsbaum war, nachdem die Rösterei die ersten Gewinne abwarf, unsanft gedrängt wurde, aus dem Geschäft auszusteigen. Doch es gab dazu nie konkrete Beweise.

Die florierende Kaffeerösterei wurde zum Grundstock des Buchsbaumschen Vermögen, das im Laufe der folgenden Jahrzehnte stetig anwuchs. Sei es durch den geschickten Zukauf von preiswerten Immobilien, die günstig renoviert und hochpreisig weiterverkauft wurden, oder durch den Zukauf von historischen Kaffeehäusern. Und auch die nachfolgenden Generationen hatten durch geschickte Zukäufe von Zinshäusern in sich gut entwickelnden Bezirken in Wien und Salzburg in den 50er und 60er Jahren das Vermögen weiter vermehrt. Dabei, so munkelt man, haben sie sich mit ihren Geschäftsmethoden jedoch nicht immer Freunde gemacht und manch einer der Geschäftspartner fühlte sich über den Tisch gezogen.

Ich schreibe Cosima zurück und bedanke mich für ihre Recherche. Das Bild, das sie von Erwins Familie gezeichnet hat, zeigt Geschäftssinn, aber auch eine gewisse Härte und Skrupellosigkeit im Erreichen der Ziele.

Eine neue E-Mail von Lena blinkt in meinem Posteingang auf, sie hat mir mit dem Vermerk ‚Streng vertraulich‘ die Fotos und die Namensliste der Vernissage-Gäste geschickt.

Es sind hunderte Fotos.

Nun, das ist eine Aufgabe, die ich an meine Mutter delegieren werde, die ermittlungstechnisch manchmal über das Ziel hinausschießt, aber in diesem konkreten Fall beim Sichten der Fotos ja keinen Schaden anrichten kann.

Mit dem Betreff ‚Viel Spaß bei der Suche nach der Nadel im Heuhaufen‘ leite ich ihr die E-Mail weiter und informiere mit einer kurzen Nachricht in unserer WhatsApp-Gruppe meine Mutter und Cosima über die Neuigkeiten in puncto Geliebter aus dem Café Kipferl.

Aber dann überkommt mich die Neugier, wenigstens einen kurzen Blick könnte ich ja selbst auf die Fotos werfen, vielleicht entdecke ich ja Blauauge.

Aufgeregt beginne ich, durch die Fotos zu scrollen, als ein Telefonat meine Recherche unterbricht, und dann noch eines. Seufzend beende ich meine Suche. Schließlich werde ich von Herrn Mayer nicht dafür bezahlt,

Mörder oder Geliebte zu finden. Als ich das nächste Mal von meinem Laptop aufblicke, ist es bereits 16 Uhr und vor meinem Fenster flammen die Straßenlaternen auf.

Und so sehr ich den Winter mag, die Tatsache, dass es so früh zappenduster wird und ich meinen Heimweg immer in stockdunkler Nacht antreten muss, bereitet mir stets leichtes Unbehagen. Um mich aufzumuntern, koche ich mir in der Küche einen Tee. Wieder an meinem Platz habe ich eine E-Mail meiner Mutter im Posteingang.

Erstaunt lese ich, dass sie in der Zwischenzeit fleißig war, und in Eigenrecherche die Top-Kuchenproduzten im deutschsprachigen Raum gegoogelt hat und mit Erwins Kalendereinträgen verglichen hat.

Am Dienstag genau zwei Wochen vor seinem Tod, Treffen mit Michael Müller, seines Zeichens, Kuchenproduzent. Ort: Café Landtmann, lese ich.

Daneben stehen ein Tortensymbol, ein Zwinkersmiley ein Daumenhoch und ein Pistolensymbol.

Meine Mutter kann ganze Unterhaltungen nur mit Emoticons führen.

Ich google Michael Müller mit flinken Fingern und bin erleichtert, dass mir von der Firmenwebseite nicht das Blauauge entgegenstrahlt, sondern ein sympathisch lachender, großgewachsener Mann mit einer zotteligen grauen Löwenmähne und ungesund roter Gesichtsfarbe. Irgendwo habe ich ihn schon mal gesehen.

Aus einer Eingebung hinaus öffne ich noch mal den Ordner mit den Fotos von der Vernissage. Eine Fülle von lachenden, feiernden Menschen springt mich an.

Ich höre wieder das Gläserklirren und fast ist es mir, als wäre ich wieder dort und hörte die Jazzband spielen.

Ich schiele immer wieder zur Tür, aber Engelbert Mayer ist zum Glück bei einer Wohnungsbesichtigung.

Es dauert eine ganze Weile und ich will schon fast aufgeben, doch dann werde ich fündig. Auf dem Foto steht der Kuchenproduzent in einer Gruppe von Bewunderern von Lenas Kunst. Er ist gut zu erkennen, denn seine Löwenmähne scheint vor dem grellen Bild neongelb zu glühen und er blickt direkt in die Kamera. Er war also auf der Vernissage am Tag des Mordes. Ein kalter Schauder überläuft mich, das kann natürlich nur ein dummer Zufall sein.

Ich ziehe die Ausdrucke von Erwins Kalender aus der Mappe, die ich sorgsam in der Büroschublade versteckt habe.

Mit dem Namen, ist die Suche viel einfacher. Erwin hat sich vor seinem Tod drei Mal mit diesem Herrn Müller im Landtmann getroffen, immer an einem Dienstagvormittag. Und die Recherche meiner Mutter stimmt – das letzte Mal zwei Wochen vor Erwins Tod.

Grübelnd öffne ich meinen Outlook-Kalender. Ich habe morgen Nachmittag einen Wohnungsbesichtigungstermin ganz in der Nähe des Café Landtmann.

Theoretisch könnte ich mich nach dem Termin kurz umhören, ob Erwin den Kuchen-Produzenten an jenem Tag wirklich getroffen und ob ein Kellner etwas vom Gespräch belauscht hat. Und vielleicht auch gleich dem Hinweis von Erni in Sachen Geliebter nachgehen.

Falls es diese Ludmilla dort überhaupt gibt.

Kurz ringe ich mit mir, ob das eine gute Idee ist, doch dann gebe ich mir einen Ruck, denn ich habe keine andere Wahl. Lena erwartet morgen Abend konkrete Ergebnisse von mir, und irgendwie scheinen sich die Spuren des Mörders und der Geliebten immer zu kreuzen.

Und als könnte meine Mutter Gedanken lesen, kommt in der Sekunde, als ich beschließe, auch in Sachen Mord zu ermitteln, ihre Nachricht.

Sollen wir morgen mal ins Café Landtmann gehen und uns umhören? Das ist doch kein Zufall!

Hilfe. Der Bluthund Theresa Sauer hat Witterung aufgenommen.

Reden wir am Abend weiter,

tippe ich rasch eine Antwort an meine Mutter, eben ist die Bürotür ins Schloss gefallen und ich richte meinen Blick wieder starr auf den Bildschirm und gebe mich konzentriert und produktiv.

Und keine Sekunde zu früh.

Schnelle Trippelschritte vor meiner Bürotür kündigen meinen Boss an

„Hallo Frau Sauer, ich bin wieder da!“ Mein Chef steckt seinen kahlen Kopf, auf dem ein paar geschmolzene Schneeflocken glitzern, zur Tür herein. „Ich erwarte in zehn Minuten einen wichtigen Klienten. Ich weiß, es gehört nicht zu Ihren Aufgaben, aber können Sie uns einen Kaffee ins Besprechungszimmer bringen? Sie müssen gar nichts an der Kaffeemaschine einstellen, ich bereite alles vor." Er lächelt mich fast entschuldigend an.

„Kein Thema", sage ich nickend.

Ich weiß, dass Herr Mayer mich nur im Notfall, bei besonders konservativen Klienten bittet, Kaffee zu servieren, und sich im Nachhinein mehrmals dafür entschuldigt, weil er es für absolut unzeitgemäß hält, sich von seiner Mitarbeiterin Kaffee servieren zu lassen, wo er doch selbst zwei gesunde Hände hat, wie er immer sagt.

Sonst hat er keine Skrupel, mich mit Arbeit zu überhäufen, daher vermute ich, dass es eher daran liegt, dass er Angst hat, wenn sich ein Laie an seiner heiß geliebten Ferrari-roten Espresso-Maschine, die so viel wie ein italienischer Kleinwagen gekostet hat und die er hütet wie seinen Augapfel, mit ungeübten Fingern zu schaffen macht.

Die Türklingel ertönt.

„Da ist er ja schon!" Herr Mayer trippelt zur Tür und ich höre ihn salbungsvoll-freudige Begrüßungsfloskeln mit einem neuen Interessenten austauschen.

„Bitte reserviere für morgen um 17 Uhr im Landtmann", schreibe ich eine kurze Nachricht an meiner Mutter.

Und noch ehe ich mich auf den Weg in die Küche machen kann, um den Kaffee zu servieren, kommt ein Daumenhoch-Kaffeetassen und Galgen-Emoticon zurück.

KAPITEL 12

Wie der Weihnachtsbaum vor dem Café Landtmann glitzert! Begeistert lasse ich die festlich geschmückte, zehn Meter hohe Tanne mit den unzähligen blinkenden bunten Lichtern, die in der Dämmerung ein echter Hingucker ist, auf mich wirken.

Mein Blick schweift in Richtung Schanigarten und da sind ja schon die ersten Gäste in den flauschigen, bodenlangen roten Bademänteln.

Rasch knipse ich ein Foto für Stephan.

Aus Energiespargründen wird der Schanigarten vor dem Café Landtmann diesen Winter erstmals nicht wie die Jahre zuvor mit riesigen Heizstrahlern auf Temperatur gebracht, sondern dürfen sich die Gäste, die outdoor einen Punsch oder Kaffee trinken wollen, in die zur Verfügung gestellten dicken roten Bademänteln mit der flauschigen Kapuze hüllen.

Würde dir auch gut stehen, schade dass du nicht da bist, viel Glück mit deinem Fall, schreibe ich eine Nachricht an Stephan.

Im gleichen Moment frage ich mich, ob das zu weinerlich klingt. Doch ich verwerfe den Gedanken, ich muss mich sputen, meine Mutter wartet sicher schon ungeduldig auf mich. Ich stelle mich bei der Garderobe in die Warteschlange und nehme die junge Frau, die mit den Kleidungsstücken hantiert näher in Augenschein. Ob die Frau mit dem dunklen, akkurat geschnittenen Pagenkopf, die gerade einen Mantel entgegennimmt, besagte Ludmilla ist?

Ich rücke in der Schlange nach vor.

Auf ihrem Namensschild lese ich Gordana, was für ein Pech. Wenn es besagte Ludmilla wirklich hier gibt, hat sie heute wohl frei. Ob ich Gordana nach ihrer Kollegin fragen soll? Doch wahrscheinlich ist jetzt nicht der richtige Augenblick, denn hinter mir drängen bereits weitere durchfrorene Menschen ins Café, die sich aufwärmen wollen, und so gebe ich kommentarlos meinen Mantel ab und nehme den Bon von ihr entgegen.

Meine Mutter hat mir geschrieben, dass sie im Hauptsaal reserviert hat, und zu meiner Freude hat sie sogar einen der begehrten Fensterplätze ergattert. Nach einer kurzen Umarmung nehme ich ihr gegenüber Platz und schnappe mir hungrig die Speisekarte.

Der heutige Tag war wieder einmal mit Terminen so durchgetaktet, dass ich mittags nicht mal Zeit für eine kurze Pause hatte.

„Ich hätte gern eine Melange und einen Apfelstrudel.“ Meine Mutter lächelt den kahlköpfigen Kellner, der lautlos neben uns aufgetaucht ist, freundlich an, doch mich täuscht ihr unschuldig wirkendes Grinsen nicht. Ich spüre, wie sich meine Nackenmuskeln verspannen.

„Bitte fall nicht gleich wieder mit der Türe in Haus“, zische ich ihr zu, als der Mann auch meine Bestellung aufgenommen hat und eifrig davoneilt.

„Lass mich nur machen, Kindchen.“ Meine Mutter trägt ihr breitestes Haifischgrinsen und tätschelt meine Hand.

„Schön ist es hier, was Samantha? Viel größer als im Mozart! Was für ein unglaublich weitläufiger Raum. Wir könnten ruhig öfter auch mal hierher gehen. Ich habe neulich gelesen, dass das Landtmann über 150 Jahre alt ist, kannst du dir das vorstellen? Überleg nur, wer hier schon aller gesessen hat, welche Feiern und Dramen hier stattgefunden haben.“

Zufrieden blickt sie sich um und ich muss ihr recht geben.

Ich schnappe mir das Infoblatt vom Tisch und lese laut vor:

„Am 1. Oktober 1873, einem, laut Chronik, besonders sonnigen Oktobertag eröffnete Franz Landtmann das Café. Das Burgtheater auf das man vom Schanigarten aus blickt, war noch nicht gebaut und an vielen weiteren historischen wichtigen Gebäuden wie dem Rathaus und der Universität wurde ebenfalls erst gebaut.

Der Hauptraum, also der Raum in dem wir jetzt sitzen, war früher bekannt für seine rauschenden Feste, an denen der Adel und die bessere Wiener Gesellschaft gern teilnahmen.“

Was für ein geschichtsträchtiges Haus, das, so lese ich weiter, im Laufe der Jahre öfter seine Besitzer gewechselt hat, nun aber seit einigen Jahrzehnten von der Familie Buchsbaum betrieben wird.

Der Kellner eilt nur wenige Minuten später voller Elan auf uns zu und stellt schwungvoll ein großes Glas Apfelsaft und die Sacher Würstel vor mir ab sowie den Apfelstrudel und den Kaffee vor meiner Mutter.

„Vielen Dank. Das ist also der berühmt-berüchtigte Apfelstrudel." Theresa Sauer, der selbsternannte Spürhund, grinst den armen Mann ungeniert und etwas lauernd an.

„Wie meinen, Gnädigste? Warum berüchtigt?" Stirnrunzelnd betrachtet der ahnungslose Mann meine Mutter.

„Meine Mutter meint den berühmten Apfelstrudel. Den legendären Apfelstrudel", werfe ich rasch ein. „Ich bilde mir sogar ein, irgendwo gelesen zu haben, dass ein internationaler Konditor sich dafür interessiert hat", ergänze ich.

„Ein Konditor? Nein, nicht dass ich wüsste." Der Kellner sieht uns fragend an.

„Was meine Tochter meint, ist ein Tiefkühltorten- und Kuchenproduzent, Sie wissen schon, die Torten und Kuchen, die man tiefgefroren im Supermarkt kaufen kann und dann zu Hause auftauen lässt." Meine Mutter stimmt eine leise Melodie an, die sie wohl aus dem Werbespot kennt, und sieht den Mann erwartungsvoll an.

„Unseren Apfelstrudel einfrieren und auftauen, ist das ihr Ernst? Das klingt ja fürchterlich! Der gute, zartblättrige frische Blätterteig wird doch nach dem Auftauen sicher ungenießbar und matschig. Bei uns ist alles frisch! Apfelstrudel auftauen … von so einer Schnapsidee höre ich das erste Mal und ich bin schon seit über zehn Jahren hier beschäftigt." Der Kellner schüttelt lachend den Kopf. „Sonst alles zu Ihrer Zufriedenheit, meine Damen?"

„Ja, alles gut", schnappt meine Mutter beleidigt, die es hasst, ausgelacht zu werden.

Nachdenklich blicke ich dem davoneilenden Kellner nach.

„Lisa würde sagen, das war ein Satz mit x. War wohl nichts!" seufze ich.

„Nun kommt Zeit kommt Wort, sage ich immer! Vielleicht war der ahnungslose Kellner nur die falsche Ansprechperson." Meine Mutter, die Sprichwörter gern kreativ umtextet, hat ihren Apfelstrudel in Rekordzeit quasi inhaliert. Nur ein Stückchen hat sie mir gnadenhalber übrig gelassen. Sie schiebt den Teller zu mir rüber, tupft sich mit der Serviette ein paar Brösel von ihrer Bluse und springt auf.

„Bloß, weil er keine Ahnung hat, heißt es nicht, dass wir auf der falschen Spur sind. Du entschuldigst mich, ich bin gleich wieder da." Meine Mutter schultert mit grimmig entschlossenem Gesicht ihre Handtasche.

Ich ahne Schreckliches, als ich sie schnellen Schrittes durch den Raum Richtung Ausgang marschieren sehe.

Wenn Theresa Sauer eine Mission hat, ist sie durch nichts aufzuhalten. Ob sie den armen Kellner jetzt nochmals verhört oder, was wahrscheinlicher ist, sich einen anderen Interviewpartner sucht, den sie ausquetschen kann?

Nun gut, soll sie nur machen.

Genüsslich kauend verspeise ich meine Sacher Würstel mit reichlich Kren und tupfe ein Stückchen Brot in den scharfen Senf. Dann spüle ich alles mit einem großen Schluck Apfelsaft hinunter und angle nach dem Teller mit dem letzten Bissen vom Apfelstrudel.

Hm, genauso perfekt wie im Café Mozart. O ja, dafür könnte man wirklich einen Mord begehen.

Die Minuten verstreichen, während ich aus dem Fenster blicke und mich über den Schnee freue und sehnsüchtig zum Christkindlmarkt vis-à-vis beim Rathaus blicke. Die Tanne dort ist mit fünfundzwanzig Metern noch ein ganz Stück höher als die vor dem Landtmann und wird jedes Jahr aus einem anderen Bundesland geholt.

Ich hoffe, ich schaffe es, in der Adventzeit mit Lisa und meiner Mutter auf einen Punsch oder zwei herzukommen. Auch wenn sie oft kitschig sind, lieben wir Sauer-Frauen die Wiener Weihnachtsmärkte. Ein Kinder-Punsch für Lisa, einen Beerenpunsch für die Erwachsenen, gebrannte Mandeln und ein romantisches Kuss-Foto unter dem rot blinkenden Herzerlbaum muss einfach jedes Jahr sein.

Obwohl, heuer wohl nicht.

Die Kriminalitätsrate in Salzburg scheint höher zu sein als in Wien. Und dann ist ja noch Stephans Vater, der partout keine fremde Hilfe im Haus duldet, was Stephan etwas entlasten würde.

Ich blicke auf die Uhr, meine Mutter ist mittlerweile seit über einer Viertelstunde verschwunden und der Verdacht liegt nahe, dass sie neue Freunde gefunden hat. Um mir die Zeit zu vertreiben, bestelle ich mir eine

Melange und krame in meiner Tasche nach dem Handy. Dabei stößt meine Hand gegen einen schmalen, kantigen Gegenstand.

Erwin Buchsbaums kleiner schwarzer Kalender.

Den hatte ich in der Hektik der letzten Tage ja völlig vergessen, ob ich noch mal reinschauen soll?

Ich schiele ans andere Ende des Saales. Wenn meine Mutter jetzt auftaucht, muss ich mich ihren neugierigen Fragen stellen, warum ich ihr bisher noch nichts davon erzählt habe.

Ich blättere durch die Seiten. Hm, montags Mozart, dienstags Landtmann – die eingetragenen Termine sind, soweit ich die Termine im Kopf habe, fast eine 1:1 Kopie von Erwin Buchsbaums elektronischem Terminkalender, wenn auch aufgrund der geringen Größe des Taschenkalenders mit mehr Abkürzungen.

Ich blättere weiter nach hinten, schlage den Oktober auf und stutze:

Neben PT steht ganz blass mit Bleistift eine Zahlenabfolge:

1-0-0-1.

Die muss ich, als ich das Buch in Erwins Büro entdeckte, im diffusen Licht übersehen haben. Die Schrift ist aber auch ziemlich blass, wie mit einem dünnen Bleistift geschrieben.

1001.

Ist das ein Code, ein Teil einer Telefonnummer? Irgendwelche Koordinaten? Ich werde daraus nicht schlau. Ich blättere hektisch durch den Kalender. Zart aber doch, die Zahl steht beginnend drei Monate vor seinem Tod unter jedem Donnerstag-Eintrag.

„Was hast du denn da, Kindchen, ist das dein kleines schwarzes Buch?"

Meine Mutter ist wieder zurück und so breit wie sie grinst, war sie erfolgreich.

„Das ist Erwin Buchsbaums privater Terminkalender", sage ich etwas bange und während ich innerlich mit einem Tobsuchtsanfall rechne, da ich ihr nicht früher davon erzählt habe, erkläre ihr kurz wie ich ihn am Montag als ich mit Cosima in seinem Büro war, in der Schreibtischschublade „gefunden" habe.

Eine Sekunde sieht sie sehr beleidigt aus und ich erwarte eine Schmollattacke der schlimmsten Sorte, weil ich ihr den Fund vorenthalten habe, doch dann siegt ihre natürliche Neugierde: „Und sag schon, steht da etwas interessantes drinnen?"

„Leider nicht, sonst hätte ich es dir selbstverständlich schon früher gezeigt", versuche ich mich aus der Affäre zu ziehen und blättere durch die Seiten und tippe mit dem Finger auf die Einträge am Donnerstag.

„Da sieh selbst: Wie in seinem online Kalender – PT – für privater Termin. Und wenn du genau hinsiehst eine Zahl."

Meine Mutter runzelt die Stirn, doch auch sie hat keine Ahnung, was die Zahl bedeuten soll.

Enttäuscht stecke ich den Kalender wieder ein, mir kommt es so vor, als verlaufe jede Spur ins Leere.

„Nun Schwamm drauf. Regen kommt nach Sonnenschein, wie ich immer sage. Willst du gar nicht wissen, was ich herausgefunden habe?" Meine Mutter sieht mich erwartungsvoll an und fährt, ohne meine Antwort abzuwarten, fort: „Der Kellner vorhin war ja nicht sehr auskunftsfreudig oder wirklich ahnungslos, aber ich habe sehr erfolgreich eine andere Quelle angezapft. Und ich sage dir, die ist vor Informationen nur so übergesprudelt!"

Ich halte gespannt die Luft an.

„Also in aller Kürze: Erwin Buchsbaum war jeden Dienstag hier, ganz wie es in seinem Kalender steht. Zwei Reihen weiter direkt am Fenster war sein Stammplatz, hier hat er immer seine Geschäftsbesprechungen abgehalten, hat mir ein anderer Kellner bestätigt. Und auch Ludmilla die in Wirklichkeit Gordana heißt."

„Gordana von der Garderobe?", frage ich. Dann hat Frau Erni aus dem Kipferl sich wohl wirklich den Vornamen falsch gemerkt.

„Richtig, Gordana die Garderobiere. Obwohl es dafür sicher mittlerweile einen klangvollen Titel gibt. Mantel- und Jackenmanagerin oder so ähnlich, aber egal. Wie immer ist auf Garderoben-Damen in puncto Auskunftsfreude Verlass."

„Ich hoffe, du hast ihr nicht deinen Namen gesagt oder wieder meine Visitenkarte gegeben", schnauze ich. Denn das hat damals den Opernmörder auf meine Spur gebracht.

„Natürlich nicht, Kindchen, keine Sorge, ich bin ja nicht blöd. Also diese Gordana ist eine nahezu unerschöpfliche Informationsquelle, da hatte Frau Erni schon recht. Aber kein Wunder, die Arme steht ja auch den lieben langen Tag in ihrem Verschlag zwischen all den muffigen Jacken und Mänteln und hat jede Menge Zeit und Gelegenheit, unauffällig das Treiben um sie zu beobachten."

„Bitte komm zur Sache, Mama", sage ich, denn allmählich werde ich ungeduldig.

„Also, Gordana wusste zwar auch nichts von einem
Kuchenfabrikanten, aber sie hat diesen Herrn Müller
eindeutig auf dem Vernissage-Foto erkannt, das ich ihr
auf meinem Handy gezeigt habe.“

Ich schnappe nach Luft.

„Ist sie sich sicher? Dann stimmt es also: Erwin hat
sich zwei Wochen vor seinem Tod das letzte Mal mit
dem Kuchenproduzent hier getroffen.“ Ich kann noch
immer nicht fassen, dass an der Apfelstrudel-Mord-
Theorie mehr als ein Körnchen Wahrheit zu sein
scheint.

„Ja, sie ist sich ganz sicher, und weißt du auch, warum
sie sich noch ganz genau an ihn erinnert? Weil ihr der
große Herr mit dem – ich zitiere – Löwenkopf, ein großzügiges Trinkgeld gegeben hat. Was hier nicht allzu oft
vorzukommen scheint. Laut Gordana geben die meisten Gäste nämlich nichts oder nur zehn Cent, kannst du
dir das vorstellen, Kindchen? Was für Knauser.“ Meine
Mutter schüttelt den Kopf.

„Ich möchte gar nicht wissen, wie du zu den Informationen gekommen bist“, sage ich mit einem Seufzen.

„Oh, das war gar ganz leicht. Wie du weißt, habe ich
eine Gabe allen Menschen, ganz beiläufig ihre intims-
ten Geheimnisse zu entlocken.“ Sie nickt stolz. „Also
gut, fassen wir zusammen: Der Termineintrag stimmt.
Erwin hat Herrn Müller, den Kuchenproduzent, zwei
Wochen vor seinem Tod hier im Landtmann ganz offiziell getroffen, wofür es Zeugen gibt. Und der Kuchenproduzent war auch auf der Vernissage – mit oder ohne
Einladung. Vielleicht hat Erwin ihm an diesem Abend
ein weiteres Mal gesagt, dass er sein Apfelstrudelrezept
nicht verkaufen will. Aber der Mann wollte das nicht

akzeptieren und versuchte Erwin, als alle Gäste weg waren, ein letztes Mal umzustimmen. Und dabei kam es in den Morgenstunden zu einem leicht betrunkenen Streit und PENG! Aus die Maus." Die aufgeregte Stimme meiner Mutter hallt laut durch den Raum.

Ich pruste beinahe meine Melange über die Tischdecke.

„Mama, bitte! Wie war das mit der dezenten Ermittlung? Das ganze Lokal kann dich hören!" Ich werfe meiner Mutter einen bösen Blick zu und sehe mich hektisch um. Doch zum Glück scheint uns niemand Beachtung zu schenken.

Seufzend picke ich mit spitzen Fingern die letzten Brösel des Apfelstrudels von meinem Teller.

„So kann es gewesen sein, ja, aber wir haben noch immer keine heiße Spur zu einer möglichen Geliebten", sage ich seufzend.

„Jetzt schau nicht so traurig, Kindchen." Meine Mutter winkt dem Kellner. „Zwei Gläser Sekt, bitte", ordert sie bei ihm.

„Ich trinke unter der Woche keinen Alkohol", schnappe ich.

„Papperlappapp! Du wirst doch mal eine Ausnahme machen, wir haben doch einen Grund zum Feiern. Wir sind in Sachen Apfelstrudelmord ein ganzes Stück weitergekommen."

„Das ist ja schön und gut, aber dafür bekomme ich kein Honorar von Lena Buchsbaum." Ich fühle mich allmählich wie ein Papagei. „Verstehst du nicht, ohne erste konkrete Hinweise brauche ich Lena heute Abend erst gar nicht zu kommen."

Mir bricht bereits jetzt der kalte Schweiß beim Gedanken an Lenas stechenden Blick aus, wenn ich ihr erzählen muss, dass ich nichts Neues in Sachen Geliebter herausgefunden habe. Und mit einem Teil des Geldes habe ich bereits Lisas neue Zahnspange angezahlt. Was wahrscheinlich ein Fehler war.

Mein Bauch knurrt voller Angst, muss ich die Summe jetzt zurückgeben? Ich hätte meinem Bauchorakel trauen und diesen verdammten Fall nie annehmen dürfen.

Auf einmal bin ich bleiern müde und wünschte mir, ich müsste Lisa nicht allein großziehen oder hätte wenigstens einen etwas zahlungsfreudigeren Ex-Mann, der sein Geld lieber in Lisa als in seine neue anspruchsvolle Frau und seinen jüngsten Spross investiert.

Dann könnte ich Lena sagen, dass sie sich die Ermittlungen rund um ihren untreuen Erwin und ihr tolles Honorar sonst wo hinstecken kann.

„Ach, tut mir leid, das hätte ich ja fast vergessen, zu erwähnen, Kindchen, weil ich so aufgeregt war, dass Gordana diesen Kuchenproduzent auf dem Foto identifiziert hat“, platzt meine Mutter in meine trüben Gedanken und ich hebe hoffnungsvoll den Kopf. „Erwin Buchsbaum hat auch hier ein Büro und hatte dort öfters wiederkehrenden hübschen blonden Damenbesuch.“

„Und damit kommst du erst jetzt an? Sie hat ihn mit seiner Geliebten gesehen?“, keuche ich. „Wer war die Dame? Hat Gordana einen Namen genannt? Jetzt spuck es endlich aus!“

Ich hänge förmlich an den Lippen meiner Mutter.

„Eigentlich war es ein Zufall. Gordana hatte den Kuchenproduzent auf dem Foto erkannt und gemeint, dass sie diesen Mann hier nur zwei oder drei Mal gesehen hat. Aber die Frau neben ihm auf dem Foto war laut Gordana ein ziemlich intimer Stammgast von Erwin. Mit VIP-Full-Service. Und dazu hat sie etwas dreckig gelacht. Aber wenn ich so nachdenke, hilft dir das trotzdem nicht wirklich weiter, Kindchen.“

KAPITEL 13

„Nun Frau Sauer, Sie jagen also ein Phantom. Ein blondes Phantom. Ist es das, was Sie mir erzählen wollen? Das Phantom des Landtmann. Klingt wie die schlechte Neuauflage eines Musicals.“ Lenas graue Augen schimmern wie flüssiges Silber und jetzt macht sie wieder die unappetitliche „Augen-aus-dem-Kopf-quell“-Sache.

Um mich von dem unerfreulichen Anblick abzulenken, richte ich meinen Blick auf das Bild der anmutigen dunkelhaarigen Frau über Lenas Kopf, die mich heute noch ein wenig wehmütiger als sonst anzulächeln scheint. Fast, als wären ihr unsere Gespräche um Erwins potenziellen Ehebruch peinlich. Ob sie eine direkte Vorfahrin von Erwin ist?

„Nun, ich würde es nicht ein Phantom nennen. Eher eine geheimnisvolle, blonde Unbekannte, mit der sich ihr Mann eine Zeitlang regelmäßig im Landtmann getroffen hat. Wir haben also eine erste konkrete Spur in Sachen Geliebter“, setze ich mit fester Stimme zu meiner Verteidigung an und blicke Lena mit entschlossenem Blick an, obwohl mir innerlich die Knie schlottern.

„Ich verstehe nicht, warum geheimnisvoll? Gibt es diese Frau nun oder nicht?" Lenas Augen fallen mittlerweile fast aus ihrem Kopf.

Das kann nicht gesund sein, jemand muss ihr das sagen.

„Nun, Gord... ich meine, meine Informationsquelle hat mir erzählt, dass besagte blonde Dame sich wiederholt mit Ihrem Mann im Landtmann traf. Aber leider kennt sie nicht ihren Namen."

Oder kann das Gesicht der Dame näher beschreiben, aber diese Tatsache verheimliche ich besser vor Lena, sonst brauchen wir einen Augenarzt.

Und besser verschweige ich auch den Spitznamen, den meine Informantin der Blondine, die eine Zeit lang jeden Dienstagvormittag ins Landtmann, kam gegeben hat.

Miss Hottie-Hollywood taufte Gordana die elegante Erscheinung, die stets einen cremefarbenen Seidenschal a la Grace Kelly um Kopf und Kinn drapiert trug und ihr schmales Gesicht zusätzlich hinter einer riesigen schwarzen Sonnenbrille versteckte.

Vor meinem inneren Auge öffne ich das Foto von der Vernissage.

Neben dem Kuchenproduzenten mit den neongelb strahlenden Haaren steht die geheimnisvolle Unbekannte in einem eleganten schwarzen Etuikleid und einem Glas Champagner in der Hand.

Ihr Kopf ist wie von Gordana geschildert mit einem cremefarbenen Schal umwickelt, unter dem ihre blonden langen Locken den Rücken hinunterfließen.

Ob sie eine Sonnenbrille trägt, kann ich leider nicht sehen, weil sie den Kopf in einem scharfen Winkel von der Kamera abgewendet hat, als hätte sie in letzter Minute bemerkt, dass sie fotografiert wird und sich rasch weggedreht.

Doch das auffällige Schlangentattoo auf ihrer linken Hand, das von ihrem Daumenballen bis zum halben Unterarm reicht, verrät sie. Gordana meinte, dass ihr das Tattoo schon bei dem ersten Besuch der blonden Dame im Landtmann aufgefallen war.

Irgendwie schien das auffällige, bunte, großflächige Schlangenbildnis auf ihrem blassen Unterarm nicht zur restlichen Erscheinung der stets elegant gekleideten Frau zu passen.

„Er hat diese Frau also im Landtmann getroffen. Wie skrupellos wie demütigend! Vor den Augen der gesamten Belegschaft." Lena Buchsbaum ist aufgestanden, stakst mit zitternden Beinen zur Bar und schenkt sich ein Glas Wasser ein. Das Ganze scheint ihr wirklich nahe zu gehen, wenn sie nicht einmal Alkohol trinkt.

„Nun, direkt vor den Augen der Angestellten würde ich nicht sagen." Was keine Lüge ist. Erwin und Lenas blonde Nebenbuhlerin hatten sich nach dem offiziellen Teil der Besprechung im Café meist direkt diskret in sein Büro zurückgezogen.

Lena beobachtet mich lauernd. Ich beglückwünsche mich zu meiner Entscheidung, dass ich ihr nicht gesagt habe, dass die blonde Frau sogar auf ihrer Vernissage war und ihren Champagner getrunken hat.

„Und weiter, na los Frau Sauer! Ich will Details!", schnappt Lena und trommelt mit spitzen Fingernägeln auf den Schreibtisch. „Ist sich ihre Informantin sicher, dass es stets die gleiche Dame war? Mein Mann hatte ein Faible für Blondinen."

„Meine Quelle ist sich sicher. Die Dame tauchte mehrmals hintereinander im Landtmann auf und eines Tages hat sie rein zufällig etwas konkretes beobachtet“.

„Details, Frau Sauer ...“ Lenas Stimme ist gletscherkalt und eine Ganzkörpergänsehaut breitet sich beginnend von meinen Fingern wie eine Laola-Welle über meinen gesamten Körper aus.

„Nun, Ihr Mann wurde mit besagter Dame in, nennen wir es“, ich ringe um unverfängliche Worte, „inniger Umarmung gesehen.“

Den genauen Wortlaut von Gordana, den meine Mutter 1:1 genüsslich wiedergeben konnte, erspare ich Lena Buchsbaum besser und auch die Schilderung der eindeutigen Geräusche, die nur wenige Minuten später aus dem Büro kamen.

„Und war dieser Kuss eine einmalige Aktion oder hat ihr Informant oder ihre Informantin das unschickliche Tun öfter beobachtet? Lassen Sie sich doch nicht alles aus der Nase ziehen, Herrgott! Wofür bezahle ich Sie?“ Lena tigert zwischen dem Schreibtisch und der Bar auf und ab.

„Nun, die Dame war öfter zu Besuch im Landtmann, aber meine Informationsquelle hat besagte Umarmung und den Kuss nur einmal beobachtet und wollte aus Diskretions-Gründen nicht mehr dazu sagen.“

Ich presse eine Hand auf meinen Magen und es kommt einem Wunder gleich, dass er sich nicht sofort lautstark meldet. Ich schüttele mich innerlich. Ich habe eine sehr gute Vorstellungskraft und kann nur beten, dass ich die Bilder von Erwin Buchsbaum in Action wieder aus meinem Kopfkino rausbekomme.

„Diskret war ihre Quelle also? Ich nenne das neugierig und unangemessen! Wer ist Ihre Informantin oder
Ihr Informant? Na los, Frau Sauer, sagen Sie es mir. Ist
es jemand aus dem Haus? Bestimmt eine von den Rei-
nigungskräften oder etwa einer von den Kellnern?
Gott, wie peinlich. Bestimmt tratschen sie hinter meinen Rücken. Bestimmt lachen sie." Lena stöckelt Richtung Bar und schenkt sich mit leicht zitternder Hand
nun doch ein Glas Rotwein ein.

„Es tut mir leid, wie sehr Sie das aufwühlt, aber es gehört zu meinen Prinzipien meine Informationsquelle
niemals preiszugeben. Das ist so eine Art Ehrenkodex
unter Ermittlerinnen", sage ich entschiedener, als mir
zumute ist.

„Und Ihre Quelle", Lena spuckt das Wort so angeekelt
aus, als wäre es ein Stück verschimmeltes Brot, „ist sich
sicher, dass es sich dabei immer um die dieselbe Blondine handelt? Vielleicht waren es ja immer andere Damen? Die sehen doch alle gleich aus." In ihrer Stimmung liegt fast so etwas wie Hoffnung.

„Laut meiner Quelle war stets dieselbe blonde Dame
zu Gast bei Ihrem Mann", muss ich Lena enttäuschen.

„Aber Erwin war immer an den Donnerstagabenden
verschwunden, wie passt das Ihrer Meinung nach zusammen, Frau Sauer?" Lenas linkes Auge springt fast
aus der Höhle.

Ob das weh tut? Ich kann nicht mehr hinsehen.

„Die Treffen im Landtmann hörten drei Monate vor
Erwins Tod auf. Die Vermutung liegt nahe, dass die Sache zwischen Ihrem Mann und der blonden Dame
ernster wurde. Und die Treffen deshalb auf die Don-

nerstagabende und an einen diskreteren Ort, außerhalb des Landtmann verlegt wurden, um so vor etwaigen neugierigen Augen und Ohren geschützt zu sein", sage ich.

„Das vermuten Sie also. Das ist etwas dürftig. Und wie wollen Sie diese Frau nun finden, Frau Sauer? Was wissen Sie noch über sie? Wie heißt sie, was macht sie beruflich, wenn sie nicht gerade die Ehemänner anderer Frauen verführt!" Lena betrachtet mich lauernd.

Tja, das wüsste ich auch gern. Ich setze meine zuversichtlichste Miene auf und atme tief in den Bauch, denn die Wahrheit ist, dass ich keine Ahnung habe, wie ich die geheimnisvolle Frau finden soll, von der ich so gut wie nichts weiß.

„Ich habe Mittel und Wege", gebe ich mich gelassen, atme tief in den Bauch und bete wieder, dass er mich nicht lautstark der dreisten Lüge überführt.

„Das will ich hoffen! Ihre Ausbeute bisher ist bisher ziemlich dürftig!"

Ich nicke betreten. Wo sie recht hat, hat sie recht, aber ich hatte sie ja gewarnt, dass es nicht leicht werden würde ihren, wie ihn Cosima nannte, elenden Erwin, posthum der Untreue zu überführen. Unruhig rutsche ich auf meinem Stuhl auf und ab.

Plötzlich klopft es an der Verbindungstür und Frau Manninger steckt den Kopf in den Raum. Erschrocken wende ich mein Gesicht ab.

„Frau Buchsbaum, der Klempner ist da und will Bargeld, und die Polizei möchte Sie noch einmal sprechen."

Ich erstarre zur Salzsäule und wage es nicht, mich umzudrehen.

„Wie viel will der Handwerker denn diesmal? Und warum immer nur Bargeld?“

Sie nimmt das Bild der schönen dunkelhaarigen Frau wieder vorsichtig von der Wand, tippt eine Nummernfolge in den Safe ein, greift hinein und reicht Frau Manninger ein paar Geldscheine.

„Lassen Sie sich bitte eine Rechnung geben von dem Halsabschneider, ich unterstütze es nicht, dass er einen Teil seiner Einkünfte am Finanzamt vorbeimogelt.“

Der Safe, da war doch was? Ach ja, ich wollte Lena fragen, ob in der Nacht etwas aus dem Safe gestohlen wurde, zum Beispiel ein Apfelstrudelrezept. Aber bei ihrer aktuell angespannten Stimmungslage, sollte ich wohl nicht mit neugierigen Fragen um die Ecke kommen.

„Nun dann sind wir hier wohl für heute fertig, was?“ Lena Buchsbaum mustert mich kalt.

„Genau, Sie hören bald von mir. Ich bin optimistisch, das nächste Mal Konkretes liefern zu können“, höre ich mich selbst sagen, schnappe meinen Mantel und meine Handtasche und eile hinaus.

Vor der Tür laufe ich fast in zwei Herren, die mich aufmerksam mustern. Ob das die Kriminalbeamten sind? Der korpulentere, etwas ältere von den beiden dürfte rein vom selbstbewussten Auftreten her, der Chefermittler sein. Also Stephans Nachfolger, der Leiter der Mordkommission in Wien, ein nicht unsympathischer Mann in seinen Fünfzigern.

„Wir wollten Ihr Gespräch nicht unterbrechen.“ Der andere Mann ist wesentlich jünger, bestimmt erst

Mitte dreißig und erinnert mich mit seinen leicht vorstehenden Zähnen und seinen starren dunklen Knopfaugen ein wenig an ein wissbegieriges Frettchen.

„Kein Problem, ich wollte ohnehin gerade gehen. Schönen Tag noch." Flinken Schrittes eile ich den Gang entlang, tunlichst darauf bedacht, dass mich Frau Manninger nicht sieht, doch ich habe die Rechnung ohne die Wirtin gemacht.

„Dachte ich mir doch, dass sie es sind Frau Bauer!" Wie seltsam sie meinen falschen Namen betont, ich fürchte ich bin aufgeflogen.

Widerstandslos lasse ich mich von Frau Manninger in ihr Büro ziehen.

„Dann erzählen Sie mir mal in aller Ruhe, warum Sie hier sind, und vielleicht beginnen wir damit, dass Sie mir Ihren richtigen Namen nennen." Sie richtet ihre blassen Augen wie zwei Suchscheinwerfer auf mich.

Ich blinzele erfolglos gegen Ihren Röntgenblick an. Wenn sie eines Tages nicht mehr für die Buchsbaums arbeiten will, nimmt sie die Kriminalpolizei sicher mit Handkuss als Verhörspezialistin.

Frau Manninger sagt kein Wort, sondern lehnt sich nur mit verschränkten Armen in ihrem Bürostuhl zurück und betrachtet mich lauernd. Ich schaudere und fühle mich dreißig Jahre jünger, als wäre ich bei meiner Schuldirektorin beim Rapport, weil ich etwas ausgefressen habe. Unruhig rutsche ich auf dem unbequemen Stuhl auf und ab und schiele Richtung der Verbindungstür zu Lenas Büro, aus der gedämpfte Stimmen klingen.

Ich straffe meine Schultern. Genug jetzt, Samantha, du wirst doch nicht vor der der tüchtigen, aber harmlosen Sekretärin Angst haben.

Obwohl ihr Blick etwas Drohendes hat. Wenn sie gleich ihre Schreibtischlampe auf meine Augen richtet und mich am Stuhl festbindet, würde mich das auch nicht wundern.

„Lena, also Frau Buchsbaum, hat mich gebeten, privat etwas in Herrn Buchsbaums weiblichem, privatem Umfeld nachzuforschen! Aber bitte, das muss unter uns bleiben", gebe ich schließlich dem Druck ihrer stechenden Augen nach und reiche ihr meine Visitenkarte.

„Privatdetektivin also, na, da will es ja jemand ganz genau wissen. Mein Instinkt hat mich also nicht getrogen." Sie lächelt zufrieden. „Ich hatte mich das letzte Mal schon gewundert. Denn dass Sie und die Gräfin, die ich als Kennerin echter Kunst einschätze, sich nicht wirklich für die stümperhaften Malversuche von Frau Buchsbaum interessieren, war mir von Anfang an klar!"

„Weil sie eine kluge Frau sind, Ihnen macht niemand etwa vor, was?", frage ich schmeichelnd, was mir aber nur einen kalten Blick von Frau Manninger einbringt. Die Frau ist mit allen Wassern gewaschen. Ob sie entdeckt hat, dass ich an ihrem Computer war? Ich atme tief in den Bauch.

„Wie auch immer, ich hoffe, Sie finden, was Sie suchen. Frau Buchsbaum hat schon genug Probleme am Hals." Frau Manninger lehnt sich in ihrem bequemen Sessel zurück und blickt mich wieder direkt an. „Wissen Sie, Frau Sauer, die Familie Buchsbaum besser gesagt die beiden Kinder von Herrn Buchsbaum waren nicht begeistert, dass ihr geliebter Papa noch ein drittes Mal heiratet. Und dann noch eine so viel jüngere Frau, die das Erbe mit etwaigen weiteren Kindern schmälern hätte können. Ich bin nicht der größte Fan von Frau Buchsbaum, aber leicht hatte sie es von Anfang an nicht. Weder die Angestellten noch die Kinder von Herrn Buchsbaum mochten sie gern."

Klingt nach einem royalen Schicksal, ich fröstele.

„Und auch Herr Buchsbaum hat es Lena ja nicht unbedingt leicht gemacht. Die ständigen Affären ...", werfe ich ihr einen plumpen Köder hin.

Kurz schäme ich mich, es ist so weit, ich verwandle mich in puncto Taktlosigkeit in meine Mutter.

„Nun, Frau Sauer, Hunde, die bellen, beißen nicht. Zumindest nicht immer." Sie lächelt sanft. „Ich kenne Herrn Buchsbaum seit über vierzig Jahren, und ja, er war ein Charmeur, der es liebte, mit schönen Frauen zu flirten. Das lag ihm einfach im Blut, das war sein Lebenselixier. Aber wenn er mit jeder blonden Dame in Wien, mit der man ihm eine Affäre angedichtet hat, tatsächlich zugange gewesen wäre, wäre er nicht mehr zum Arbeiten gekommen. Und gearbeitet hat er stets viel, auch wenn seine Kinder natürlich bereits Aufgaben übernommen haben. Aber bis zuletzt führte er allein die Kaffeehäuser in Wien und die neue Kaffeerösterei in Triest."

„Nun, vielleicht gab es, nennen wir es mal vorsichtig, eine amouröse Dauer-Favoritin, mit der er sich regelmässig traf?", werfe ich vorsichtig ein.

„Nicht, dass ich wüsste." Frau Manninger blickt mich streng an, ihr Mund ist nur noch ein verkniffener blasser Strich. Jetzt habe ich sie wohl auf dem falschen Fuß erwischt. Sie scheint ihrem Chef auch posthum loyal die Treue zu halten. Vielleicht sollte ich aufs Ganze gehen.

„Lena hat mir einen privaten Kalender von Herrn Buchsbaum gegeben", lüge ich. Ich ziehe das kleine schwarze Buch aus meiner Tasche. „Sagt Ihnen dieser Eintrag etwas?" Ich deute auf die Zahl.

„1-0-0-1, was soll das sein? Nein, da bin ich leider überfragt." Frau Manninger legt ihre Stirn in Falten.

„Sehen Sie, die Zahlen stehen an jedem Donnerstag um 17 Uhr in diesem Kalender, beginnend drei Monate vor seinem Tod", hake ich vorsichtig nach.

„Alles, was ich Ihnen sagen kann, und das hat Ihnen Lena sicher auch bereits gesagt, ist, dass Herr Buchsbaum die letzten Monate vor seinem Tod jeden Donnerstag um Punkt 17 Uhr das Haus verließ. Komme, was wolle, aber wohin er ging, kann ich Ihnen leider nicht sagen." Mit gerunzelter Stirn betrachtet sie nachdenklich die Zahlenfolge. „Vielleicht ein Passwort, oder ein binärer Code?", mutmaßt sie.

„Ja, kann sein. ich bin leider total schlecht in Mathe", seufze ich.

Vielleicht sollte ich Lisa fragen, die zu unser aller Erstaunen die einzige in der Sauerschen Familie ist, für die Mathe kein Buch mit sieben Siegeln ist.

Ich stecke den Kalender gerade wieder ein, als im Nebenraum plötzlich die Stimmen lauter werden und Stühle rücken. Es klingt, als würden die Ermittler gehen, ich sollte das Gespräch beenden, ehe mich Lena dabei ertappt, wie ich mit Frau Manninger rede. Doch diese scheint Gefallen an unserer Unterhaltung gefunden zu haben.

„Nun, arme Lena, die Tatsache, dass sie eine Privatdetektivin engagiert hat, die posthum Herrn Buchsbaums potentielle Geliebte finden soll, zeigt wohl, dass sie ihn wirklich geliebt hat." Frau Manninger nickt mir zu. „Ich hoffe in jedem Fall, die Polizei findet den Mörder von Herrn Buchsbaum, ich habe ihn als Chef und Mensch wirklich sehr geschätzt." Sie hält kurz inne und putzt sich die Nase. „Wenn Sie mich fragen, hat er sich geschäftlich in Wien ein paar mächtige Feinde gemacht, aber mit seiner eigenen Waffe erschossen zu werden ..." Erschrocken blickt sie mich an.

Mit seiner eigenen Waffe? Ich halte gespannt die Luft an. Das ist ihr wohl gerade rausgerutscht.

„Bitte vergessen Sie, was ich gesagt habe." Die Wangen von Frau Manninger sind flammendrot. Das Ganze scheint ihr sehr peinlich zu sein. „Und falls mir etwas in Sachen Damenwelt oder zu dem Donnerstag-Termin oder der Nummernabfolge einfällt, melde ich mich bei Ihnen. Ich habe ja nun Ihre Telefonnummer, Frau Sauer."

Dankbar nicke ich ihr zu als ich Schritte vor der Verbindungstür höre. Nichts wie raus hier. Wie eine Sprinterin hechte ich aus der Tür in den Gang.

KAPITEL 14

„Das Leben ist wie ein Marmor-Gugelhupf – es gibt eine
helle und eine dunkle Seite.“
(Theresa Sauer)

„Ein Vögelein hat mir gezwitschert, dass Lena Buchs-baum zu den Hauptverdächtigen gehört.“ Mit spitzen Fingern pickt meine Mutter abwechselnd ein paar Gu-gelhupfbrösel von meinem und von Cosimas Teller.

Pick, Pick, Pick.

Ich hasse es, wenn sie das macht. Ihr Fingernagel macht ein unangenehmes Geräusch auf den Tellern. Cosima verdreht genervt die Augen.

„Eher zwei Vögelein. Ein etwa fünfzigjähriges mit et-was lichtem Gefieder und ein übermotiviertes jünge-res“, sage ich beiläufig, was mir einen erstaunten Blick einfängt.

„Woher kennst du Kurt und Florian?“ Es gelingt mir selten, meine Mutter zu überraschen.

„Ich habe deine ehemaligen Kollegen gestern Abend in Lena Buchsbaums Büro gesehen, Mama", erkläre ich mich.

„Kurt, das ist der Ältere, ist hochmotiviert. Er wollte karrieretechnisch immer hoch hinaus und dann hat man ihm vor zwei Jahren Stephan vor die Nase gesetzt. Einen Polizisten aus Salzburg. Na, der war vielleicht sauer. Umso wichtiger ist es jetzt für ihn, dass er sich in seiner neuen Funktion behauptet, auch wenn ich glaube, dass er und sein Kollege auf der völlig falschen Fährte sind. Wieso sollte Lena, Erwin umbringen?"

Pick, pick, pick.

„Bitte lass das." Ich schiebe die Teller aus der Reichweite ihrer nervösen Finger, das Geräusch macht mich wahnsinnig. „Die Ehefrau oder der Ehemann sind immer automatisch die Hauptverdächtigen. Das ist nichts Neues und das weißt du auch", sage ich.

„Noch ein Stück, Cosima?" Meine Mutter geht auf meinen Einwand nicht ein und blickt sie fragend an.

„Danke Theresa, dein Gugelhupf war wie immer köstlich, aber ich denke ich habe genug. Sonst wird mir später beim Yoga vielleicht schlecht", winkt die Gräfin ab.

Auch wenn es ihr sichtlich schwerfällt, was ich gut verstehe.

Ich finde ja, dass der Buchsbaumsche Apfelstrudel grandios schmeckt, aber den Sauerschen Gugelhupf, dessen Rezept auf dem Sterbebett von Generation zu Generation weitergegeben wird, finde ich noch eine Spur köstlicher.

„Ich habe übrigens mit meinem Anwalt gesprochen", informiert uns Cosima, während meine Mutter das Gugelhupfstück nun, ohne zu fragen, auf meinem Teller ablädt.

Seufzend betrachte ich das flaumige, duftende Kunstwerk, marmoriert aus hellem und dunklem Teig, das ganz zart mit einer Schicht Staubzucker bedeckt ist.

Kein Wunder, dass ich stets gegen ein paar Extrakilos kämpfe.

Meine Finger zucken nach der Kuchengabel, doch mit aller Willenskraft schiebe ich den Teller wieder in Richtung meiner Mutter, die gedankenverloren eine Ecke abbricht und zu kauen beginnt.

„Wir kennen natürlich Lenas Ehevertrag nicht, aber prinzipiell ist es ist so, dass Lena nur ihren Pflichtteil bekommt. Den Rest erben die beiden Kinder aus der ersten und zweiten Ehe. Außer ...“ Die Gräfin macht eine bedeutungsschwere Pause. „Außer sie hat den Tod des lieben Erwins selbst verursacht. Dann bekommt sie natürlich nichts, nicht mal den Pflichtteil.“

„Das kann ich mir nicht vorstellen“, werfe ich ein.

„Warum kannst du dir das nicht vorstellen, Kindchen?“ Die Augen meiner Mutter glitzern aufgeregt. „Die Gäste haben das Café verlassen, Lena ist allein mit Erwin beide sind betrunken und sie konfrontiert ihn mit ihrem Verdacht. Doch Erwin lacht sie aus, es kommt zu einem Streit ...“ Die Wangen meiner Mutter glühen.

„Sie öffnet die Schublade, nimmt Erwins Waffe heraus und peng, da liegt der untreue Kerl in seinem eigenen Blut!“, rufe ich laut. Plötzlich bin ich auch ganz aufgeregt, so könnte es gewesen sein.

„Was? Erwin wurde mit seiner eigenen Waffe erschossen?“ Meiner Mutter fällt ganz undamenhaft ein Stück Gugelhupf aus dem Mund.

Das war jetzt dumm von mir. Sehr dumm. Denn plötzlich schwebt eine Gewitterwolke über unserem Esstisch, die rasend schnell größer und dunkler wird. Ich höre schon das erste Donnergrollen.

„Hm, ja, richtig, das hatte ich euch noch nicht erzählt." Ich kann meiner Mutter nicht in die Augen sehen. „Frau Manninger hat das gestern kurz erwähnt.
Ich wollte es euch erzählen, es war wirklich keine böse
Absicht", rechtfertige ich mich. „Mein Gott, ich hatte es
schlicht und ergreifend vergessen", sage ich in die spannungsgeladene Atmosphäre hinein.

„So, wie du tagelang vergessen hast, zu erwähnen,
dass du den kleinen schwarzen Kalender von Erwin
Buchsbaum gefunden hast? Ich bin wirklich enttäuscht, Samantha, dass du erst so tust, als wolltest du
im Mord nicht ermitteln und dann die ganzen spannenden Details vor uns geheim hältst. Die Tatsache,
dass Erwin mit seiner eigenen Waffe erschossen
wurde, wirft ein ganz ein anderes Licht auf die Sache.
Aber mir sagt ja wieder niemand was."

Meine Mutter springt auf und räumt hektisch die Teller und Kaffeetassen ab und marschiert in Richtung
Küche, wo wir sie laut mit dem Geschirr klappern hören.

„Bitte beruhige dich, Mama, ich habe doch gesagt,
dass Frau Manninger es ganz nebenbei erzählt hat. Es
ist ihr quasi rausgerutscht. Und sie hat mich gebeten, es
sofort wieder zu vergessen!", rufe ich in Richtung Küche.

„Was ja großartig geklappt hat, Samantha. Und auf
meine Kollegen bin ich auch wütend. Warum halten
alle mit wichtigen Infos mir gegenüber hinter dem
Berg?", schallt es zwischen Tellerklirren aus der Küche.

Es klirrt lauter. Eben dürfte etwas kaputt gegangen
sein, denn ich höre meine Mutter fluchen. Hoffentlich
war das nicht meine Lieblings-Kaffeetasse.

„Deine Kollegen berichten dir nicht alles, weil sie deine Ex-Kollegen sind. Du bist seit drei Jahren in Pension, Mama. Du arbeitest nicht an dem Fall und bei Erwin handelt es sich auch nicht um einen Bekannten oder Verwandten von dir. Warum also sollten sie dir alle Interna zur Ermittlung brühwarm weitergeben? Sie erzählen dir ohnehin schon zu viel für meinen Geschmack", seufze ich. „Und ich fand es nicht erwähnenswert, schließlich ermitteln wir offiziell nicht im Mordfall, nur noch mal fürs Protokoll", sage ich ärgerlich.

„Offiziell nicht, Kindchen, aber inoffiziell. Alles ist wichtig. Jedes Detail. Du wärst keine gute Polizistin geworden, Samantha", schmollt meine Mutter und lässt sich wieder am Tisch nieder.

Aber wo sie recht hat, hat sie recht. Nur einmal habe ich einem Mörder Auge in Auge gegenübergestanden und habe davon jetzt noch Albträume. Rückblickend betrachtet war es die richtige Entscheidung, meine Ausbildung zur Polizeianwärterin vor zehn Jahren abzubrechen.

„Lena wusste zwar von der Waffe, kommt aber als Täterin für mich nicht infrage", sage ich. „Was hätte sie von Erwins Tod? Für sie wäre es besser gewesen, verheiratet zu bleiben. Die eheliche Villa mit Infinity-Pool und Blick in die Weinberge. Die Möglichkeit ihre – nennen wir es Kunst – in Erwins Kaffeehäusern auszustellen. Der gesellschaftliche Status, die schönen Reisen, die teuren Kleider und Designer-Handtaschen, ihre Botox-Behandlungen oder was auch immer sie mit ihrem Gesicht anstellt."

„Lena ist nicht dumm, die Cash Cow zu ermorden, wäre nicht in ihrem Sinn." Cosima nickt bekräftigend. „Ich bin in dem Punkt ganz deiner Meinung, Samantha."

Ich ziehe wieder mein Notizbuch hervor.

Der Vollständigkeit halber notiere ich unter den bisherigen Mordmotiven: Mord durch Ehefrau. Geldgeile Frau erbt nur Pflichtteil, daher auszuschließen.

„Ich gebe ja zu, dass ich auch wissen will, wer ihn erschossen hat, aber erst mal muss ich die blonde Dame mit dem Schlangentattoo finden. Und ich habe keine Ahnung wie. Lena wird durchdrehen, wenn ich ihr nicht bald etwas Konkreteres liefere." Verzweifelt blicke ich in die Runde.

„Von mir hast du diesen Pessimismus nicht, Samantha. Lass uns nochmals mit Gordana reden, vielleicht fällt ihr noch etwas zur blonden Frau ein." Meine Mutter tätschelt sanft meinen Arm.

Erleichterung durchströmt mich, dass sich die Gewitterwolken über unserem Esstisch, wieder restlos verzogen haben. Meine Mutter hat, wie man in Wien sagt, ein rasches Gemüt. Das heißt, sie kann sich blitzartig über die kleinste Kleinigkeit fürchterlich aufregen. Aber danach auch sofort wieder entspannt zur Tagesordnung übergehen.

Das Handy meiner Mutter meldet einen Alarm.

„So spät? Wir sollten uns beeilen, Cosima." Meine Mutter springt auf, läuft in den Flur und beginnt, ihre Sporttasche zu packen.

„Und was ist mit dir, Samantha, möchtest du heute nicht doch wieder zum Yoga mitkommen? Ich bin sicher, heute fällt es dir schon etwas leichter. Die erste Stunde ist immer die schlimmste", meint Cosima.

„Eine gute Idee, Samantha, komm doch mit. Ich bin sicher, Oskar würde sich freuen", höre ich meine Mutter aus dem Flur rufen.

„Da wette ich drauf", knurre ich. Bestimmt kann er es gar nicht erwarten, wieder ein paar blöde Sprüche zu meiner Unsportlichkeit abzulassen. Ich schiele sehnsüchtig auf den Gugelhupf. Wieviel Kalorien verbrennt man wohl mit einer Stunde Yoga? Ich zücke mein Handy und nach kurzer Online-Recherche bin ich überzeugt.

„Wartet auf mich, ich schlüpfe nur mal eben in eine Leggins und ein Shirt", gebe ich mir einen Ruck und winke dem Gugelhupf kurz zu.

Erst mal werde ich meine Wettschulden einlösen und danach bist du fällig.

KAPITEL 15

„Leben ist, was man daraus macht."
(Oskar, Yoga-Lehrer und Klugscheißer)

Autsch, autsch und nochmals autsch.

Jeder kleinste Schritt, jede kleinste Bewegung schmerzt höllisch. Kurz halte ich im Stiegenhaus inne und blicke nachdenklich nach oben – wie viele Stufen sind es wohl bis in den vierten Stock? Natürlich habe ich sie nie gezählt. Aber es sind viele, verdammt viele.

Nachdenklich huscht mein Blick nach links Richtung Fahrstuhl.

Sollte ich es vielleicht doch wagen? Das erste Mal seit drei Jahren, als ich in dem altersschwachen Lift für eine Stunde stecken geblieben bin, ziehe ich es für einen kurzen Moment ernsthaft in Erwägung, in das goldverzierte Ungetüm zu steigen und mich nach oben in den vierten Stock ruckeln und zuckeln zu lassen, verwerfe den Gedanken aber wieder.

Komm schon, das schaffst du, rede ich mir selbst gut zu. Außerdem soll Bewegung angeblich ja ganz toll gegen Muskelkater helfen.

Tapfer kämpfe ich mich Stockwerk um Stockwerk nach oben und verfluche meinen gestern kurz wiedererwachten Sportgeist. Was habe ich nur dabei gedacht? Warum habe ich dem Drängen von Cosima und meiner Mutter nachgegeben, warum musste ich nur wieder Yoga machen? Nicht mal auf ein Stück Gugelhupf hatte ich nach der Stunde noch Lust und bin nach einem langen Schaumbad sofort ins Bett gekrochen.

Zum Glück stehen heute keine Wohnungsbesichtigungen, die körperliche Aktivität von mir verlangen, an.

Endlich oben im Büro hänge ich erleichtert meinen Mantel an der Garderobe auf und verstaue meinen heutigen Proviant der aus zwei Vollkorn-Käseweckerl, einem Erdbeer-Joghurt und zwei Äpfeln besteht im Büro-Kühlschrank. Wie klug von mir, gleich in der Früh einzukaufen, sage ich mir und klopfe mir gedanklich auf die Schulter. So erspare ich mir nämlich vier Stockwerke in der Mittagspause nach unten und dann wieder nach oben zu laufen.

Ich mache mir einen starken Kaffee, danach lasse ich mich in meinen Bürosessel gleiten. Wie schon nach der ersten Yoga-Stunde schmerzt mein Po und meine Oberschenkel brennen. Hatte meine Mutter mir nicht versichert, dass der Muskelkater diesmal nicht so schlimm ausfallen dürfte?

Ich nehme einen Schluck vom Kaffee und klappe meinen Laptop auf und beginne, zu arbeiten. Aber ich bin nicht ganz bei der Sache und immer wieder schweifen meine Gedanken zu der geheimnisvollen blonden Dame ab. Wird Lena Buchsbaum die Anzahlung zurückfordern, wenn wir sie nicht finden? Der Kostenvoranschlag für Lisas neues begradigtes Lächeln ist mit viertausend Euro leider ziemlich hoch.

Eigentlich dachte ich noch vor einem Jahr das Thema Zahnspange wäre erledigt, aber leider hat sich Lisas Gebiss, weil sie die Nachtschiene nicht regelmäßig getragen hat, wieder verschoben. Also starten wir das Projekt – Lisas makelloses Lächeln – von Neuem. Und einen Rückzieher kann ich jetzt nicht mehr machen.

Lisa ist nämlich völlig begeistert von dem computeranimierten 3D-Ausblick auf ihr zukünftiges begradigtes Gebiss, den ihr die Zahnärztin bei unserem letzten Termin auf ihrem Bildschirm gezeigt hat. Doch bis dahin sind noch viele Termine notwendig.

Ich seufze. Aus dieser Sache komme ich nicht mehr raus. Und ich möchte ja auch, dass Lisa glücklich mit ihren Zähnen ist. Aber wenn wir die blonde Dame nicht finden, verlangt Lena Buchsbaum garantiert die Anzahlung zurück.

Nun, dann muss wohl endlich mal mein Ex-Mann finanziell einspringen.

Wütend hämmere ich in die Tasten. Es ist ja richtig, dass ich, wie er immer betont, gratis bei meiner Mutter wohne. Aber deswegen schwimme ich trotzdem nicht im Geld. Für Sonderkosten wie Schulausflüge oder Zahnspangen komme ich allein auf, und das finde ich nicht fair. Nur weil er das Luxusleben seiner fünfzehn Jahre jüngeren neuen Frau und ihres gemeinsamen Kindes finanziert. Immerhin zahle ich die Lebensmitteleinkäufe unserer dreiköpfigen Familie und die Hälfte der Strom- und Gas-Rechnung und Lisas Klamotten und Schulausflüge werden auch immer teurer. Außerdem lege ich Geld für Lisas Studium auf die Seite und irgendwann möchte ich mir auch wieder eine eigene Wohnung und ein Auto leisten können.

„Frau Sauer, guten Morgen", schallt es aus dem Flur. Herr Mayer schlägt schwungvoll die Eingangstür zu und trippelt an meinem Büro vorbei.

Hm, vielleicht sollte ich mal wegen einer Gehaltserhöhung bei Herrn Mayer anklopfen.

„Guten Morgen!", rufe ich in den Gang und höre, wie er seine Bürotür öffnet. Bevor Herr Mayer seinen ersten Kaffee hatte, ist er zu mehr als einer kurzen Begrüßung nicht fähig.

Die geheiligte Kaffeemaschine erwacht zischend zum Leben.

„Stehen heute Termine an?" Mit einer Espresso-Tasse in der Hand lässt Herr Mayer sich kurze Zeit später etwas schwerfällig auf den Stuhl vor meinem Schreibtisch fallen.

Ich scrolle durch meinen Terminkalender.

„Nein, erst morgen wieder. Ach ja, und ehe ich es vergesse: Ich muss heute früher gehen, meine Tochter hat um Punkt 17 Uhr, einen Zahnarzttermin wegen ihrer Zahnspange."

Genauer gesagt muss Lisa heute einen weiteren Zahnabdruck machen. Ich schaudere. Mit Bauchgrummeln erinnere ich mich an meinen bisher einzigen Abdruck für eine Krone, bei dem ich fast auf dem Zahnarztstuhl kollabiert bin. Zum Glück ist mein tapferes Kind nur halb so empfindlich wie ich.

Mit leiser Scham erinnere ich mich, wie ich mir die Schiene mit der Pampe selbst aus dem Mund reißen wollte, stets begleitet von der immer lauter werdenden Stimme meiner Zahnärztin.

„Noch eine Minute, Frau Sauer! Halten Sie durch, atmen sie weiter durch die Nase. Finger weg. Weiteratmen ... Aua, Sie haben mich gebissen!"

Noch nie sind mir zwei Minuten so lange vorgekommen.

„Das ist kein Problem, Frau Sauer. Sie haben sehr viele Überstunden angehäuft", gibt sich Herr Mayer gönnerhaft. Vielleicht ist jetzt ein guter Moment, ihn nach einer Gehaltserhöhung oder zumindest einer Unterstützung in Form einer neuen Kollegin zu fragen?

„Haben Sie eigentlich darüber nachgedacht, wieder eine Zusatzkraft einzustellen?", werfe ich vorsichtig ein.

„Nein, Frau Sauer. Nach dem Vorfall mit dieser impertinenten Person kommt mir niemand mehr ins Haus, ich meine ins Büro", schnauft er etwas rot im Gesicht.

„Aber allein schaffe ich das nicht mehr." Ich mache eine vage Handbewegung in Richtung des Papierstapels auf meinem Tisch, der sich seit meiner letzten Ablageaktion bereits wieder zu einer beachtlichen Höhe aufgetürmt hat und blicke ihm fest in die Augen.

„Sie machen das doch so großartig! Denken Sie nur daran, welches Chaos diese dumme Gans letztes Jahr verursacht hat. Ständig mussten Sie ihre Fehler korrigieren. Haben Sie nicht selbst gesagt, dass das Mädchen Ihnen mehr Arbeit gemacht hat, als Ihnen am Ende des Tages zu helfen, Frau Sauer?"

Ja, das habe ich.

„Aber es muss ja nicht jede neue Mitarbeiterin so unnütz sein", werfe ich verzweifelt ein.

Herr Mayer lächelt mich an, als hätte er mir nicht zugehört. Es ist wie bei meinem Ex-Mann. Solange ich es irgendwie schaffe, sehen die Herren keinen Bedarf einzuschreiten.

Samantha zahlt die Rechnungen allein.

Samantha zieht Lisa mühelos allein groß.

Samantha schupft den Bürobetrieb allein.

Vielleicht sollte ich einfach streiken. Aber leider bin ich im Gegensatz zu meiner Mutter oder Cosima, die sich gegenüber unverschämten Forderungen gut behaupten können, einfach zu harmoniesüchtig. Was die Männer in meinem Leben gnadenlos ausnutzen.

Herr Mayer, der meine schlechte Stimmung endlich bemerkt, wünscht mir noch frohes Schaffen und trippelt flott, als könnte er nicht schnell genug mein Büro verlassen, aus der Tür.

Nebenan höre ich die Kaffeemaschine nochmals laut zischen.

Ich schreibe ein Angebot, während meine Gedanken um unsere mageren Erkenntnisse in Sache Geliebter von Erwin Buchsbaum kreisen.

Wir wissen so gut wie nichts über die blonde Frau. Wie sollen wir sie nur finden? Ich sehe mir noch mal alle Fotos von der Vernissage durch. Doch auf keinem weiteren Foto finde ich die blonde Frau im schwarzen kurzen Kleid und dem hellen Schal. Schade, dass sie bemerkt hat, dass sie fotografiert wird und ihr Gesicht weggedreht hat.

Ich betrachte eingehend das Tattoo auf ihrer linken Hand, mit der sich den halben Unterarm hinaufringelnden Schlange in auffälligem Neongrün und Rot.

Laut Google gibt es dreißig Tattoostudios in Wien. Kurz überlege ich, meine Mutter darauf anzusetzen, da wäre sie wohl eine Zeitlang beschäftigt. Doch ich habe wenig Hoffnung, dass im Zeitalter von Datenschutz, die Studios die Namen ihrer Kunden herausgeben würden. Nicht einmal meiner Mutter.

Ich schließe die Fotos wieder. Ich hoffe meiner Mutter oder Cosima kommt noch eine zündende Idee, denn dieses Problem kann ich wohl nicht so leicht lösen.

Ein anderes hingegen schon.

Entschlossen schreibe ich Anton, meinem Ex-Mann, dass ich am Abend mit ihm telefonieren möchte, er muss die Zahnspangen-Aktion finanziell unterstützen.

Die Wünsche des Kindes werden nicht kleiner, sondern größer und er muss neben den Alimenten endlich auch seinen Beitrag zu den Sonderausgaben unserer Tochter leisten.

***

„Frau Sauer, hatten Sie nicht um 17 Uhr einen Termin? Es ist schon 16.45 Uhr."

Erschrocken blicke ich von meinem Laptop auf. Herr Mayer steht in meiner Bürotür und deutet auf die Uhr an der Wand. „So ein Mist", fluche ich leise, klappe meinen Laptop zu und greife nach meiner Handtasche.

„Hier bitte sehr." Ganz Gentleman hilft mir Herr Mayer in die Jacke. „Liebe Grüße an Ihre Tochter! Ich weiß noch als ich meine erste Zahnspange bekam ..." Er wird etwas blass. „Aber zum Glück geht es ja mittlerweile weniger barbarisch zu, zumindest hoffe ich das“, meint er. „Und übrigens, ich habe über unser Gespräch in der Früh nachgedacht. Die Tochter einer guten Freundin von mir sucht neben dem Publizistik-Studium eine kleine Nebentätigkeit, vielleicht sehen wir uns die Dame diese Woche mal an. Denken Sie darüber nach und geben Sie mir Bescheid.“ Er lächelt mich an.

„Da brauche ich nicht zweimal nachzudenken, Herr Mayer, einen Versuch ist es allemal wert“, sage ich.

„Nun, dann mache ich einen Termin mit ihr aus, damit Sie sie kennenlernen können. Jetzt aber hurtig.“ Galant hält er mir die Tür auf und so schnell es meine schmerzenden Oberschenkel zulassen eile ich die Treppe nach unten. Hoffentlich schaffe ich es pünktlich in die Zahnarztpraxis, ich möchte Lisa ungern allein lassen.

KAPITEL 16

*„Am Ende ist alles gut – und wenn es noch nicht
gut ist, ist es noch nicht das Ende."
(Ernst Sauer, verstobener Vater von Samantha und
Ex-Ehemann von Theresa Sauer)*

„Na war ja gar nicht so schlimm, oder?" Meine Mutter tätschelt Lisas Hand, die mit gesenktem Kopf auf der Couch sitzt, in ihr Handy starrt und seit einer halben Stunde nicht mehr mit uns kommuniziert.

Seufzend wende ich mich ab. In letzter Zeit verdunkelt sich Lisas Stimmung ohne ersichtlichen Grund von jetzt auf gleich, wegen irgendeiner Kleinigkeit. Auf dem Heimweg vom Zahnarzt noch froh plappernd, dass sie alles überstanden hat, schmollt sie, seit sie eine Nachricht auf dem Handy gelesen hat, vor sich hin und ignoriert uns völlig.

Ich hoffe kein akuter Anfall von Liebeskummer, denn dafür ist sie meiner mütterlichen Meinung nach entschieden zu jung.

Aber meine Mutter wird bestimmt herausfinden, was mit ihr los ist.

Oder Cosima, in die sie ganz vernarrt ist, nur ich als Mutter habe im Moment schlechte Karten.

Froh, dass meine Mutter sich jetzt des übellaunigen Teenagers auf unserer Couch annimmt, verziehe ich mich ins Bad. Zeit für ein Schaumbad.

Diesmal muss ich nicht nur meine müden Muskeln beruhigen, sondern vor allem meine Nerven. Ich inspiziere die Fläschchen am Wannenrand.

Lavendel bringt Ruhe in Ihr angespanntes Nervenkostüm.

Na dann, großzügig kippe ich eine große Portion in das Wasser, und lasse mich bis zur Nasenspitze in den duftenden Schaum gleiten, während ich den Nachmittag beim Zahnarzt Revue passieren lasse. Erst mussten wir eine geschlagene Stunde im Wartezimmer ausharren, und dann war die nette Zahnarzthelferin die vor zwei Jahren Lisas Abdruck nahm, heute krank, und wurde von einer missgelaunten, unerfahrenen Furie ersetzt. Und zu allem Überfluss teilte uns im Anschluss die Zahnärztin mit, dass sie leider schlechte Nachrichten hatte, weil sie sich verkalkuliert hatte, und die Zahnspange etwas teurer wird.

Auch das noch. Ich lasse mich tiefer in den Schaum sinken.

Mein Handy, das ich auf einem Handtuch am Waschbecken platziert habe, weil ich mal wieder auf ein Lebenszeichen von Stephan warte, meldet eine neue Sprachnachricht. Freudig fahre ich hoch. Stephan meinte er meldet sich auf jeden Fall ob er sich kommendes Wochenende frei nehmen kann und nach Wien fährt.

Sorgfältig darauf bedacht, dass das Handy nicht nass wird, oder gar in den Schaumbergen versinkt, angle ich mit spitzen Fingern danach. Doch leider ist die Sprachnachricht nicht von Stephan, sondern von meinem Ex-Mann der mir mitteilt, dass er keine Zeit zu telefonieren hat und sich wegen einer etwaigen Kostenbeteiligung für die Zahnspange im Lauf der Woche meldet.

Na vielen Dank auch.

Das ist wieder typisch für ihn, doch ich will mich nicht mehr aufregen. Ich mache die beruhigende Toni-Atmung und versinke wieder im Schaum. Dann lasse ich noch etwas heißes Wasser nach, kreise mit den Zehen und langsam gleitet etwas von der Anspannung wie ein zu schwerer Mantel von meinen Schultern.

„Good news! Ich bin deiner blonden, geheimnisvollen Frau auf der Fährte."

„Wie, was? Es gibt Neues zur blonden Frau?" Erschrocken fahre ich aus dem Wasser hoch.

Meine Mutter sitzt auf dem Badewannenrand, doch statt einer Antwort, nimmt sie einen Badeschwamm und seift mit kreisenden Bewegungen meinen Rücken ein.

Wie gut das tut. Ich richte mich weiter auf und genieße die sanften Streichelbewegungen auf meinen Schultern. Wäre ich Strizzi würde ich jetzt schnurren. Für einen Moment schließe ich die Augen und fühle mich wieder wie ein kleines Kind, umsorgt und behütet.

„Danke, Mama. Das tut so gut. Aber jetzt sag schon, was weißt du? Warst du wieder bei Gordana? Ist ihr etwas Neues zu der blonden Frau eingefallen?", frage ich auf einmal wieder hellwach.

Statt einer Antwort legt meine Mutter nur den Schwamm zur Seite und streicht mir kurz über den Kopf.

„Ja, Kindchen, Gordana hat mir etwas Neues erzählt, aber wasch dir erst einmal den Schaum aus den Haaren und dann komm in die Küche. Ich koche uns heute etwas besonders Aufbauendes." Sie huscht aus dem Bad.

Etwas Aufbauendes? Na, da bin ich ja mal gespannt. Meine Mutter ist eine sagenhafte Köchin.

Voller Vorfreude auf die Gordana-News und ein warmes Abendessen wuchte ich meine nicht mehr ganz so müden Knochen aus der Badewanne. Das warme Wasser hat Wunder bewirkt. In aller Ruhe trockne mich ab und schlüpfe in meinen Weihnachts-Frotteepyjama und betrachte mich im Badezimmerspiegel.

Die vormals knallrote Rudolph Rentiernase auf meinem Oberteil leuchtet nach mehrmaligem Waschen nur noch zartrosa und das Material ist schon etwas fadenscheinig. Aber es ist einfach mein bequemster und wärmster Frotteepyjama.

Ich schlinge ein Handtuch um meine nassen Haare, schlüpfe in dicke Socken und mache mich auf den Weg in die Küche. So ein reiner Frauenhaushalt hat kleidungstechnisch durchaus Vorteile.

Ich nehme mir ein Glas Wasser und lehne mich an den Kühlschrank, während meine Mutter am Herd herumwerkelt.

„Spann mich nicht länger auf die Folter, Mama. Was gibt es Neues?"

Meine Mutter hört auf im Topf, aus dem es etwas seltsam riecht, herumzurühren und sieht mich strahlend an.

„Ich war heute Mittag auf meiner Walking-Runde um den Ring auf einen kurzen Zwischenstopp – soll heißen einen Chai-Tee – im Landtmann und habe ein wenig mit Gordana geplaudert!" Meine Mutter macht eine bedeutungsschwangere Pause.

„Und weiter?" Ich bin gespannt wie ein Flitzebogen.

„Sie erinnert sich, dass sie bei einer kurzen Zigarettenpause vor dem Landtmann gesehen hat, wie die blonde Frau nach ihrem Treffen mit Erwin Buchsbaum zu einem Mann ins Auto gestiegen ist."

Ich bin etwas enttäuscht. Waren das die breaking news?

„Und wie sah der Mann aus, oder hat sie sich das Autokennzeichen gemerkt?", frage ich hoffnungsvoll nach und nehme am Küchentisch Platz. Ich rutsche auf der Eckbank ganz nach hinten und lehne vorsichtig meine nassen Haarturban an die Raufasertapete.

„Nun, Gordana konnte den Mann in der spiegelnden Autoscheibe nicht genau sehen und das Kennzeichen hat sie sich leider auch nicht gemerkt. Aber es war ein Lieferwagen vom Café Schönbrunn."

„Das heißt die mögliche Geliebte von Erwin Buchsbaum und jemand aus dem Café Schönbrunn kennen sich", fasse ich zusammen.

Hm, wenig spektakulär. Doch plötzlich klingelt etwas in meinem Kopf und ich setze mich so ruckartig auf, dass mein Haarturban ins Wackeln gerät.

„Lena meinte bei unserem ersten Gespräch nach Erwins Tod, dass er sich mit der Sache in Schönbrunn wohl Feinde gemacht hat und Frau Erni hat neulich eine Andeutung gemacht, dass Erwin sein Kaffeehaus Imperium um eine weitere Liegenschaft erweitern wollte, aber das sind nur Gerüchte", sage ich schnell und beobachte aus dem Augenwinkel ob der Mama-Vulkan sofort wieder feuerspeiend ausbricht.

„Na dann passt ja eines zum anderen, sehr schön." Zu meinem Erstaunen wirkt meine Mutter trotz der Information, die ich ihr mal wieder vorenthalten habe, zenartig gelassen, beinahe so, als hätte sie das mit dem geplanten Immobilien-Deal von Erwin Buchsbaum in Schönbrunn längst gewusst. Endlich habe ich den Beweis, dass sie mir auch nicht immer alles erzählt. Bestimmt hat sie wieder ihre ehemaligen Polizei-Kollegen gelöchert.

„Lass uns doch gleich mal bei Erwins Terminen nachsehen", sage ich und ziehe aus der Küchentisch-Schublade die mittlerweile etwas abgegriffene, mit Eierlikörflecken und Kaffeeflecken verzierte Mama-Version der Ausdrucke heraus.

„Was genau suchen wir eigentlich?", meine Mutter beugt sich über die Ausdrucke.

„Nun, wenn Erwin eine Immobilie kaufen wollte, dann hatte er vorher Termine bei einem Makler, oder direkte Treffen vor Ort in Schönbrunn. Das wird er doch wohl in seinem Kalender vermerkt haben, oder?", frage ich.

Ich blättere durch die Ausdrucke, doch ich finde keinen Hinweis, dass er sich mit einem Makler getroffen hat und auch keine Termine in Schönbrunn. Aber dann sehe ich es. Bisher haben wir nur die Einträge im Kalender bis zu Erwins Todestag durchgesehen, was dumm war. „Eine Woche nach seinem Tod hätte Erwin einen Notartermin gehabt. Café S., Kaufvertragsunterzeichnung", sagen wir gleichzeitig und sehen uns betreten an.

„Da brat mir einer einen Elch! Er hätte das Kaffeehaus in Schönbrunn gekauft, wenn er nicht vorher ermordet worden wäre." Meine Mutter ist ganz blass geworden. „Nun kommt ein anderer Anbieter zum Zug. Und die blonde Donnerstags-Frau hängt da irgendwie in der Immobilien-Sache mit drin ..."

„Apropos braten, brennt da gerade was an, Mama?" Ich rümpfe die Nase und sprinte zum Herd. Schwarzer Rauch steigt aus der Pfanne empor und der beißende Qualm kitzelt mich so unangenehm in der Nase, dass ich einen Niesanfall bekomme. Ein verkohlter, undefinierbarer schwarzer Klumpen stinkt mir entgegen. Schwungvoll reiße ich die Pfanne vom Herd und lösche den kokelnden Inhalt mit einem Schwall kalten Wasser.

„Was zum Geier war das, Mama?", keuche ich und öffne das Fenster.

„O nein!" Meine Mutter starrt betroffen auf die Überreste unseres Abendessens. „Das war ein neues Rezept. Kohlrabi-Geschnetzeltes und Tofu an Shiitake Pilzen."

„Na, dann ist ja nichts passiert. Gut, dass alles restlos verbrannt ist", sage ich.

„Also bitte, Samantha. Die Kombi aus Kohlrabi und Shiitake ist sehr gesund. Ich habe doch erwähnt, dass ich mich ab sofort ganzheitlich ernähren will."

Wann hat sie das gesagt? Meine Mutter steht wohl immer noch unter Schock, dass ihr sogenanntes Abendessen unschön mit dem Pfannenboden verschmolzen ist.

„Nein, das hast du nicht erwähnt. Warum solltest du das auch auf einmal wollen? Papa, Lisa und ich haben deine Hausmannskost immer sehr geschätzt. Das hat dir doch der Unaussprechliche dessen Name mit einem O wie Omm beginnt eingeredet!“ Meine Stimme ist lauter geworden. Aber nicht, weil ich auf meine Mama wütend bin, sondern auf diesen Strumpfhosenheini. Warum pfuscht der Kerl in unserem Leben herum? Aber für Grundsatzdiskussionen fehlt mir heute die Energie.

„Was solls, dann mache ich uns eben überbackene Käse-Toasts“, lenke ich versöhnlich ein. „Vielleicht mit deinem etwas geruchsintensiven Spezialeinkauf.“ Meine Mutter ist eine echte Schnäppchenjägerin, leider auch manchmal bei Lebensmitteln. Besagter Käse war in Aktion und fristet nun seit geraumer Zeit sein geruchsintensives Dasein in unserem Kühlschrank. Zwar liegt er wohlverpackt in einer Tupperware-Box, aber irgendwie ist der Geruch stärker und alles in unserem Kühlschrank umweht mittlerweile eine leichte Käse-Nuance.

Ich atme tief ein und klappe todesmutig den Kühlschrank auf und wappne mich gegen den Käsemief. Doch der Kühlschrank ist klinisch rein und völlig geruchsneutral. Außer zwei leicht welken Salatköpfen, einem Tofu Würfel, einem Bund Radieschen, einer Packung Hafer-Milch und drei Paprikas herrscht gähnende Leere.

Ich blinzele ungläubig.

„Mama, wurde hier eingebrochen, wo sind unsere Lebensmittel?“

Die Milch, die Butter, der Liptauer, der Schinken, die Eier, besagter Stinkekäse, Lisas Himbeer-Joghurts, die gute selbstgemachte Marillen-Marmelade, alles weg!

Halluziniere ich oder bin ich völlig unterzuckert? In der Früh, als ich mir die Milch für den Frühstückskaffee genommen habe, war der Kühlschrank doch noch halb voll.

„Oskar hat mir am Wochenende ein Buch über gesunde Ernährung geschenkt. Weißt du, dass in unserem unser Kühlschrank nur ungesunde Lebensmittel zu finden waren, Kindchen? Pures Gift für unsere Organe und unsere Arterien. Also habe ich die Zeit nach meiner Walkingrunde genutzt und heute mal gründlich ausgemistet und die unnützen Lebensmittel in den Sozialhilfemarkt gebracht. Und jetzt ist alles in unserem Kühlschrank konsequent bio und gesund." Ein breites fast erleuchtetes Lächeln liegt auf ihrem Gesicht.

Ich zupfe an einem Salatblatt und überlege mir, wie sie uns mit den geschmacksneutralen Tofu-Stückchen und den mickrigen Radieschen ein magenfüllendes Abendessen zubereiten will, doch ich scheitere. Soweit reicht meine Phantasie nicht.

„Jetzt hat es der Yoga-Heini echt übertrieben", gifte ich meine Mutter an.

„Warum seid ihr so laut?"

Ich fahre herum. Ich habe gar nicht bemerk, dass Lisa in die Küche gekommen ist. Ich deute mit der Hand auf den Kühlschrank und das kluge Kind erkennt sofort den Ernst der Lage.

„Wo sind meine Himbeer-Joghurts und der Vanillepudding? Und was ist das für Zeugs?" Lisa starrt mit weit aufgerissenen Augen in den halbleeren Kühlschrank.

„Ich hatte mich so darauf gefreut, den Pudding nach dem blöden Zahnarzttermin zu essen." Ihre Stimme kippt etwas und ihre Unterlippe zittert verdächtig.

Erschrocken sehe ich ein frühkindliches Trauma im Anmarsch.

„Keine Sorge, Kind, Mami regelt das", sage ich mit sanftem, deeskalierendem Tonfall in Richtung Lisa und blaffe: „Ich will jetzt nichts mehr hören", in Richtung meiner Mutter, greife entschlossen zum Handy und wähle Giannis Nummer.

Ich liebe meine Mutter, aber jetzt ist sie zu weit gegangen.

Wenn sie ihre Ernährung umstellen will, um dem dürren Yoga-Typ zu gefallen, ist das ihre Sache. Meinem armen Kind nach einem anstrengenden Tag seine letzte Freude zu nehmen, ist jedoch einfach zu viel.

Gianni ist zum Glück selbst am Telefon und sehr erfreut uns subito seine „Pizza Gianni speciale" mit „Alles und viel Liebe" wie er betont zuzubereiten. Und naturlamente wird er sie höchstpersönlich in den zweiten Stock zu die belissima Familia Sauer liefern.

Immer noch wütend stampfe ich ins Esszimmer, knalle lautstark die Teller auf den Tisch und lasse laut klirrend das Besteck darauf fallen. Erschöpft sinke ich auf einen Stuhl, atme tief durch und versuche, meinen rasenden Puls zu beruhigen. Ich horche in mich hinein. Warum nur bin ich so aufgebracht? Die Tatsache, dass meine Mutter all unsere Lebensmittel und Lisas Pudding entsorgt hat ist ärgerlich, aber nicht der eigentliche Grund. Ich versuche, meine Gedanken zu sortieren.

Bin ich so unruhig, weil es einen neuen Mann in ihrem Leben gibt? Die Antwort lautet klar und deutlich: Nein.

Denn ich gönne meiner Mutter, dass sie sich neu verliebt und auch mal wieder Schmetterlinge im Bauch hat. Aber müssen diese Yoga-Strumpfhosen tragen? Und muss meine Mutter, die eine lebenslustige, kluge, sehr attraktive Frau ist, sich von einem unsympathischen Kerl Vorschriften machen lassen, was sie isst und was nicht? Sie ist doch perfekt. Warum mischt der Kerl sich in unser Leben ein?

Ich springe wieder auf und stelle die Wassergläser etwas zu lautstark auf den Tisch. Die Familie Sauer braucht keinen Mann, der uns Ernährungstipps gibt, meine Unsportlichkeit gönnerhaft kommentiert und der schuld daran ist, dass mein potenzieller Lieblingskäse, den ich aus einem unerfindlichen Grund gerade vermisse, nun im Hof in der Mülltonne liegt. Und Lisa nach einem anstrengenden Tag sich nicht mit ihrem Lieblingsjoghurt oder einem Pudding trösten kann. Ich muss der sich anbahnenden Liaison sofort Einhalt gebieten.

Während ich noch grübele, höre ich die Türklingel. Das ging ja schnell.

Gianni wirkt angesichts meines Rentier-Pyjamas einen Moment lang etwas verwirrt, verkneift sich aber höflich jeglichen Kommentar. Was ich sehr nett finde.

Rasch winke ich den leicht rundlichen Italiener durch in Richtung Küche, wo er mit einem strahlenden Lächeln, meiner von ihm heiß verehrten Mutter, den riesigen Pizzakarton wie ein kostbares Geschenk entgegenstreckt.

Doch meine Mutter, die mit Lisa auf der Eckbank am Tisch sitzt, nickt ihm nur etwas abwesend kurz zu und beugt sofort ihren Kopf wieder über deren Laptop. Etwas bedröppelt wendet sich Gianni schulterzuckend ab. Seine rosinenfarbenen Augen haben ein wenig an Glanz verloren. Die Schwärmerei ist wohl leider einseitig.

Als Entschuldigung für ihr unfreundliches Verhalten dränge ich dem mit hängenden Schultern Richtung Tür trabenden Gianni Extratrinkgeld auf, das er aber nicht annehmen will. Heute ist nicht mein Tag, wahrscheinlich habe ich ihn jetzt auch noch beleidigt.

Seufzend schließe ich hinter ihm die Tür, schnappe mir den Karton und gehe damit ins Esszimmer. Ich öffne die Schachtel. Gianni hat sich wieder einmal selbst übertroffen, die Pizza Gianni speciale ist wagenradgroß und passt gerade eben auf den Esstisch. Wo bleiben meine Mutter und Lisa?

Ich gehe zurück in die Küche und öffne den Kühlschrank, wenigstens Mineralwasser gibt es noch in diesem Haushalt. Stilles allerdings. Ich schüttle mich. Da kann ich ja gleich Leitungswasser trinken.

„Braucht ihr noch lange? Die Pizza wird kalt“, informiere ich meine Mutter und Lisa, doch die beiden heben nur kurz den Kopf, beugen sich dann wieder über den Laptop und ignorieren mich dann wieder

Schulterzuckend wandere ich zurück ins Esszimmer. Wie immer hat Gianni die Pizza schon vorgeschnitten. Hungrig schnappe ich mir ein großes Stück. Hm, der knusprige Rand, der hauchdünne Boden und erst der Prosciutto, die frischen Steinpilze und das Trüffelöl. Da kann der Kohlrabi-Quarks meiner Mutter in hundert Jahren nicht mithalten.

Ich bin bereits bei meinem zweiten Pizzastück, als meine Mutter und Lisa schließlich im Esszimmer auftauchen.

„Wir haben uns ein paar Gedanken zu unserem Fall gemacht." Meine Mutter und Lisa nehmen Platz und stellen den Laptop neben mir ab.

Ich lege ein Pizzastück auf Lisas Teller, die sich wie eine ausgehungerte Löwin darauf stürzt.

„Für dich auch?", frage ich meine Mutter und sehe lauernd dabei zu, wie sie mit sich kämpft.

„Nun ein kleines Stückchen, wird schon nichts machen, du musst mich ja nicht bei Oskar verpfeifen. Ich kratze einfach den Belag ab." Verlegen streckt mir meine Mutter den Teller entgegen.

Ich grinse in mich hinein, wer hätte gedacht, dass Theresa Sauer so schnell umkippt und ihre Ernährungsumstellung über Bord wirft. Giannis Pizza duftet aber auch einfach zu verführerisch und eine Alternative hat sie essenstechnisch heute wohl auch nicht.

„Also willst du nicht hören, was wir uns überlegt haben?" Die Stimme meiner Mutter klingt etwas undeutlich. Wohl aus Versehen hat sie direkt in die Pizza reingebissen, ohne zuvor die dicke Käseschicht und den Prosciutto zu entfernen.

Sie dreht kauend den Laptop in meine Richtung. „Mordmotive Elender Erwin" lautet die Überschrift über einer Excel-Tabelle.

„Schau mal wir haben die Mordmotive ganz systematisch bewertet und Punkte vergeben. Auf dem letzten Platz: Mord durch Lena. Lena gewinnt, wie wir bereits festgestellt haben, durch den Tod von Erwin nichts. Im Gegenteil. Aufgrund des Ehevertrags muss sie ihren gewohnten luxuriösen Lebensstandard in Zukunft wohl ziemlich einschränken", meint meine Mutter.

„Definitiv keine Win-Win-Situation", nuschelt Lisa etwas undeutlich. „Lena wäre ziemlich pleite und Erwin ist ziemlich tot. Hm, die Pizza ist toll."

So weit waren wir zwar schon, aber ich halte den Mund.

„Kommen wir zum nächsten Mordmotiv dem eifersüchtigen Ehemann. Leider haben wir hier keine konkreten Anhaltspunkte", meint meine Mutter

„Vielleicht solltest du nochmals die Fotos durchsehen, statt Lisa in die ganze Sache zu verwickeln, Mutter", zische ich in ihre Richtung. Ich bin stinkewütend auf sie.

„Weiter geht es mit dem Motiv Apfelstrudelrezept. Wir wissen von Kellner Franz, dass das Rezept streng geschützt und heiß begehrt war. Aber auch, dass Erwin jeden Verkauf seines Rezeptes an den Fertigkuchenproduzent kategorisch abgelehnt hat. Hat Michael Müller deshalb nach dem letzten Treffen mit Erwin nochmals das direkte Gespräch mit ihm gesucht? Vielleicht kam es dabei zum tödlichen Streit?", sinniert meine Mutter weiter. „Wir sollten rauskriegen, ob der Mann für die Tatzeit, das heißt, die frühen Morgenstunden, ein Alibi hat", meint sie.

Und ich sollte endlich mit Lena sprechen, ob etwas aus dem Safe gestohlen wurde. Ich mache mir eine gedankliche Notiz dazu.

„Und jetzt kommen wir zu unserem Mord-Motiv Nummer Eins!", kräht Lisa. „Die Immobilien-Sache,

Schrägstrich, die blonde Frau. Dafür habe ich die meisten Punkte vergeben und Oma auch."

„Sehr interessant, danke Lisa. Kannst du bitte das Salz aus der Küche holen?", frage ich mit beherrschter Stimme. „Toll, dass du Lisa wieder in die Mordermittlungen reingezogen hast", zische ich meine Mutter an, als Lisa außer Hörweite ist, und schiebe wütend meinen Teller weg, mir ist echt der Appetit vergangen.

Meine Mutter geht auf meinen Vorwurf nicht ein. „Vielleicht sollte die blonde Frau Erwin bespitzeln, ihn gefügig machen und ihm die Höhe seines Kaufangebots für das Café in Schönbrunn entlocken. Und diese Information hätte sie an jemand weitergeben können, der das Angebot dann knapp überbietet. Im Bett hätte der gute Erwin wahrscheinlich jeder Frau alles erzählt", wirft meine Mutter ein.

„Mama, nicht vor Lisa." Ich knalle meine Hand auf den Tisch und werfe einen verlegenen Blick in Richtung meiner Tochter, die wer weiß wie lange schon mit dem Salz in der Hand im Türrahmen steht.

„Chill dein Leben, Mama, ich weiß das mit den Bienen und den Blümchen. Ich bin kein kleines Kind mehr." Lisa zuckt die Schultern, doch ihre knallroten Ohren strafen sie Lügen.

„Du nimmst dir jetzt noch ein Stück Pizza und setzt dich vor den Fernseher", sage ich bestimmt. „Oma und ich müssen allein weiterreden. Das ist nichts für Teenagerohren."

„Wie immer, wenn es spannend wird." Lisa verzieht sich schmollend.

„Hatte ich nicht gesagt, kein Wort über den Mordfall zu Lisa?" Ich bin wirklich stinkesauer auf meine Mutter. Diese zupft an ihrem zweiten Pizzastück herum und wirkt eine winzige Spur reuig.

„Lisa hat bemerkt, dass ich mir die Fotos von der Vernissage auf dem Laptop angesehen habe und mich gefragt, was das für Fotos sind. Hätte ich sie anlügen sollen? Unterschätze sie nicht, Samantha, das Kind ist nicht dumm. Dass wir wieder in einem Mordfall ermitteln, hat sie längt mitbekommen und so haben wir vorhin spontan ein klein wenig gebrainstormt. Das Kind kann gut kombinieren und ist so strukturiert, von dir hat sie das nicht."

Meine Augen senden kleine wütende Blitze in Richtung meiner Mutter.

„Schon gut, es war falsch Lisa mit hineinzuziehen, und tut mir auch leid", setzt sie an und schickt mir ihren schönsten Dackelblick. „Aber wie machen wir denn nun weiter?"

Ich schiebe nachdenklich das mittlerweile kalte Stück Pizza auf dem Teller vor mir von einer Seite auf die andere.

„Nun, wir statten dem Café Schönbrunn ganz unverbindlich einen Besuch ab, wir hören uns ein wenig um und finden heraus, ob es noch immer zum Verkauf steht und wer mit dem Lieferwagen fährt", schlage ich vor.

Meine Mutter grinst zufrieden und schnappt sich noch ein Stück Pizza. Ihr neuer Ernährungsplan scheint vergessen zu sein.

„Das klingt nach einer wirklichen guten Idee, so machen wir das. Aber erst am Montag, dieses Wochenende habe ich etwas vor.“

„Ich hoffe nicht mit dem Yoga-Heini“, seufze ich.

„Er heißt Oskar! Und er hat mich zum Essen eingeladen.“ Ihre Wangen sind sanft gerötet. „Zu sich nach Hause“, setzt sie nach und senkt ihren Blick etwas verlegen auf den Teller.

Schau einer an: Der rollige Oskar geht also aufs Ganze. Wusste ich doch, dass er auf meine Mutter spitz ist. Innerlich schüttele ich mich. Niemand will sich vorstellen, dass die eigenen Eltern Sex haben.

„Du brauchst nicht so das Gesicht zu verziehen, Samantha. Ich bin weder alt noch hässlich oder scheintot.“ Die Stimme meiner Mutter klingt kämpferisch, aber auch ein wenig brüchig. „Es fühlt sich einfach gut an, dass sich wieder ein Mann für mich interessiert, mich ansieht und mir das Gefühl gibt, eine begehrenswerte Frau zu sein“, setzt sie leiser nach. „Und du weißt doch, dass das nichts an meinen Gefühlen ändert. Dass ich deinen Vater noch immer liebe und immer lieben werde. Wahre Liebe stirbt nicht.“

Sie greift nach meiner Hand und auf einmal habe ich einen dicken Kloß im Hals.

„Mein erstes Date mit einem anderen Mann seit fünfundvierzig Jahren.“ Ihr Blick huscht traurig, fast entschuldigend zu ihrem Hochzeitsbild, das mittig in der Vitrine neben dem Nuss-Schnaps und dem Eierlikör steht. Ich folge ihrem Blick. Wie schön und jung meine Eltern auf dem Foto aussehen. Die beiden stehen im Sonnenschein vor dem Rathaus, im Geburtsort meines

Vaters, unter einer mächtigen Eiche deren dichtes Blätterdach sich hoch über sie erhebt. Ein enges, figurbetontes Hochzeitskleid schmiegt sich um die Hüften meiner Mutter. Ihre hellblonden üppigen Locken sind zu einem hohen Dutt aufgetürmt. Ihre Augen strahlen und funkeln wie Diamanten im Sonnenlicht und mein Vater, im dunklen Anzug, lächelt so breit, als hätte er den Hauptpreis gewonnen. Was er ja auch hat.

Und nur wenn man genauer hinsieht, erkennt man, dass in seinem Blick noch etwas anderes liegt. Nämlich ein leichtes Staunen, dass die wunderschöne Frau an seiner Seite ausgerechnet ihm, dem jungen angehenden Polizeibeamten aus einfachen Familienverhältnissen gerade eben das Ja-Wort gegeben hat.

Ich wische mir verlegen eine Träne aus den Augen. Auch drei Jahre nach seinem Tod muss es für meine Mutter sehr schwer sein, dass er nicht mehr Teil ihres Lebens ist. Denn sie waren bis zu seinem plötzlichen, viel zu frühen Tod wirklich glücklich.

Ich atme tief in den Bauch, um mich zu beruhigen und meine Gedanken zu sortieren. Natürlich gönne ich meiner Mutter eine neue männliche Bekanntschaft, habe aber meine Zweifel, ob Oskar der Richtige für sie ist. Alles, was ich bisher von ihm gesehen und gehört habe, gefällt mir irgendwie nicht.

„Ich habe kein Thema damit, dass du dich verabredest, Mama, aber ich fände Gianni viel netter“, wage ich einen letzten Versuch.

Doch meine Mutter ist auf dem Ohr scheinbar taub. Sie erhebt sich seufzend und wünscht mir eine Gute Nacht. Noch immer in Gedanken beginne ich aufzuräumen und stelle die Teller und Gläser in den Geschirrspüler. Die übrig gebliebenen Pizzastücke lege ich auf einen Teller und parke ihn im blitzsauberen Kühlschrank neben dem gesunden Zeugs.

Nimm das, du blöder, geschmacksneutraler, gesunder Tofu.

Dann trage ich den Pizzakarton zum Altpapiercontainer in den Hof. Nachdenklich blicke ich hinauf in den dunklen Nachthimmel, der heute wolkenlos ist und freie Sicht auf unzählige blinkende Sterne gibt. Ob mein Vater gemäß dem Spruch auf seinem Grabstein wirklich da oben auf einem Stern sitzt und uns beobachtet? Manchmal wenn ich sehr aufgewühlt bin, hilft mir die Vorstellung, dass er irgendwo da oben ist und noch immer ein Auge auf uns drei Sauer-Frauen hat.

Ob er enttäuscht wäre, dass Mama sich mit einem anderen Mann verabredet? Nun, falls er da oben wirklich etwas mitbekommt, dann wäre er jetzt bestimmt eifersüchtig und hätte Oskar wohl auch unsympathisch und sogar etwas lächerlich gefunden.

„Männer in Strumpfhosen, die Gymnastik machen? Ist das sein Ernst?", hätte er wohl gesagt und dazu die Augen verdreht.

Er fehlt mir. Sehr sogar.

Ich spüre eine dicke Träne über meine Wange kullern und blicke noch einmal zu den Sternen über mir und fixiere den hellsten, der mittig am Himmel steht, und stelle mir dabei vor, dass mein Vater dort oben sitzt und auf mich herunterlächelt.

„Am Ende ist alles gut", höre ich seine brummig-tiefe Stimme. Und auch wenn ich weiß, dass ich nur mit mir selbst spreche, fühle ich mich doch seltsam getröstet als ich seinen Lieblingsspruch leise zu Ende spreche: „Und wenn es noch nicht gut ist, dann ist es noch nicht das Ende.“

KAPITEL 17

*„Wir sind wie zwei Puzzleteile – unsere Ecken und
Kanten ergänzen sich perfekt."
(Stephan Müller, Leiter der Mordkommission
in Salzburg)*

„Bitte reg dich nicht so auf, Stephan", zische ich und blicke mich um, ob jemand unsere etwas aus dem Ruder gelaufene Unterhaltung mitverfolgt.

Eigentlich sollte es ein romantischer Abend in der Wiener Innenstadt bei einem Nobelitaliener werden, aber die Stimmung ist leider im Keller.

Nervös zupfe ich am Saum meines schwarzen Satinkleides, das ich mir extra für diesen Abend gekauft habe.

„Hatten wir nicht eine Vereinbarung, Samantha, dass du und deine Mutter nicht mehr ermitteln? Habt ihr das letzte Mal nichts dazugelernt? Bei einer Immobilienangelegenheit in dieser Größenordnung geht es um eine Menge Geld. Da kann es für euch schnell mal verdammt gefährlich werden. Das solltest du eigentlich wissen. Zum Glück hat mir deine Mutter vorhin erzählt, dass ihr wieder eigenmächtig in einem Mordfall ermittelt." Stephans Stimme ist schneidend kalt.

Meine Oberarme überziehen sich mit Gänsehaut und ich rücke ein ganzes Stück in meinem Sitz tiefer. Seine schönen klaren Augen ruhen gletscherkalt auf mir. Sein Gesicht ist eine starre Maske, sein Mund nur noch ein wütender Strich.

Ich fühle mich wie eine Schwerverbrecherin bei einem Verhör.

„Ich mache mir Sorgen um dich. Hast du vergessen, wie gefährlich eure stümperhaften Ermittlungen in Sachen Opern-Mord waren, Samantha? Wie nahe du dran warst selbst ums Leben zu kommen? Du bist eine Privatdetektivin. Untreue Ehemänner zu verfolgen ist eine Sache. Einen Mörder eine ganz andere!" Stephans Stimme klingt eindringlich, ist aber zum Glück so leise, dass das gut aussehende ältere Ehepaar am Nebentisch, die gerade eine Flasche Chianti bestellt haben, bestimmt nicht hören können, worüber wir gerade streiten. Oder doch? Eben hat die Frau mit den silbergrauen langen Haaren einen fragenden Blick in unsere Richtung geworfen. Wie peinlich.

„Unsere Ermittlungen vor einem Jahr waren nicht stümperhaft, sondern haben uns direkt zum Opern-Mörder geführt", zische ich zurück. „Als die Wiener Polizei, also du, damals noch in deiner Funktion als Chefermittler, noch lange im Dunkeln getappt sind", sage ich und verwünsche meine Mutter in Gedanken.

Warum nur hat sie Stephan, als er mich vorhin ganz gentlemanlike von zu Hause abgeholt hat, brühwarm erzählen müssen, dass wir wieder in Sachen Mord ermitteln? Ich hätte es ihm bestimmt nicht auf die Nase gebunden, denn jetzt ist er sauer und die Stimmung ruiniert.

„Außerdem verfolgen wir ja auch noch andere Mordmotive und Spuren", schnappe ich beleidigt. „Wir haben noch andere Eisen im Feuer!"

„Ah der Kuchenproduzent, den ihr ja auch verdächtigt. Aber den könnt ihr getrost abhaken", schnarrt Stephan.

„Wie bitte?" Ich rutsche gespannt auf meinem Sessel ganz nach vor.

„Als du vorhin kurz draußen warst, habe ich meine Wiener Ex-Kollegen angerufen. Irgendein Angestellter aus dem Café Mozart hatte ebenfalls einen solchen Verdacht geäußert und meine Kollegen sind der Spur bereits vor ein paar Tagen nachgegangen."

„Und?" Ich hänge an seinen Lippen.

„Er war es nicht. Euer verdächtiger Kuchenproduzent war bis 22 Uhr auf der Vernissage im Mozart und hat dann für den restlichen Abend ein hieb- und stichfestes Alibi."

„Das kann ja jeder sagen." Ich lehne ich mich mit verschränkten Armen zurück.

„Der Mann hatte auf dem Heimweg einen Unfall. Er ist gestürzt, wahrscheinlich war er nicht mehr ganz nüchtern, und hat sich dabei einen komplizierten Bruch im Bein zugezogen. Als der Mord passierte, lag er auf dem OP-Tisch. Das heißt noch mal zum Mitschreiben, Samantha: Bitte lasst den armen Mann in Ruhe. Und die Mordermittlungen könnt ihr getrost den Profis, überlassen, den Menschen, die dafür ausgebildet wurden."

Seine Stimme trieft vor Sarkasmus, sein Mund bildet wieder eine schmale, verkniffene Linie.

Aus dem Augenwinkel sehe ich jemand auf uns zutänzeln. Stefano, der Inhaber des Lokals, im blütenweißen Anzug, der uns eben die Hauptspeise höchstpersönlich servieren wollte, erfasst die angespannte Situation am Tisch mit Kennerblick, dreht eine beeindruckende 180 Grad Pirouette und trägt unser Essen zurück in die Küche.

Das Service ist hier wirklich top. Nur schade, dass ich das schöne Ambiente überhaupt nicht genießen kann, und der Appetit ist mir mittlerweile auch vergangen. Was nur sehr selten vorkommt.

Mein Blick schweift durch den Raum der dank dezenter Beleuchtung, den bequemen, tiefen Samtsesseln und den großformatigen Schwarz-Weiß Fotografien von italienischen Filmstars wie der jungen Sophia Loren, gleichermaßen stylish und gemütlich wirkt.

Alle Tische in dem langgezogenen Raum mit der durchgängigen Fensterfront in Richtung Innenhof sind besetzt. Es herrscht ein angenehmer Geräuschpegel aus leiser italienischer Musik und Gläserklirren. Die dickbauchigen echten Kerzen auf den Tischen, verbreiten eine angenehm wohlige Stimmung und es duftet nach den köstlichsten Speisen. Hinter uns wird gerade eine weitere Flasche Wein ploppend entkorkt.

Die Stimmung im Lokal ist ausgelassen und fröhlich, nur hier an unserem kleinen Tisch sinkt sie auf den Gefrierpunkt.

Seufzend spiele ich mit meiner Gabel. Dabei hatte ich mich so auf das Wiedersehen mit Stephan gefreut und mir unser romantisches Wochenende in den tollsten Farben ausgemalt. Ich war extra beim Frisör, trage nicht nur ein neues Kleid, sondern auch einen etwas unbequemen Push-up-BH und sogar ein Hotelzimmer habe ich reserviert. Gleich in der Nähe des Restaurants. Ein kleines Boutique Hotel, das tolle Kritiken hat und bei dem man bis 11 Uhr frühstücken kann. Schließlich wollte ich nicht mit Stephan in meinem ehemaligen Kinderzimmer, Wand an Wand mit meiner neugierigen, hellhörigen Familie, und einem an der Tür trommelnden Gastkater, Sex haben.

Tja, alle schönen Vorbereitungen waren wohl umsonst.

Ich schlüpfe fröstelnd in den farblich zum Kleid passenden, eleganten Blazer. Stephan schweigt immer noch und hat den Blick von mir abgewandt. Allmählich werde ich sauer. Streiten oder besser gesagt Anschweigen hätten wir uns am Telefon billiger können.

Ich räuspere mich und versuche, Augenkontakt mit Stephan aufzunehmen, der jedoch gerade den Blick auf sein Handy gesenkt hat und eine Nachricht tippt. Vielleicht beruhigt er sich ja wieder.

Nach einer gefühlten Ewigkeit blickt er auf. Seine schönen blauen Augen mustern mich noch immer kalt. Ich schlucke den gewaltigen Kloß der Enttäuschung, der mir fast den Atem nimmt, hinunter. So hatte ich mir meinen romantischen Abend mit Stephan nicht vorgestellt.

„Du entschuldigst mich."

Meine Augen brennen. Ich springe so plötzlich auf, dass mein Sessel beinahe umkippt, und eile in Richtung Waschräume. Im Vorraum der Damentoilette, in dem man vor einer breiten Spiegelfront in Ruhe sein Make-up auffrischen kann, lasse ich mich auf einen der plüschigen Samtsessel sinken.

Im Spiegel blickt mir mein bleichgesichtiges Ich aus traurigen Augen entgegen. Plötzlich fühle ich mich, als hätte ich keinen einzigen Knochen mehr im Leib. Völlig ausgelaugt lasse ich meine Stirn auf die kalte Marmorablage vor der Spiegelfront sinken und meinen bitteren Tränen, der Wut über Stephans Verhalten und der Enttäuschung, dass der Abend so schiefläuft, für einige Minuten freien Lauf.

„Na, na, so schlimm, meine Liebe?"

Ich spüre eine Hand zart auf meiner Schulter und blicke erschrocken auf. Neben mir steht die Dame vom Nachbartisch, die mit ihren schönen wie gemeißelten Gesichtszügen, den hohen Wangenknochen und glatten Silberhaaren, die ihr seidig weich bis weit über den Rücken fallen, ein Best Ager Modell sein könnte.

Ihr Blick aus blauen Augen ruht voller Mitgefühl auf mir. Hat sie also doch unseren Streit gehört?

Verlegen wegen meines tränenreichen Ausbruchs zupfe ich aus der Box vor mir ein Taschentuch, trompete geräuschvoll hinein und atme befreit tief durch.

„Ein kleiner Schluck, meine Liebe?" Die Dame entnimmt ihrer Handtasche einen silbernen Mini-Flachmann und schraubt ihn auf, ohne auf meine Antwort zu warten.

„Den habe ich für Notfälle immer bei mir. Auf den ersten Schock einen Schluck, sage ich immer. Chin Chin." Sie genehmigt sich selbst einen kleinen Schluck und hält mir dann die silberne Flasche hin. „Hilft garantiert", sagt sie und zwinkert mir zu.

„Was soll's", sage ich mutig, tue es ihr nach und muss sofort heftig husten. „Was ist das für ein Teufelszeug?", keuche ich. Der Schnaps brennt höllisch.

„Ein Calvados. Nach einem Familienrezept aus der Normandie. Wie sagt man so schön? Ein Apfelschnaps am Morgen vertreibt Kummer und Sorgen." Erst jetzt bemerke ich, dass in ihrer rauchigen Stimme ein leicht französischer Akzent mitschwingt.

„Noch einen Schluck?" Sie lächelt mich an.

„Vielen Dank", winke ich dankend ab und zucke erschrocken zurück, als ich mein Spiegelbild sehe.

Ich bin immer noch blass, habe aber durch den Heulkrampf mein Aussehen noch weiter verschlechtert: Meine Augen leuchten vom Weinen kaninchenrot, meine Wimperntusche ist verlaufen und meine Nase glüht röter als die Nase von Rudolph dem Rentier. Ich sehe noch beschissener aus, als ich mich fühle, aber das werde ich jetzt ändern. Zwecks Schadensbegrenzung zupfe ich ein weiteres Taschentuch aus der Box, feuchte es mit etwas Wasser an und tupfe die verwischte Wimperntusche unter den Augen weg. Etwas besser.

Dann durchwühle ich meine Handtasche nach meinem Notfall-Make-up und werde zum Glück fündig. Nachdem ich etwas Concealer unter die Augen und auf meine flammend rote Nase getupft habe, ziehe ich mit zittriger Hand einen halbwegs geraden frischen Lidstrich und trage roten Lippenstift auf. Schon besser. Ich lächele mich selbst im Spiegel vorsichtig an.

„Sie sind noch immer etwas blass. Tupfen Sie doch noch etwas Lippenstift auf die Wangen, als Rouge-Ersatz. Das macht gleich frischer." Das breite Lächeln der Dame entblößt eine Reihe makelloser Zähne und reicht fast von einem Ohr zu anderem.

Ich starre sie an. Sie ist wunderschön und steckt immer noch locker so manche Zwanzigjährige optisch in die Tasche.

„Na los, machen Sie schon!", feuert sie mich an.

„Sie würden sich gut mit meiner Mutter verstehen", gebe ich seufzend nach.

Die überhaupt an allem schuld ist.

„Ich weiß nicht, warum Sie vorhin mit dem Mann an Ihrem Tisch gestritten haben." Sie legt wieder eine Hand auf meine Schulter und ihre Augen begegnen meinen im Spiegel.

„Aber sich hier zu verstecken, ist feige. Reden Sie mit ihm. Sagen Sie ihm, was Sie denken, und was Sie stört und jetzt allez hop, mon chere. Wie sagt man auf Deutsch, die Popo zusammenkneifen und los."

Das ist ja mal eine klare Ansage, die ich der eleganten Dame so gar nicht zugetraut hätte.

Ich befolge ihren Rat und tupfe etwas Lippenstift auf die Wangen und verwische alles vorsichtig mit meinen Fingern. Sieht wirklich gar nicht mal so schlecht aus.

Ich lächele mich im Spiegel an, um mir Mut zu machen.

„Was sitzen Sie hier noch rum? Wenn Sie ihn nicht wollen, nehme ich ihn. Der sieht einfach zu gut aus." Sie zwinkert mir aufmunternd zu.

Ich erhebe mich mit wackeligen Beinen aus dem bequemen Sessel. Irgendwie verstehe ich ja, dass Stephan so emotional geworden ist. Ich weiß, dass er sich Sorgen macht, und das auch nicht zu Unrecht. Trotzdem hat er überreagiert. Ich kann meine eigenen Entscheidungen treffen, und das werde ich ihm jetzt klipp und klar sagen.

„Danke für Ihren Zuspruch und den Schnaps." Ich nicke der Dame zu, die mir die Tür aufhält, und gehe mit hoch erhobenem Kopf und entschlossenen Schrittes zurück ins Restaurant.

„Noch zwei Gläser Rotwein, bitte! Und Sie können jetzt gern das Essen bringen, wir sind jetzt so weit", sage ich im Vorbeigehen zum Kellner, der genauso wie sein Chef Stefano sichtlich erleichtert wirkt, dass das Drama beendet zu sein scheint.

Ich zupfe meinen Ausschnitt zurecht und setze mein breitestes Lächeln auf. Wäre doch gelacht, wenn ich den Abend nicht doch noch retten könnte. Und wie sagt meine Mutter immer?

Aufgeben tut man einen Brief.

KAPITEL 18

„Ich wünschte du weißt, wie sehr ich will, dass du bleibst."
(Verfasser unbekannt)

„Guten Morgen, du Faultier! Zeit aufzustehen."

Erschrocken fahre ich aus einem wirren Traum hoch. Was ich sofort bereue, da mein Kopf mit schlimmem Brummen reagiert. Zuviel Versöhnungsrotwein gefolgt von Versöhnungscocktails gefolgt von Versöhnungssex.

Ich wende meinen Kopf vorsichtig in Richtung Stephan, der breit grinsend, im Hotelbademantel am Bettrand sitzt und einfach zum Niederknien aussieht mit seinem schönsten Grübchenlächeln und den verwuschelten Haaren.

Die Bilder der gestrigen Nacht wirbeln wie bunte Konfetti durch meine Gedanken, während ich mit leichtem Schwindel meinen schweren Kopf mit einem Seufzen wieder in die tiefen Hotel-Kissen sinken lasse. Himmlisch. Ich räkele mich wohlig. Warum nur ist Hotelbettwäsche so unendlich viel weicher und bequemer als die Bettwäsche zu Hause?

„Soll ich uns Frühstück bestellen? Hast du Hunger?", Stephan greift nach der Karte für den Zimmerservice.

Statt einer Antwort angele ich nach meinem Handy auf dem Nachttisch.

Mist, wir haben verschlafen und müssen in spätestens dreißig Minuten aus dem Zimmer sein und mit dem Frühstück wird es knapp.

„Bestell irgendwas, das meine überschüssige Magensäure aufsaugt. Und Kaffee", nuschele ich. Meine Zunge fühlt sich pelzig an.

Ich greife nach meinem Waschbeutel und verschwinde für ein kurzes Fresh-up im Bad. Nach einer wohltuenden Dusche und nachdem ich mir gründlich die Zähne geputzt habe, schlüpfe ich in Pulli und Jeans, trage etwas Wimperntusche und Lippenstift auf und bin wieder vorzeigbar.

Im Schlafzimmer mache ich mich auf die Suche nach meinem Kleid. Ich werde an der Fensterfront fündig, gleich neben meinen hohen Schuhen, die mir Stephan hier ausgezogen hat.

Meine Wangen brennen etwas vor Verlegenheit beim Gedanken an die letzte Nacht. Sorgsam verstaue ich das Kleid und die Pumps in meiner Reisetasche und schlüpfe in bequeme Sneakers.

Etwas nachdenklich gehe ich zur bodentiefen Fensterfront und lasse das Menschengewusel auf der Straße unter mir auf mich wirken.

Während Stephan ins Bad verschwindet, um sich ebenfalls etwas zu kultivieren und zu duschen, bringt der Zimmer-Service zwei Tassen Kaffee und ein paar Plunderteilchen. Hm, liegen etwas klebrig auf der Zunge, könnte aber auch am Restalkohol liegen.

Ich höre Stephan leise im Bad summen, während er sich rasiert, und lächele in mich hinein. Ich bin sehr erleichtert, dass wir uns noch im Restaurant ausgesprochen und wieder versöhnt haben. Wobei das tolle Essen und der Chianti, der den restlichen Abend in Strömen floss, sicher einen nicht unwesentlichen Anteil zur verbesserten Stimmung beigetragen haben. Und auch mein Versprechen, in Sachen Immobilien-Mörder nicht weiter zu ermitteln.

„Ah perfekt Koffein." Stephan schnappt sich eine Tasse, tritt dann hinter mich und zieht mich vorsichtig, um keinen Kaffee auf meinem Pulli zu verschütten, in eine wohlig warme Umarmung. Ich schnuppere. Er riecht nach dem etwas herben Hotel-Duschgel und nach seinem zitronig-frischen Rasierwasser, dass ich sehr liebe. Sein Kopf liegt schwer auf meiner Schulter und wir blicken nun beide auf die belebte Straße unter uns. Ich schließe für einen Moment die Augen, die plötzlich seltsam brennen, und lasse mich noch tiefer in die kuschelige Umarmung seiner starken Arme sinken. Jeder Zentimeter meines Körpers passt genau zu seinem und es ist, als ob sich zwei Puzzleteilchen aneinanderfügen würden, ich blinzle ein Tränchen weg.

„Schade, dass du heute schon fahren musst", sage ich.

Meine Stimme klingt dabei seltsam rau und ich beiße mir fest auf die Lippen, um ja nicht noch mehr von meinen Gefühlen preiszugeben oder mit einem „Wann sehen wir uns eigentlich wieder?" den perfekten Moment zu zerstören.

Oder gar in Tränen ausbrechen.

Ich bin eine starke, selbstbewusste Frau, die niemand braucht und mit sich selbst völlig im Reinen ist. Doch mein Bauch hat natürlich wieder das letzte Wort und grummelt wehmütig und laut. Wem will ich etwas vormachen? Obwohl Stephan noch da ist, vermisse ihn schon jetzt.

Als er schließlich seine Arme von mir löst, ist es, als würde die Temperatur im Raum schlagartig sinken und meine Welt auf einmal ein paar Grad kühler und ungemütlicher sein. Mein perfektes Gegenstück fehlt mir schon jetzt.

Während Stephan seine Reisetasche packt, checke ich zur Ablenkung die Nachrichten auf meinem Handy und sehe, dass ich eine neue Mitteilung von Lena Buchsbaum habe.

Haben Sie neue Hinweise, ich will einen Namen, Frau Sauer, sonst verlange ich mein Geld zurück. Meine Geduld ist zu Ende, rufen Sie mich morgen an!

Erschöpft lasse ich mich auf das von der letzten Nacht zerwühlte Bett sinken und seufze laut.

„Alles in Ordnung? Du bist so blass." Stephan blickt mich besorgt an und setzt sich neben mich.

„Lena Buchsbaum ist ziemlich sauer und will Ergebnisse. Sie hat sogar gedroht, dass sie sonst die Anzahlung zurückverlangt, was schwierig wäre, weil ich die schon ausgegeben habe, besser gesagt investiert ins Lisas Zähne", seufze ich.

Stephan streichelt sanft meine Hand.

„Was würdest du tun?", frage ich ihn wenig hoffnungsvoll.

„Ich würde nochmals mit eurer Informantin, dieser Gordana reden. Und mich aus dem Mordfall raushalten." Er blickt mir fest in die Augen. „Samantha, ich will dir keine Vorschriften machen, aber ich mache mir wirklich Sorgen um dich. Ich wünschte, ich könnte in Wien bleiben und auf dich aufpassen, doch ich muss wieder zurück nach Salzburg. Solange mein Vater keine Dauerpflegekraft im Haus akzeptiert, muss ich zu Hause wohnen bleiben und nach dem Rechten sehen."

„Ich verstehe ja, dass du dir Sorgen machst, aber das musst du nicht. Du hast jetzt andere Themen, um die du dich kümmern musst." Ich rücke ein Stück von ihm ab und sehe ihm fest in die Augen. „Ich finde es toll, dass du dich so intensiv um deinen Vater kümmerst. Aber das kann doch kein Dauerzustand sein, dass du das alles allein machst! Und du bist ja oft von zu Hause weg auch nachts. Wenn er dann Hilfe braucht, ist niemand da", werfe ich vorsichtig ein.

„Ich weiß, darum kommt am Montag eine neue Frau vom Pflegedienst für zwei Stunden, sehen wir mal, ob er mit ihr besser zurechtkommt als mit ihren Vorgängerinnen. Ich taste mich langsam an das Thema Betreuung heran, aber mein Vater ist stur und sieht nicht ein, dass er Hilfe braucht", seufzt Stephan und zieht mich in eine Umarmung.

Wir bleiben noch eine ganze Weile engumschlungen auf dem Bett sitzen und hängen schweigend unseren Gedanken nach, als es plötzlich an der Tür klopft und das Zimmermädchen den Kopf bei der Tür hereinstreckt.

Es ist schon nach elf Uhr, Zeit für uns auszuchecken. Schwerfällig erheben wir uns beide vom Bett, nehmen unsere Taschen und verlassen das Hotelzimmer. An der Tür werfe ich noch einen letzten, sehnsüchtigen Blick zurück auf die zerknüllten Laken. Wie lange mag es dauern, bis unsere Terminkalender erlauben, dass wir uns wiedersehen? Ich hoffe noch vor Weihnachten.

Hand in Hand gehe ich mit Stephan bis zur nächsten U-Bahn- Station am Stephansplatz und fahre mit der Rolltreppe nach unten, sehe ihm dabei zu, wie er einen Fahrschein für die U1 kauft, die ihn zum Hauptbahnhof bringt, und atme gegen das dumme Gefühl an, ihn nicht gehen lassen zu wollen.

„Na dann …", sagt er forsch mit leicht schiefem Lächeln.

„Na dann …", wiederhole ich.

Unschlüssig, fast verlegen stehen wir voreinander, während die Menschenmassen an uns vorbeiströmen. Ich lege meinen Kopf auf seine Brust und muss schwer schlucken.

„Wir sehen uns ja bald wieder, diesmal wird es keine drei Wochen dauern, versprochen, Samantha! Meine Schwester kann sich auch mal um meinen Vater kümmern, hat sie mir versprochen und dann sitze ich sofort im nächsten Zug nach Wien." Stephan zieht mich in seine Arme und für einen Moment wird es still um uns und ein warmer Kokon aus Geborgenheit und Liebe umgibt uns.

Ich versinke eine gefühlte Ewigkeit in seiner Umarmung, doch plötzlich rempelt uns jemand im Vorbeigehen an, entschuldigt sich lautstark, und unsere wohlig warme Seifenblase zerplatzt. Ich schlage die Augen auf.

„Wann geht dein Zug? Na los, du solltest dich besser beeilen“, gebe ich mich entschlossener, als ich mich gerade fühle, und hauche einen zarten Kuss auf Stephans Lippen.

„Ich rufe dich am Abend an.“ Stephan küsst mich auf die Stirn, schultert seine Tasche, wendet sich um, und verschwindet in der Menschenmenge.

Wie festgefroren bleibe ich noch einige Minuten stehen und blicke ihm nach. Und erst als ich mir sicher bin, dass er nicht mehr zurückkommt, kullern die ersten Tränen und wollen gar nicht mehr aufhören. Ich bin ja schlimmer als ein verliebter Teenager, zum Glück sieht mich Lisa so nicht.

Heulst du etwa in der Öffentlichkeit? Das ist so peinlich, Mama, höre ich das Kind in meinem Kopf.

Recht hat sie. Zur Ablenkung beschließe ich, nicht mehr über meine Beziehung nachzugrübeln, sondern mich wieder auf den Fall zu konzentrieren, Lena will Ergebnisse sehen. Ich fahre mit der Rolltreppe nach oben.

Vielleicht sollte ich Stephans Rat befolgen und Gordana nach der blonden Frau befragen. Auch wenn meine Mutter bei Ihren Verhören sehr gründlich ist, ist ihr möglicherweise ein wesentliches Detail entgangen.

Schaden kann es in jedem Fall nicht und der restliche Sonntag liegt lange und unverplant vor mir.

Ich gehe den Graben, die noble Einkaufsmeile in der City entlang und hebe den Kopf. Das spärlich zwischen den Wolken hervorblinzelnde Sonnenlicht lässt das Kristallglas der riesigen, an langen Drahtseilen hoch über meinem Kopf baumelnden Kronleuchter in allen Farben des Regenbogens funkeln, was wunderschön aussieht. Doch besonders magisch ist der Anblick in der Nacht. Denn dann erstrahlen die mächtigen Kronleuchter im warmen Licht und verwandeln die Straße in einen riesigen Outdoor Ballsaal.

Ich lasse die Luft, die ein wenig nach Punsch, Lebkuchen und Weihnachten riecht, tief in meine Lunge strömen. Meine Schritte werden schneller und dynamischer und während ich zwischen den hoch aufragenden Gründerzeithäusern, die die schmale Naglergasse flankieren, entlanggehe, beginnt es, leicht zu schneien.

Vorbei am Weihnachtsmarkt Am Hof, führt mich mein Weg weiter zur Freyung. Der Altwiener Christkindlmarkt auf dem geschichtsträchtigen Platz ist ebenfalls bereit für seine Gäste. Ich schlendere vorbei an Holzhütten die köstlich duftende Maroni und Bratkartoffeln und natürlich alle Sorten von Glühwein und Punsch anbieten.

Nach kurzer Überlegung kaufe ich mir einen Kinderpunsch, der etwas zu süß schmeckt, dafür aber keinen Alkohol enthält und trotzdem schön von innen wärmt.

Ich ergattere einen freien Platz an einem der hölzernen, runden Stehtische und genieße das laute Treiben um mich herum. Jung und Alt scheint heute auf den Beinen zu sein. Ich liebe die Vorweihnachtszeit in Wien.

Nachdem ich meinen Becher geleert, zurückgegeben und den Pfandeinsatz kassiert habe, gehe ich langsam weiter in Richtung Café Landtmann. Dort angekommen, überlege ich einen Moment lang, mich den anderen Gästen in den roten Bademänteln anzuschließen und auch draußen einen Kaffee zu trinken, doch ich bin eine kleine Frostbeule und hatte heute schon genug

Frischluft. Und außerdem muss ich ja nachsehen, ob Gordana heute im Dienst ist. Doch als ich meine Jacke bei der Garderobe abgeben will, muss ich enttäuscht feststellen, dass heute eine andere Dame hier arbeitet.

Auf meine vorsichtige Rückfrage erfahre ich, dass Gordana frei hat. Pech gehabt, aber wenn ich schon mal da bin ... Ich schnappe mir eine Zeitung und mache mich wenig hoffnungsvoll auf die Suche nach einem freien Tisch, doch ich habe Glück. Soeben wird ein Tisch am Fenster frei und ich rutsche zufrieden auf den Platz und blättere mit knurrendem Magen durch die Speisekarte. Kurz ringe ich kalorientechnisch mit mir, doch dann hebe ich entschlossen die Hand und winke dem Kellner.

„Bringen Sie mir bitte eine große Portion Apfelstrudel, eine Melange und eine doppelte Portion Schlagobers", bitte ich den Kellner.

KAPITEL 19

„Eine perfekte Frau muss sein wie eine Portion Spaghetti all'arrabbiata – feurig-scharf und den Atem raubend."
(Gianni Salvatore, Inhaber der Trattoria Gianni)

Als ich gegen 17 Uhr durchgefroren zu Hause ankomme, höre ich laute Stimmen aus der Küche. Ich schnuppere. Es duftet fantastisch. Ich habe noch länger im Landtmann gesessen, sämtliche Klatsch-Zeitschriften gelesen und meine Stunden mit Stephan gedanklich Revue passieren lassen.

Müde, aber mit einem sanften Lächeln auf dem Gesicht, lasse ich meine kleine Reisetasche an der Tür fallen, schlüpfe aus dem Mantel und den Sneakers und eile, immer dem Geruch nach, in die Küche. Mein Magen knurrt schon wieder und will gefüllt werden. So ein Apfelstrudel ersetzt schließlich keine vollwertige Mahlzeit.

„Da bist du ja endlich, Kindchen, ich habe Kartoffelgulasch gemacht! Wasch dir schnell die Hände, in fünf Minuten können wir essen."

„Kartoffelgulasch?" Erleichtert, dass meine Mutter ihre gesunde Ernährungsoffensive so blitzartig wie sie gekommen ist wohl endgültig beendet hat, verkneife ich mir einen entsprechenden Kommentar.

Seufzend will ich nach einem kurzen Besuch im Bad, gerade meinen Po auf unserer Küchenbank, neben Lisa platzieren als diese laut quietscht: „Pass auf, Mama, da hinten in der Ecke liegt Strizzi!"

Fast hätte ich den getigerten haarigen Kerl, der optisch mit dem etwas in die Jahre gekommenen gestreiften Sitzbezug unserer Eckbank verschmilzt, übersehen.

„Wen haben wir denn da?" Ich rutsche vorsichtig an ihn ran und beginne seinen Nacken und seinen Kopf zu kraulen. Was ihn im Schlaf sanft brummeln und schnurren lässt.

„Hört mal, wie lieb Strizzi schnarcht", freut sich Lisa und betrachtet ihn fasziniert. „Er bleibt übrigens noch bis Dienstag bei uns. Cosima fliegt zu Arthur und hat ihn gestern Abend vorbeigebracht, nachdem du weg warst", informiert mich meine Tochter.

„Na da können wir das dürre Kerlchen ja ein bisschen aufpäppeln."

Meine Mutter häuft eine Ladung Katzenfutter in Strizzis Fressschüssel und dieser erwacht schnuppernd und hechtet mit einem freudigen Miau von der Bank. Schade, mir war gerade nach Wärme und körperlicher Zuwendung.

„Cosima will doch nicht, dass er so viel frisst. Hat sie nicht gemeint er ist auf Diät? Und ist das überhaupt sein Spezialfutter?", rüge ich meine Mutter und beobachte, wie Strizzi laut schmatzend in Rekordzeit die Schüssel leert.

„Papperlapapp, in dieser Wohnung hungert niemand, und dieser Kater ist wohl offensichtlich viel zu dünn.

Na, noch ein kleiner Nachschlag, Strizzi? Brav hast du aufgegessen", meine Mutter streichelt den Kater, als hätte er eine Meisterleistung vollbracht.

„Dass hier niemand hungert, gilt wohl nur für Strizzi, Oma. Oder warum hast du dann vor zwei Tagen meinen Pudding entsorgt? Und die Paprikachips?" Einmal mehr schätze ich die klaren Worte meines Kindes und nicke ihr anerkennend zu.

„Nun, ich habe meine Meinung halt geändert! Pfeif der Sittich drauf!" Meine Mutter zuckt mit den Schultern und wendet sich wieder dem köchelnden Erdäpfelgulasch zu. Lisa und ich werfen uns einen etwas fassungslosen Blick zu.

So einfach ist das Thema für sie vom Tisch. Ich müsste meinen plötzlichen Sinneswandel Länge mal Breite erklären und könnte mich nicht mit einem lapidaren Satz aus der Affaire ziehen.

„Deckst du bitte im Esszimmer, Lisa-Mäuschen? Aber nimm bitte die Stoffservietten." Meine Mutter wirkt etwas fahrig und hat ganz rote Wangen.

„Ist dir heiß?" Ich öffne das Fenster einen Spalt und mustere sie dann genauer.

Sie wirkt gehetzt, fast nervös und warum hat sie mich eigentlich noch immer nicht über meinen Abend beziehungsweise die Nacht mit Stephan ausgequetscht? Eigentlich rechne ich seit zehn Minuten mit einem strengen Verhör. Und warum hat sie sich so herausgeputzt? Üblicherweise trägt sie zu Hause immer eine bequeme Jeans und einen Pulli. Doch heute scheint sie sich extra schick gemacht zu haben mit ihrer hübschen rosa Seidenbluse. Und Moment, hat sie etwa Lippenstift aufgetragen? Für wen nur hat sie sich so hübsch gemacht?

Für Lisa, den Kater und mich wohl nicht.

„Wie war eigentlich dein romantisches Date mit dem Yoga-Heini? Ich meine, Oskar, gestern?", frage ich, als es an der Tür klingelt.

O nein.

„Für vier decken!", bellt meine Mutter in Richtung Lisa die mir einen fragenden Blick zuwirft. Auch das Kind hat wohl keine Ahnung, was hier los ist und warum Omi so nervös wirkt. Ich eile mit Strizzi, der mir neugierig auf dem Fuß folgt, zur Tür und wappne mich für den Anblick des Mannes in Strumpfhosen, für den sie wohl leider ein veganes Kartoffelgulasch kocht.

Todesmutig reiße ich schwungvoll die Tür auf, ziehe angestrengt die Mundwinkel nach oben und blicke zu meinem Erstaunen in rosinenfarbene, etwas erschrockene Augen.

„Ah das Temperamente der bella Mama!"

Verwundert, aber erleichtert, dass nicht mein dürrer Erzfeind vor der Tür steht, bitte ich Gianni herein und nehme ihm den Mantel ab. Auch er hat sich heute herausgeputzt. Statt seiner üblichen mit Tomatensauce bekleckerten Kochjacke, trägt er ein blütenweißes, über seinem Bauch stramm sitzendes Hemd und ein schwarzes Jackett.

„Schön, dass du da bist, Gianni. Na, dann mal rein in die gute Stube, willkommen, willkommen", plappere ich verlegen.

„Danke, Signora Samantha." Gianni verbeugt sich tatsächlich leicht.

„Ich freue mich sehr über die Einladung Ihrer bella Mama. Und da ist ja auch der nette Kater. Wie war noch mal der Name? Ah, ich weiß: Strieezi." Gianni beugt sich sofort runter und beginnt, den Kater mit seinen dicken Fingern zu kraulen.

Was dieser mit lautem Schnurren quittiert und systematisch seinen Kopf an Giannis Hosenbein reibt und dabei hellgraue Haarbüschel auf seiner dunklen Hose verteilt. Gianni scheint das aber nicht weiter zu stören.

Dafür gibt es sofort einen weiteren Sympathiepunkt auf meiner Liste.

„Schick, schick, Gianni. Neues Hemd? Was ist da drinnen, hast du uns Tiramisu mitgebracht?" Lisa taucht hinter meinem Rücken auf und späht frech auf die Box die Gianni in der Hand hat.

„Si si! Mit viel Liebe." Gianni Wangen verfärben sich dunkelrot.

Leichte Schweißperlen stehen auf seiner hohen Stirn. Der arme Kerl wirkt etwas überfordert von der ganzen Situation. Oder liegt es an der geballten Aufmerksamkeit der Sauer Frauen?

Vielleicht hatte er auf ein romantisches Abendessen in trauter Zweisamkeit mit meiner Mutter gehofft. Nun das wird wohl nichts.

„Bring das bitte mal in den Kühlschrank", beschäftige ich Lisa schnell, ehe sie ihm peinliche Fragen stellt. Dann dirigiere ich Gianni in Richtung Esszimmer, bitte ihn schon mal Platz zu nehmen und husche zurück in die Küche.

„Dein Date ist da", zwitschere ich in Richtung meiner Mutter, die etwas errötet.

„Was heißt hier Date? Das ist einfach ein nachbarschaftliches Dankeschön für das viele Tiramisu." Ihre Miene ist ernst und würde ich sie nicht so gut kennen, würde ich es ihr fast abnehmen.

„Na dann musst du ihn bald wieder einladen." Lisa klappt den Kühlschrank zu. „Er hat gerade erneut eine Wagenladung Tiramisu mitgebracht."

„Ich bin ja froh, dass du nicht mehr auf dem Bio-Tripp bist, aber wenn wir ständig Tiramisu essen, werden wir noch alle dick und kugelrund", seufze ich.

„Papperlapapp, dann machen wir halt mehr Bewegung. Und jetzt husch, husch! Samantha du bringst den Wein ins Esszimmer. Und nimm die schönen Kristallgläser aus der Vitrine."

Sie kostet noch einen Löffel vom Kartoffelgulasch und wirkt sichtlich zufrieden.

„Lisa, du hilfst mir bitte, die Teller ins Esszimmer zu bringen."

Rasch befolgen wir ihre Anweisungen und nehmen schließlich alle am Esstisch neben dem immer noch nervös wirkenden Gianni Platz.

Der Abend verläuft anfangs etwas steif, doch nachdem Gianni zwei Gläser Rotwein getrunken hat, wird er sichtlich lockerer und beginnt, Anekdoten aus seiner Heimatstadt in Apulien zu erzählen, während er meine Mutter ungeniert anhimmelt.

Zur Freude meiner Mutter isst er gleich drei Teller Kartoffelgulasch und lobt ihre Kochkünste wortreich in den höchsten Tönen. Beim Tiramisu schlagen wir dann alle gemeinsam noch mal kräftig zu.

Vorsichtig öffne ich meinen Hosenknopf und ziehe rasch meinen Pulli wieder drüber.

„Gut war es, wenn auch etwas reichlich. Aber die Extra-Kalorien können wir uns ja locker wieder beim Yoga abtrainieren, was Mama?", schieße ich eine kleine Spitze in Richtung meiner Mutter.

„Deine Mutter hat eine perfekte Figur. Vielleicht sogar ein bisschen zu dünn! Sie kann ruhig mehr essen.“

Meine Mutter kichert und zwinkert Gianni mit flatternden Wimpern zu. Lisa tritt mir leicht gegen das Schienbein und verdreht kurz die Augen. Ich grinse in mich hinein. Wahrscheinlich ist für einen Teenager die Vorstellung, dass die eigene Mutter nicht zölibatär lebt, schon schlimm genug, aber seiner eigenen Oma beim Flirten zuzusehen, ist bestimmt noch mal eine ganz andere Dimension.

Gianni verabschiedet sich gegen zweiundzwanzig Uhr und bedankt sich erneut wortreich und heftig gestikulierend bei meiner Mutter, die sich sichtlich über seine Komplimente freut. Um ihnen etwas Privatsphäre zu geben, übernehmen Lisa und ich das Aufräumen der Küche.

„Ist Oma verliebt?“ Lisa, die gerade den Geschirrspüler einräumt, mustert mich fragend.

„Hm, vielleicht. Wäre das schlimm für dich?“, setze ich vorsichtig nach.

Lisa ist sehr an ihrem Opa gehangen, der beim Frühstück, hier an diesem Küchentisch, noch mit der Marillenmarmelade-Semmel in der Hand, mit einem Herzinfarkt vom Sessel kippte und starb.

„Nein, wieso sollte es mir etwas ausmachen? Ich finde ihn nett. Oma ist zwar schon alt, aber so alt auch wieder nicht. Sie kann ja Opa weiterlieben und sich trotzdem mit Gianni treffen. Außerdem mag ich sein Essen. Und Strizzi ist auch von ihm begeistert, ich werte das als gutes Zeichen. Ist übrigens noch etwas vom Tiramisu da?“

Damit ist das Thema für Lisa vom Tisch und sie zieht die Box aus dem Kühlschrank.

„Bingo." Sie hat zwar vorhin schon ordentlich zugelangt, häuft sich aber nochmals eine ordentliche Portion auf den Teller.

Neidisch betrachte ich mein schlankes Kind und seinen perfekten Teenager-Stoffwechsel.

Als meine Mutter schließlich wieder in der Küche auftaucht habe ich den Geschirrspüler eingeräumt, den Herd geputzt, den Topf ausgewaschen und die Kristallgläser sorgsam von Hand gespült.

„Na, das hat ja etwas gedauert", feixe ich. „Noch ein Gläschen Eierlikör?"

„Ja gern." Meine Mutter lässt den Blick durch die Küche schweifen. „Ihr habt ja schon aufgeräumt, wie nett." Sie lässt sich müde, aber dauergrinsend auf die Bank sinken.

Ich gehe zurück ins Esszimmer, hole den Eierlikör aus der Vitrine und schenke uns zwei Gläser ein. Ich will dem Getränk noch eine letzte Chance geben.

„Ich geh dann mal ins Bett, komm, Strizzi. Gute Nacht, Mama und Oma." Lisa umarmt uns kurz und verschwindet mit dem hinter ihr herlaufenden Strizzi Richtung Kinderzimmer.

„Zähneputzen nicht vergessen!", rufe ich ihr nach und dann bin ich mit meiner Mutter allein.

„Auf Gianni", proste ich ihr zu, was sie prompt wieder erröten lässt.

„Wie war es eigentlich mit Stephan? Hattet ihr gestern einen schönen Abend?", versucht sie abzulenken.

„Netter Versuch, Mama. Aber erst bis du dran. Na los, warum war heute Gianni unser Gast und nicht Oskar?" So leicht kommt sie mir nicht davon.

„Nun, das Date mit Oskar habe ich gestern aus diversen Gründen kurzfristig gecancelt und mehr möchte ich dazu nicht sagen." Ihre Lippen wirken verkniffen.

„Und Gianni?", hake ich vorsichtig nach.

„Also gut, du gibst ja doch keine Ruhe. Ich bin ihm gestern beim Einkaufen begegnet. Er hat mich gefragt, was ich denn Schönes koche. Und da er noch nie Erdäpfelgulasch gegessen hat, habe ich ihm angeboten, heute zum Essen zu kommen. Ende der Geschichte." Sie ext den Eierlikör und knallt das Glas auf den Tisch.

„Gianni hat mir irgendwann mal erzählt, dass er seit fünfzehn Jahren in Wien lebt. Und in all den Jahren hat er noch nie Erdäpfelgulasch gegessen?", frage ich ungläubig nach. Wer's glaubt, wird selig. Gleich die Straße runter gibt es zwei etwas in die Jahre gekommene gutbürgerliche Wirtshäuser, die Hausmannskost anbieten, und ich bin mir sicher, Gianni dort schon gesehen zu haben.

Nimmt sie mich auf den Arm?

„So hat er es zumindest behauptet und ich habe keinen Grund, daran zu zweifeln. Und wie gesagt, war es auch eine längst fällige Geste von mir, mich bei ihm für all das kostenlose Tiramisu zu bedanken."

„Natürlich, verstehe." Ich zwinkere ihr zu. Gianni hätte wohl bei jeder Speise, außer Pizza und Pasta, behauptet, sie noch nie zuvor gegessen zu haben in der Hoffnung von meiner Mutter zum Essen eingeladen zu werden.

„Was war denn nun mit Stephan?", lenkt sie wieder geschickt ab.

Ich räuspere mich und richte meinen Blick fest auf die Tischplatte. Eine kleine Abreibung hat sie für ihre Indiskretion gegenüber Stephan verdient.

„Es war furchtbar. Der Abend war eine einzige Katastrophe", sage ich mit grabesschwerer Stimme. Wenn ich mich bemühe, schaffe ich es vielleicht eine kleine Träne rauszuquetschen.

„O mein Gott. Was war denn los, Kindchen?" Mitfühlend greift meine Mutter nach meiner Hand.

„Na, was wohl. Dank deiner mitteilungsfreudigen Art war er im Bilde, dass wir in Sachen Mord ermitteln. Wir hatten noch vor das Essen serviert wurde einen schlimmen Streit. Er war total wütend", sage ich und sehe ihr dabei noch immer nicht in die Augen.

„Manchmal kann ich einfach nicht die Klappe halten, es tut mir leid, Kindchen, war es sehr schlimm?" Die Stimme meiner Mutter zittert.

Ich hebe den Kopf und sehe, dass sie ganz blass aussieht. Das wollte ich nicht. „Anfangs schon, aber dann haben wir uns wieder versöhnt und es wurde noch ein schöner Abend", sage ich. „Ich musste ihm aber hoch und heilig versprechen, nichts mehr in Sachen Mord zu unternehmen."

„Na, da bin ich aber erleichtert. Du hast mir auch einen Schreck eingejagt, Kindchen. Ich mag Stephan doch so gern. Aber lass dir gesagt sein, so ein kleiner Streit kann das Feuer der Liebe ordentlich anheizen." Sie zwinkert mir zu.

„Und wenn du jetzt nicht mehr mitmachen willst, Samantha, dann ermittle ich eben nur mit Cosima weiter. Gleich morgen werde ich die Kuchenproduzenten-Spur wieder aufnehmen." Die Augen meiner Mutter glänzen aufgeregt.

Ich nippe an meinem Eierlikör. Nach dem Berg süßem Tiramisu schmeckt der Likör gar nicht so schlimm. Ich exe das Glas nun auch.

Brr, leider doch ekelhaft.

„Die Spur ist kalt", sage ich. „Der Mann hat ein hieb- und stichfestes Alibi."

Rasch bringe ich sie auf den neuesten Stand.

„Hm, wie schade, wieder eine Spur versandet. Aber dann richten wir einfach unsere volle Konzentration auf den Immobilien-Deal in Schönbrunn."

Eine weitere Eigenschaft meiner Mutter, die mir gleichermaßen imponiert und mich in den Wahnsinn treibt, ist ihre Entschlossenheit. Sie ist wie ein Bulldozer. Wenn Theresa Sauer sich etwas in den Kopf gesetzt hat, dann zieht sie es durch und walzt alle Bedenken und Widerstände nieder.

Etwas zögerlich nicke ich und klappe den Laptop auf.

Ich habe Stephan zwar versprochen, nicht mehr zu ermitteln, aber so eine kleine Online-Recherche ist harmlos. Und überhaupt, was soll ich tun? Gordana konnte ich heute nicht befragen und Lena erwartet morgen von mir Resultate. Und die einzige neue Spur in Sachen blonder Frau führt zu jemandem aus dem Café Schönbrunn.

„Dann lass uns mal nachlesen, ob wir nicht etwas zum Verkauf des Café Schönbrunn im Netz finden", sage ich.

***

Noch lange, nachdem meine Mutter schlafen gegangen ist, fliege ich online durch die Seiten. Es gibt unzählige Artikel zum geplanten Verkauf des historischen Cafés. Alle Medien schreiben, dass es drei Interessenten gab, die um den Kauf wetteiferten: Erwin Buchsbaum, ein internationaler Immobilienfond, gegen den es einige Proteste der Wiener, von wegen Ausverkauf unserer schönen Stadt gab, und jemand aus dem Umfeld des Café Schönbrunn, der aber leider in keinem der Artikel namentlich erwähnt wird.

Mit brennenden Augen klappe ich weit nach Mitternacht den Laptop schließlich zu, strecke meine verspannten Schultern und seufze resigniert. Eine Frau muss tun, was eine Frau tun muss.

Und morgen muss ich, wenn ich Lena Resultate liefern soll, wohl meinen Kaffee in Schönbrunn trinken.

KAPITEL 20

Das Café Schönbrunn besticht durch seine einzigartige Lage mitten in Hietzing in einem wunderschönen weitläufigen Park und hätte ich genügend Kleingeld würde ich es auch gern kaufen. Aber würde ich, um einen anderen Kaufinteressenten auszuschalten, auch einen Mord begehen?

Nun, wohl eher nicht.

Mit leicht schlechtem Gewissen, dass ich heute hier bin, halte ich einen Moment inne, um meine Gedanken zu sortieren.

Ich ermittle heute nicht im Mordfall, wie ich es Stephan ja hoch und heilig versprochen habe, sondern hoffe die blonde Frau heute hier zu sehen. Lena erwartet Resultate von mir. Und außerdem habe ich, wie es der Zufall will, in weniger als einer Stunde eine Wohnungsbesichtigung ganz in der Nähe.

Ich straffe meine Schultern und schiebe die schwere Tür auf und sofort schlägt mir eine köstliche Mischung aus Kaffee- und Kuchenduft, die sich wie ein Balsam auf meine stets etwas angespannten Nerven legt, entgegen. Ich blicke mich in dem weitläufigen Raum mit der deckenhohen Fensterfront suchend nach einem freien Platz um.

Ah, in der Ecke hinten wird ein Tisch frei. Ich stelle meine Laptoptasche auf die Sitzbank und schlüpfe aus meiner Winterjacke. Zufrieden rutsche ich nah ans Fenster und greife nach der Getränkekarte. Schön ist es, hier zu sitzen und das Geschehen zu beobachten. Und vielleicht habe ich ja Glück und die blonde Frau taucht ganz zufällig hier auf.

Oder ich sehe einen Lieferwagen vom Café vorfahren und kann rein zufällig beobachten wer ausstiegt, wispert eine kleine Stimme in meinem Kopf.

Das Café ist gut besucht und die Kellner haben alle Hände voll zu tun. Wiederholt winke ich dem flott herumhuschenden Kellner mit der Hakennase zu, der mich aber völlig ignoriert. Seufzend lehne ich mich zurück. Es ist doch immer dasselbe.

Ein Wiener Kaffeehauskellner hat klare Regeln, wem er seine Gunst zukommen lässt. Es ist ein abgekartetes Spiel, das strengen Regeln folgt, und in erster Instanz gewinnt immer der Kellner.

Sehnsüchtig werfe ich einen Blick auf den Nebentisch. Der ältere Herr im maßgeschneiderten Anzug scheint im Gegensatz zu mir ein Stammgast zu sein. Seine Melange wird, obwohl er zehn Minuten nach mir gekommen ist, gemeinsam mit einem Stück Kuchen und einem breiten Lächeln serviert. Ich als Neuling, werde hingegen gekonnt ignoriert. Wenn ich öfter hier wäre, hätte ich mir wohl längst die Gunst des Kellners durch wiederholte Besuche, gutes Trinkgeld und entsprechend entschlossenes, fast arrogantes Auftreten verdient.

Aber heute bin ich zum ersten Mal hier, kein Stammgast, eventuell werde ich sogar als eine Touristin angesehen, und rutsche daher in der Bewirtungsskala ganz nach unten, was mich der Kellner deutlich spüren lässt.

Dabei würde ich vor meinem Termin wirklich gerne eine Kleinigkeit essen.

Fünf weitere Minuten vergehen, in denen ich vom Servicepersonal völlig ignoriert werde. Jetzt reicht es aber. Ich setze mich aufrecht hin und straffe meine Schultern. Mit Höflichkeit kommt man bei arroganten Kellnern nicht weiter.

„Wird man hier nicht bedient?“ Ich verpasse meiner Stimme einen entschlossenen, leicht wütenden Unterton. „Oder ignorieren Sie mich absichtlich, junger Mann?“

Beinahe klinge ich so näselnd arrogant wie die Gräfin, was beim Kellner sichtlich Eindruck macht und ihn tatsächlich veranlasst, an meinen Tisch zu treten. Aus Gewohnheit bestelle ich einen Apfelstrudel mit Schlagobers und eine Melange, und dann warte ich erneut.

Seufzend ziehe ich mein Handy heraus und checke die Zeit bis zum Termin. Wenn der Kellner sich noch länger Zeit lässt, muss ich den Apfelstrudel einpacken lassen und aus dem Kaffee einen to go machen. Diese Diskussion mag ich mir aber gerade gar nicht vorstellen.

Ich schüttle mich innerlich.

„Gnä' Frau, Ihr Apfelstrudel und Ihre Melange." Etwas zu schwungvoll landet meine Bestellung klappernd vor mir auf dem Tisch.

Ich schenke dem Kellner ein abschätziges Lächeln, mit dem ich ihm sagen will, dass er mich nicht kleinkriegt. Als Antwort, dass er mich durchschaut hat, hebt er eine Spur weniger arrogant eine Augenbraue.

Mögen die Spiele beginnen – Cosima wäre stolz auf mich.

Ich piekse mit meiner Gabel in den Apfelstrudel. Hm, sehr gut. Ich schmecke nach. Der Pâtissier des Schönbrunn verwendet wohl eine Spur mehr Zimt und weniger Zucker als sein Gegenpart im Landtmann oder im Mozart.

Hungrig, weil ich heute noch kein Mittagessen hatte, mache ich mich über den Apfelstrudel her und seziere ihn weiter in Gedanken. Müsste ich eine Bewertung abgeben, käme er nicht an seine Strudel-Kollegen im Café Landtmann oder Mozart heran, denn er ist einfach viel zu trocken. Ich tauche einen Bissen tief in das Schlagobers.

Schon besser.

Während ich einen Schluck Kaffee nehme, sehe ich mich weiter um. Nun, Stammgast-Potential herrscht hier, soweit ich es einschätzen kann, außer dem Herren am Nebentisch, wohl nur vereinzelt. Die Nähe des Cafés zu Schloss Schönbrunn, der ehemaligen Residenz von Kaiserin Sisi und Kaiser Franz, lockt offensichtlich mehr Touristen als Wiener an.

Stimmengewirr verschiedenster Nationen klingt zu mir.

Ich rutsche tiefer in die weichen Pölster, während die schnatternden Stimmen aus aller Welt zu einer beruhigenden Hintergrundmelodie verschwimmen. Und wieder passiert es – die Gespräche um mich werden zu einem entfernten Rauschen, ich versinke in meinem kleinen Apfelstrudel-Melange-Mikro-Kosmos und fühle mich in dem ganzen Trubel um mich herum allein, aber doch nicht einsam.

„Haben Sie noch einen Wunsch?", unterbricht der hakennasige Kellner meine Gedanken.

Erschrocken blicke ich auf. Die letzten Minuten habe ich scheinbar völlig gedankenverloren vor mich hingeträumt, was man auch im Café Schönbrunn gut kann.

„Ich glaube, ich möchte dann zahlen." Er hebt wieder die Augenbraue, ob meiner unpräzisen Ausdrucksweise. „Also gut, ich möchte zahlen, jetzt", konkretisiere ich mein Anliegen. Ob ich ihn ein bisschen aushorchen soll? Kurz flammt mein schlechtes Gewissen auf, aber dann verwerfe ich den Gedanken wieder.

Was Stephan nicht weiß, macht ihn nicht heiß. Ich gebe ein gutes, aber nicht zu offensichtlich hohes Trinkgeld. Mein Herz klopft aufgeregt, in Sachen Personenausquetschen bin ich längst nicht so routiniert oder skrupellos wie meine Mutter. Aber ich gebe mir einen Ruck.

„Ich habe gehört, das Café wird verkauft?" Ich blicke ihn gespannt an.

„Nein, da sind Sie falsch informiert. Es wird aktuell nicht mehr verkauft. Warum wollen Sie das wissen? Sind Sie eine Journalistin?" Sein Tonfall ist schroff und er mustert mich argwöhnisch.

„Es interessiert mich einfach, ich arbeite im Immobilienbereich", gebe ich patzig zurück. Er war vorhin schon kein Charmebolzen, aber mit meiner Frage habe ich ihn wohl völlig auf dem falschen Fuß erwischt.

„Ich kann nur sagen, dass ich ganz froh bin, dass es erst mal keine neuen Besitzer gibt. Von wegen: Neue Besen kehren gut. So etwas bringt doch nur Unruhe rein." Er mustert mich abschätzig und dreht mir den Rücken zu.

Unfreundlicher Kerl. Und für das Trinkgeld hat er sich auch nicht bedankt. Wahrscheinlich hätte Erwin Buchsbaum ihn sofort gegen ein netteres Exemplar ausgetauscht.

„Nehmen Sie Herrn Andreas nicht zu ernst. Hinter seiner rauen Schale steckt ein weicher Kern. Er wollte sicher nicht unhöflich sein, aber er hasst Veränderungen wie die meisten Menschen."

Der Stammgast am Nebentisch faltet die Zeitung zusammen und erhebt sich.

„Gestatten, Winter mein Name. Wie Frühling", lacht er über seinen eigenen Wortwitz und reicht mir eine Visitenkarte, die ich kurz mustere und dann einstecke.

„Samantha Bauer, sehr erfreut", sage ich und mache mir eine gedankliche Notiz, dass ich mir einen etwas originelleren Tarnnamen zulegen sollte.

„Darf ich mich kurz zu Ihnen setzen, junge Dame?", fragt Herr Winter.

Nervös linse ich auf mein Handy. Ich habe noch zehn Minuten bis zu meinem Besichtigungstermin. Aber vielleicht weiß Herr Winter ja etwas Näheres zu dem Immobilienverkauf. „Sehr gern. Bitte sehr, nehmen Sie doch Platz." Ich deute auf den freien Sessel an meinem Tisch.

„Und schönen Dank auch für die junge Dame, das höre ich nicht mehr so oft." Ich lächele ihn an.

„Sie arbeiten also in der Immobilienbranche?", eröffnet Herr Winter das Gespräch.

„Ja, das stimmt und besonders interessiere ich mich für historische Gebäude mit einer langen Geschichte. Ich habe gelesen, dass das Café Schönbrunn zum Verkauf stand, doch der Kellner meinte, dass es nun doch nicht verkauft wird."

„Das ist richtig." Die Stimme von Herrn Winter ist sonor und angenehm.

„Lassen Sie mich überlegen, die Interessenten waren ein Immobilienfond und der Besitzer vom Café Mozart. Wie hieß er noch gleich?" Ich mache eine Kunstpause, als bräuchte ich Zeit, mich zu erinnern. „Ha, jetzt weiß ich es wieder: Buchsbaum. Erwin Buchsbaum." Meine schauspielerische Darstellung ist nicht gerade oscarreif. „Moment, über ihn stand doch neulich was in der Zeitung. Wurde er nicht ermordet?", heuchle ich Betroffenheit.

„Ja, das stimmt. Wie schrecklich so aus dem Leben gerissen zu werden. Ich bin immer noch geschockt. Erwin Buchsbaum war ein interessanter Mann, der viele Freunde hatte, aber auch viele Feinde. Wir sind uns im Laufe der Jahre des Öfteren begegnet, Wien ist klein ..." Mein Gegenüber wirkt nachdenklich.

„Und in welcher Kategorie waren Sie? Freund oder Feind?"

„In der Kategorie Geschäftsmann, wir hatten beruflich miteinander zu tun", sagt Herr Winter resolut, mit nachdrücklicher Stimme.

Oje, da bin ich wohl übers Ziel hinausgeschossen.

„In den Zeitungen stand, dass sich auch jemand von hier für das Kaffeehaus interessiert hat … Wissen Sie zufällig, wer das sein könnte?", setze ich vorsichtig nach und halte gespannt die Luft an.

Herr Winter richtet seinen Blick über meinen Kopf und scheint gedanklich in die Vergangenheit zu reisen. „Seit über 50 Jahren trinke ich hier meinen Kaffee. Und jeden Samstag begleitete mich meine Frau. Hier an diesem Tisch saßen wir. Jeden Samstag um Punkt vierzehn Uhr, Jahr für Jahr." Seine Augen wirken etwas wässrig. Vermutlich weilt seine Frau nicht mehr unter uns, was mir natürlich leidtut, aber ich möchte jetzt keine traurige Geschichte hören, dafür fehlt mir die Zeit. Ich rutsche ungeduldig auf und ab, in wenigen Minuten ist mein Termin.

„Dieser Interessent aus dem Haus …", werfe ich vorsichtig ein, um ihn wieder auf Schiene zu bringen.

„Ach ja, Robert. Was für ein herzensguter und kluger Junge. Schon als Kind sind seine Schwester und er hier herumgelaufen, während ihr Vater kellneriert hat. Die Patissièren haben die beiden Kinder geliebt und ihnen immer wieder etwas Feines zum Kosten gegeben. Eigentlich ein Wunder, dass die beiden heute nicht eine Tonne wiegen!" Er lacht aus voller Kehle.

„Dieser Robert hat also um das Café mitgeboten?" Nervös rutsche ich auf der Sitzbank herum. Ich sollte längst auf dem Weg zu meinem Termin sein, bestimmt stehen die Interessenten schon vor der Wohnung und fragen sich wo die Maklerin, also ich, bleibt.

„Robert war der Erste in seiner Familie, der studiert hat und der ganze Stolz seiner Eltern, vor allem als er hier vor einigen Jahren als Geschäftsführer begann. Aber sein großer Traum war es immer, eines Tages selbst ein Café zu besitzen. Eigentlich dachte niemand, dass er mitbieten kann, aber er hat mir erzählt, dass er selbst recht glücklich in Immobilien gemacht hat und die Bank ihn für die restliche Kaufsumme als kreditwürdig ansah!“

Er räuspert sich und nimmt noch einen Schluck Wasser.

„Dann wollte er das Café Schönbrunn also vielleicht auch aus emotionalen Gründen kaufen?“, schieße ich vorsichtig ins Blaue.

„Ja, das stimmt. Für Robert war und ist das Café Schönbrunn immer ein Stück seiner Kindheit. Darum hat er nie aufgehört, hier zu arbeiten, obwohl seine sonstigen Immobiliendeals mittlerweile gutes Geld einbringen. Vielleicht wollte er, nach dem Tod seiner Eltern mit dem Café ein Stück seiner Kindheit zurückkaufen. Doch gegen Herrn Buchsbaums Vermögen zu bieten, war schwer.“

„Nun, das Problem hat sich ja jetzt erübrigt“, werfe ich nonchalant ein und erröte im gleichen Atemzug. Ich klinge allmählich wirklich wie meine Mutter.

Mein Handy meldet eine Nachricht. Ah, was für ein Glück, die Wohnungsinteressenten verspäten sich um dreißig Minuten. Entspannt, dass ich nun nicht hetzen muss, lehne ich mich zurück.

„Aber trotzdem bleibt noch die Investorengruppe“, werfe ich ein. „Auch wenn ich nicht hoffe, dass sie den Zuschlag erhalten. Wenn man sich vorstellt, was sie aus diesem wunderschönen, historischen Gebäude, vielleicht machen würden ...“

„Da stimme ich Ihnen zu, Frau Bauer. Die Vorstellung ist nicht schön, aber momentan liegen die Kaufverhandlungen ohnehin auf Eis, weil der Inhaber sich neu sortieren muss.“ Wehmütig huscht sein Blick umher. „Es ist wichtig, dass alles in die richtigen Hände kommt.“

„Ich bin heute zum ersten Mal hier, aber ich finde es perfekt, wie es ist. Diese Räume atmen Geschichte und Eleganz. Ich würde absolut nichts verändern“, sage ich mit Nachdruck.

Na ja, nichts bis auf Herrn Andreas. Ich nicke Herrn Winter zu.

„Auf jeden Fall vielen Dank für die nette Gesellschaft, aber jetzt muss ich leider wirklich los. Ich habe gleich einen Wohnungsbesichtigungstermin.“

Noch immer in Gedanken die neuen Informationen in meinem Kopf sortierend, greife ich nach meiner Jacke.

„Warten Sie, ich helfe Ihnen, Gnädigste.“ Mein Gegenüber erhebt sich und hilft mir galant in meine Jacke hineinzuschlüpfen.

„Es war mir eine Freude. Küss die Hand.“ Er beugt sich knapp über meinen Handrücken, deutet den Handkuss aber, wie es sich gehört, nur an.

„Es war nett, mit Ihnen zu plaudern, Frau Bauer. Seit meine Frau vor zwei Jahren gestorben ist, bin ich beinahe jeden Tag hier. Ich freue mich, wenn sie mal wieder vorbeischauen, und wenn Sie Interesse an der Immobilie haben, ich kenne den Besitzer." Er verbeugt sich leicht, nimmt wieder an seinem Stammtisch Platz und greift nach der Zeitung.

Was für ein netter, kultivierter Mann und welche interessanten Neuigkeiten. Ich kann es gar nicht erwarten, Cosima und meine Mutter ins Bild zu setzen.

Durch Erwins Tod ist also dieser Robert seines Zeichens Geschäftsführer in die erste oder zweite Reihe der Interessenten gerückt. Ich stutze, als mir ein Gedanke kommt:

Hat er vielleicht Erwin Buchsbaum aus dem Weg geräumt?

In jedem Fall bin ich schon ganz aufgeregt, diesen Robert zu googeln. Meine Gedanken tanzen Walzer.

Als ich auf die Straße trete läutet mein Handy, vielleicht verspäten sich die Interessenten ja noch etwas mehr. Ich nehme den Anruf von der unbekannten Nummer an und bereue es sofort.

„Ich habe ein Gegenangebot einer befreundeten Zahnärztin eingeholt", schallt die Stimme meines Ex-Mannes aus dem Telefon.

„Hast du eine neue Handynummer?", seufze ich. Doch er redet einfach weiter. Müde lasse ich meinen Arm sinken, während ich meinen Ex-Mann weiter schwadronieren höre. Mein guter Freund Toni, der schönste Barkeeper in der Sky Bar, hat Anton nur einmal live gesehen, aber sofort eine glasklare Diagnose gestellt.

„Dein grässlicher Ex-Mann ist ein Energie-Vampir, und zwar einer von der schlimmsten Sorte, liebe Samantha. Glaub mir, ich habe schon viel in meinem beruflichen Alltag gesehen, aber dieser Kerl schlägt alles. Sei froh, dass du ihn los bist.“

Tonis Beschreibung meines Ex-Mannes trifft es auf den Punkt. Anton schafft es, mir in einer Minute, mit einem einzigen blöden Satz jegliche Kraft und Lebensfreude aus dem Körper zu ziehen und mich blutleer und schwach zurückzulassen.

„Da bist du baff, was, Mausezahn?“

Ich hasse es, wenn er mich so nennt.

In meinen Ohren rauscht es und seine rauchige Stimme, die mich, als ich noch frisch verliebt in ihn war, an einen Rockstar erinnert hat, dringt nur gedämpft an mein Ohr. Rasch habe ich herausgefunden, dass der Mann, in den ich mich vor vielen Jahren so Hals über Kopf verliebt hatte, sich wirklich für so etwas wie einen Star hielt. Zumindest hatte er entsprechende Allüren und konnte mir wohl nie verzeihen, dass ich ungeplant mit Lisa schwanger wurde und ihn damit in eine, wie er es nannte, familiäre Falle lockte.

Nun dumm für ihn, dass es ihm nun ein zweites Mal passiert ist.

Ungeachtet der Tatsache, dass ich seit drei Minuten nichts gesagt habe, setzt er seinen einsamen Monolog fort. Wie konnte ich das rauchige Timbre in seiner Stimme jemals sexy finden?

„Anton, ich werde nicht die Zahnärztin wechseln, das ist mein letztes Wort. Und nenn mich nicht Mausezahn!“, unterbreche ich seinen Vortrag.

Warum sollen wir durch die halbe Stadt fahren? Außerdem mag Lisa Frau Dr. Grüll.

„Wenn das Projekt Lisas schönes Lächeln Teil 2 ein durchschlagender Erfolg werden soll, dann ist die Lage des Zahnarztes entscheidend! Schließlich muss sie jeden Monat zum Nachjustieren der Zahnspange dorthin, nicht du. Und jetzt tschüss – danke für einen Anruf – ich habe einen Termin! Überweis mir einfach deinen Anteil.“

Ich lasse mein Handy in die Tasche gleiten, was jetzt kommt, muss ich mir nicht anhören, dabei sehe ich, dass ich einen unbeantworteten Anruf von Stephan hatte.

Kurz schwebt meine Hand über der Tastatur, aber gerade nähert sich ein Ehepaar dem Wohnhaus. Bestimmt die Interessenten.

Ich melde mich später, schreibe ich Stephan eine Nachricht und setzte noch ein Kuss-Emoji dazu.

KAPITEL 21

„Ich bin gestern in Sachen Mordmotiv Nummer eins eine Spur weitergekommen“, lasse ich die Bombe platzen und schildere meiner Mutter und Cosima, die schon an unserem Stammtisch im Mozart auf mich gewartet haben, alles zu meinem heutigen Besuch im Café Schönbrunn. Und zu meiner Online-Recherche, die ich in einer ruhigen Minute im Büro am späten Nachmittag gemacht habe.

Dank dem Hinweis von Herrn Winter, war es ein Leichtes, auch den Nachnamen des Geschäftsführers herauszufinden.

„Robert Gruber. Das Kind hat also einen Namen, sehr schön, gratuliere, Samantha.“ Cosima prostet mir mit ihrem Glas anerkennend zu, nur meine Mutter wirkt seltsam unaufmerksam und gedankenverloren und sieht immer wieder aus dem Fenster. So teilnahmslos kenne ich sie nicht.

Was ist nur los mit ihr? Hoffentlich hat sie keinen Liebeskummer, oder wird sie vielleicht krank? Ich mustere sie, aber sie sieht eigentlich nicht blass oder angeschlagen aus.

„Das ist übrigens mein Hinweisgeber, dem ich den Tipp mit Robert Gruber verdanke", sage ich, zupfe die Visitenkarte aus meiner Tasche und lege sie vor Cosima auf den Tisch, die sofort danach greift.

„Ignazius Winter … Wo habe ich diesen Namen nur schon einmal gehört? Irgendwo klingelt es bei mir, aber ich komme nicht drauf. Es will mir partout nicht einfallen, wie überaus ärgerlich. Aber das haben wir gleich." Cosima tippt konzentriert in ihr Handy

„Botoxt du eigentlich auch?" Nachdenklich betrachte ich ihre glatte Stirn.

„Wie bitte? Und was heißt auch?" Ein halb wütender, halb ertappter gräflicher Blick aus klaren blauen Augen streift mich.

„Na, wie Lena Buchsbaum, aber geht mich ja auch nichts an und bei dir sieht es auch viel natürlicher aus", wiegle ich rasch ab.

Cosima wirft mir einen abschätzigen Blick zu und tippt weiter in ihr Handy und auch ich nehme meins heraus und betrachte im Selfie-Modus meiner Handykamera meine Stirn, die bereits feine Linien zeigt, obwohl ich nur ein Jahr älter bin als Cosima.

Ich blicke auf.

„Tut mir leid, geht mich auch nichts an und als schlecht geschiedene, alleinerziehende Mutter altert man wohl schneller", versuche ich die Wogen zu glätten.

Doch Cosima ignoriert, wohl noch immer etwas verschnupft, meine halbe Entschuldigung und tippt weiter mit stoischer Miene in ihr Handy. Meine Mutter verdreht kurz die Augen und bestellt für uns alle bei Franz eine neue Runde Prosecco. Manchmal kann sie auch diplomatisch sein.

„Ha, wusste ich doch, dass mir der Name bekannt vorkommt!" Mit sorgfältig manikürten Fingernägeln schiebt Cosima die Karte über den Tisch.

„Bist du nicht auf die Idee gekommen Ignazius Winter zu googeln?", meint sie etwas spöttisch.

„Doch, bin ich, aber ich habe nichts über ihn gefunden. Was soll auch schon im Netz über den netten älteren Herren zu finden sein?", frage ich schulterzuckend.

„Nun zugegeben, der Mann hält sich etwas bedeckt und ist natürlich auch nicht in den sozialen Medien aktiv. Aber eine leise Stimme in meinem Unterbewusstsein sagte mir, dass er in Kunstkreisen kein Unbekannter ist, und ich hatte recht. Ich zitiere eine etwas ältere Ausgabe der Art Is Now vom Juni diesen Jahres: Der seit dem Tod seiner Frau, sehr zurückgezogen lebende kinderlose Kunst Mäzen, Ignazius Winter, 83, denkt über den Verkauf des Café Schönbrunn nach", lässt Cosima die Bombe platzen.

Ich verschlucke mich am Prosecco und muss husten. Das ist ja mal ein Ding, ich habe gestern mit dem Inhaber des Café Schönbrunn höchstpersönlich gesprochen.

„Na darauf hättest du auch mal selber kommen können, Kindchen." Meine Mutter zwinkert mir zu und richtet endlich wieder ihre volle Aufmerksamkeit auf uns.

„Ich habe Robert Gruber sofort gegoogelt und auch unter den Personalia des Café Schönbrunn gefunden. Aber von einem Eigentümer namens Ignazius Winter war da nichts zu lesen", verteidige ich mich verschnupft. „Für mich war er einfach ein netter älterer Herr der früher jeden Samstag mit seiner Gattin auf einen Kaffee dort war. Mit keiner Silbe hat er erwähnt, dass ihm der Laden gehört. Und überhaupt: Nach so viel Geld sah der nicht aus."

„Ach Samantha! Glaub mir altes Geld sieht nie nach Geld aus. Nur die Neureichen flitzen in Ihren Ferraris herum und tragen mit Diamanten besetzte goldene Protz-Uhren!"

„Schön, dass du uns an deinem Wissen teilhaben lässt, Cosima! Als Normalsterbliche weiß ich so etwas natürlich nicht." Nun bin ich etwas eingeschnappt.

Cosima ist wohlbehütet in einer Villa aufgewachsen, in dessen Empfangshalle unsere ganze Wohnung passt, und wurde von einem Chauffeur jeden Morgen in die Privatschule gebracht, aber normalerweise lässt sie uns diesen Unterschied nicht spüren.

„Cosima, Samantha hört sofort auf zu streiten! Das ist doch nicht wichtig", gackert die Mama-Henne dazwischen. „Viel wichtiger ist doch die Frage, warum Herr Winter nicht direkt an Robert Gruber verkauft hat, den er doch von klein an kennt und offensichtlich so mag."

Das habe ich mich auch schon gefragt.

„Tja, jemand zu mögen, ist eine Sache. Aber meistens hört das beim nächsthöheren Angebot auf. Erwin Buchsbaum hat wohl einfach am meisten geboten", zieht Cosima Bilanz. „Am Ende geht es doch immer nur ums schnöde Geld."

„Nun, wenn das so ist, kann Robert Gruber ja jetzt zuschlagen", sinniere ich.

„Außer der Immobilienfond hat ein besseres Angebot", fällt mir meine Mutter ins Wort.

„Darauf würde ich nicht wetten. Investoren sind wankelmütig", wirft Cosima ein. „Arthur hat mir neulich von einem ähnlichen Fall erzählt. Und wenn sich die ganze Sache jetzt zu lange hinzieht, verlieren sie womöglich das Interesse und legen Ihr Geld anderweitig an. Vielleicht in einer Bar in Rom, einem Café in Paris, oder einem Hotel in London? Aber ich höre mich gerne mal um."

Etwas abgelenkt vom Brummen meines Handys nicke ich Cosima zu.

Ich muss gar nicht auf das Display zu schauen, ich weiß auch so, wer mich zu erreichen versucht. Aber auch, wenn Lena mir weiterhin böse Nachrichten schreibt oder anruft, ich weiß noch immer nichts Neues zu Erwins Geliebter und das habe ich ihr heute schon mehrfach geschrieben.

„Aber jetzt zu etwas wirklich Wichtigem", unterbricht Cosima augenzwinkernd meine Gedanken. „Ich feiere in weniger als drei Wochen meinen Geburtstag und ihr seid natürlich meine Ehrengäste. Aber vorher wartet noch eine Menge Planung auf uns. Also los, Freiwillige vor!"

KAPITEL 22

„In der Wahl seiner Feinde kann man gar
nicht vorsichtig genug sein."
(Oscar Wilde, Schriftsteller)

„Schön Sie zu sehen! Ich nehme ein Mineralwasser mit Zitrone und einen kleinen Braunen", gebe ich meine Bestellung beim Kellner auf.

Heute ist mir nicht nach einem Kaffee mit Milchschaum.

Seine Miene ist verschlossen aber nicht so abweisend wie sonst, wir nähern uns an.

Ich mache es mir an einem Tisch in der Ecke des Cafés, mit gutem Blick auf den gesamten Raum bequem, und klappe meinen Laptop auf. Dann wähle ich mich ins WLAN des Cafés und beginne meine E-Mails abzuarbeiten. Ein wenig habe ich ein schlechtes Gewissen, während meiner Arbeitszeit zu ermitteln, aber Cosima und meine Mutter waren die letzten beiden Tage hier, und heute bin ich wieder dran. Herrn Mayer habe ich erzählt, dass ich am späten Vormittag einen komplizierten Zahnarzttermin habe und erst mittags im Büro sein werde. Immer wieder blicke ich zur Tür. Irgendwann muss Robert Gruber doch im Café auftauchen, schließlich ist er der Geschäftsführer und wird das Café ja nicht vom Homeoffice aus leiten.

Gerade beantworte ich eine Anfrage einer Wohnungsinteressentin, die sich für eine Maisonettewohnung im siebten Bezirk interessiert, als ich laute Stimme vom Eingang vernehme.

Ich lasse meine Blicke zur Lärmquelle wandern und erstarre. Ein Mann, vermutlich Mitte vierzig, mit etwas schütteren hellen Haaren, und eine auffallend hübsche blonde Frau werden von Kellner Andreas gerade wortreich und charmant begrüßt. Neugierig blinzle ich hinter meinem Laptop hervor und bemühe mich nicht allzu auffällig zu starren, während mein Herz vor Aufregung hüpft.

Das Warten hat sich gelohnt.

Das müsste er sein: Nur zehn Meter von mir entfernt steht Robert Gruber, in einem groß-karierten Anzug, gestreiftem Hemd und lilafarbener Krawatte. Ich schüttele mich innerlich. Über guten Geschmack lässt sich bekanntlich streiten. Auf dem Foto der Café Schönbrunn Webseite war er eindeutig besser gekleidet. Ich ziele mit der Handykamera möglichst unauffällig in seine Richtung und schicke ein Foto an unsere „Erwin der elende Ehebrecher"-WhatsApp-Gruppe.

Ha! Unser verdächtiges Vögelchen im karierten Federkleid! Bleib dran, Kindchen!,

kommt es von meiner Mutter sofort retour gefolgt von einer Reihe Daumenhoch und Grinsesmileys.

lese ich die neue Nachricht von Cosima.

Tja, ob die Blonde die Geliebte von Erwin ist, wüsste ich auch nur zu gerne.

Robert Gruber und die Unbekannte unterhalten sich immer noch mit dem Kellner und stehen keine zehn Meter von mir entfernt. Ich mustere die schlanke großgewachsene Frau mit den bequemen Sneakers. Gerade schlüpft sie aus ihrem Parka und wirft ihn achtlos über die Stuhllehne. Sie trägt bequeme Mom-Jeans und eine bunt gemusterte, weite Bluse, ihre blonden Haare sind zu einem lässigen Dutt aufgezwirbelt. Kann das die Frau sein, die wir suchen? Auf dem Vernissage-Foto sah sie eindeutig eleganter aus und Gordana hatte sie auch als Femme fatale beschrieben.

Vielleicht ist die Frau ja nur irgendeine gute Freundin von Robert Gruber?

Die beiden nehmen an einem Tisch in einigen Metern Entfernung von mir Platz. Leider sitzt die blonde Frau mit dem Rücken zu mir und auch wenn ich mir noch so den Hals verrenke, ich sehe aus dieser Perspektive nicht ihre linke Hand.

Die beiden bestellen etwas zu trinken und beginnen sofort eine angeregte Unterhaltung. Doch ärgerlicherweise kann ich nichts hören. Der Geräuschpegel um uns herum ist einfach zu laut. Ein Königreich für mein Aufnahmegerät, das leider in meinem Nachtkästchen schlummert und mir in Sachen Observierung untreuer Ehemänner schon gute Dienste geleistet hat.

Mit dem hochsensiblen Mikrophon kann ich Gespräche in zwanzig Metern Entfernung glasklar aufzeichnen. Warum habe ich es heute früh nicht eingepackt?

Der Kellner stellt zwei Gläser Sekt vor den beiden ab.

Haben die beiden etwas zu feiern? Immer wieder blinzele ich hinter dem Bildschirm des Laptops hervor. Sie bestellen noch eine Runde und da: Jetzt prosten sie sich schon wieder zu! Die blonde Frau, die wohl Linkshänderin ist, hebt ihr Glas, doch so sehr ich mich auch anstrenge, von hier aus kann ich nicht sehen, ob sie ein Tattoo auf dem Handgelenk hat.

Was soll ich nur tun? Nervös lasse ich die beiden nicht aus den Augen. Soll ich zu ihrem Tisch rüberschlendern und sie in ein Gespräch verwickeln? Aber was sage ich nur?

Schieben sie mal bitte ihren linken Blusenärmel hoch und zeigen sie mir Ihre Hand und ihren Unterarm, ich bin von der Tattoo Polizei? Oder vielleicht: Sind, beziehungsweise waren Sie die Geliebte von Erwin Buchsbaum? Und wenn ja – warum haben Sie so einen schlechten Männergeschmack oder ging es Ihnen wirklich nur um den Immobiliendeal?

Ich bleibe, wo ich bin und lasse die beiden nicht aus den Augen. Meine Mutter hätte die Blonde längst völlig ungeniert unter irgendeinem fadenscheinigen Vorwand angesprochen, aber ich bin leider völlig planlos. Mir will einfach nichts einfallen. Also bleibt mir nichts weiter zu tun, als die beiden genau zu beobachten.

Die Körpersprache zwischen der blonden Frau und dem Unbekannten wirkt recht vertraut und entspannt. Immer wieder klingt lautes Lachen zu mir und jetzt stecken die beiden über etwas das vor ihnen auf dem Tisch liegt, die Köpfe zusammen. Ungeduldig beginne ich mit dem rechten Fuß auf- und abzuwippen. Moment, jetzt werden die Stimmen lauter, sie scheinen über etwas zu diskutieren, doch so sehr ich auch die Ohren spitze ich verstehe leider noch immer kein Wort, zu hoch ist der Lärmpegel im Café. Nur einzelne Wortfetzen kann ich aufschnappen. Wie überaus frustrierend.

Mein Handy meldet eine neue Nachricht.

Sprich sie an. Jetzt! Trau dich! Kleiner Tipp: Du bist eine Journalistin. Du hast gehört er will das Café kaufen!, lese ich die Nachricht meiner Mutter.

Mein Herz schlägt schneller, doch das könnte gehen.

Los Samantha! Sitz nicht so blöd rum!,

legt sie nach und schickt ein grimmiges Emoji nach und dunkle Wolken.

Manchmal ist mir meine Mutter unheimlich.

Also gut. Ich straffe meine Schultern, zupfe meinen Blazer zurecht und will gerade aufstehen und an den Tisch der beiden treten, als die blonde Frau plötzlich aufspringt und Richtung Ausgang strebt. Ich muss sie aufhalten.

Rasch schnappe ich mir meine Handtasche und hefte mich zügig an ihre Fersen. Sie hat ihren Parka nicht mitgenommen, vielleicht muss sie ja nur auf die Toilette. Und – Bingo, das viele Blubberwasser muss raus.

Während die blonde Frau in einer WC-Kabine verschwindet, positioniere ich mich vor einem der beiden

Handwaschbecken und beginne mir gründlich die Hände zu waschen. Wie lange braucht sie noch? Ich trockne mir die Hände ab und krame in der Tasche nach einem Lippenstift.

Endlich klappt die Toilettentür hinter mir auf und sie tritt an das Waschbecken neben mir streift die Ärmel ihrer Bluse ein ganzes Stück nach oben und beginnt sich ebenfalls die Hände zu waschen. Aus dem Augenwinkel riskiere ich einen schnellen Blick.

„Ein schönes Tattoo haben Sie da", eröffne ich wenig originell das Gespräch, während mein Herz laut wummernd gegen meine Rippen schlägt und ich nicht aufhören kann auf die rot-neongrüne Schlange zu starren, die sich von ihrem Daumenballen über ihr Handgelenk den Unterarm hinaufschlängelt, um im hochgezogenen Blusenärmel zu verschwinden.

Ich kann mein Glück nicht fassen. Sie muss es sein. Ich reiße meinen Blick von ihrem Handgelenk hoch und lächele sie breit an. Doch statt einer Antwort zieht sie nur arrogant eine etwas zu schmal gezupfte Augenbraue nach oben. Sie dreht sich von mir weg und trägt etwas Lipgloss auf.

Meine Gedanken rasen, ich muss sie in ein Gespräch verwickeln, doch irgendwie fällt mir nichts ein außer: „Hatten Sie ein Verhältnis mit dem Elenden Erwin? Und in welchem Verhältnis stehen Sie eigentlich zu Robert Gruber?"

Und das kann ich sie ja wohl nicht fragen.

Denk nach, Samantha.

Nun, dass sie mit mir ein Selfie machen will, schließe ich auch von vornherein aus. Ich werfe ihr aus dem Augenwinkel nochmals einen kurzen Blick zu. Ihre Haut ist blass und elfengleich zart. Ihre Augen sind von einem hellen, auffälligen Grün und von dichten, dunklen Wimpern umrahmt, sie hat eine kecke Stupsnase und volle geschwungene Lippen. Sie ist wirklich schön, und ich kann den Elenden Erwin verstehen, dass er von ihr verzaubert war.

Mist, jetzt klappt sie ihre Handtasche zu und wendet sich zum Gehen.

Sag was Samantha!, höre ich meine Mutter in meinem Kopf kreischen. Lass sie nicht entkommen! Ich enterbe dich!

„Sorry, dass ich Sie nochmals anspreche: Ist das eigentlich eine Giftschlange auf Ihrem Handgelenk?", wage ich einen verzweifelten, wenig originellen, Vorstoß.

Doch statt einer Antwort ernte ich nur einen eisigen Blick.

„Wussten Sie übrigens, dass es weltweit über 2700 verschiedene Schlangenarten gibt und nur rund 20 Prozent davon giftig sind? In Österreich gibt es zum Glück nicht so viele Giftschlangen und aktuell fällt mir nur die Hornotter ein. Aber es gibt ja, global gesehen, einige wirklich böse Giftschlangen, zum Beispiel die Schwarze Mamba. Wenn man von der gebissen wird, ist aber Schicht im Schacht, was?", kichere ich etwas irre und frage mich im gleichen Zug, aus welchem Teil meines Gehirns dieses unnütze Wissen plötzlich kommt.

Die blonde Frau mustert mich, als wäre ich etwas sehr Ekelhaftes, in das sie gerade getreten ist. Und irgendwie verstehe ich sie sogar, ich klinge wie eine Mischung aus Wikipedia Eintrag und entlaufener Irre. Sie mustert mich weiter schweigend, wobei ihre Miene zwischen Gereiztheit und Mitleid für die leicht gestörte Frau schwankt.

„Ich wüsste nicht, was Sie mein Tattoo angeht", spuckt sie schließlich mit scharfer Stimme hervor.

Ein letzter abschätziger Blick von ihr huscht über meinen Körper, sie schüttelt leicht den Kopf und rauscht, ohne einen weiteren Blick an mich zu verschwenden, durch die Tür.

„Trinkgeld gibt es heute nicht, die Toiletten waren auch schon mal sauberer", meint die Schlangenfrau im Vorbeigehen in Richtung des weiblichen Waschraum-Zerberus der auf einem Stuhl den Eingang der Toiletten überwacht, und wirft krachend die Tür hinter sich zu.

Ich schnaufe laut. Was für eine arrogante Kuh. Auf einmal fühle ich mich fast solidarisch mit Lena Buchsbaum.

Die blonde Frau ist zugegeben sehr hübsch, aber auch Lena Buchsbaum muss sich nicht verstecken. Und in puncto Sozialverhalten bekommt die Blonde noch weniger Punkte als Lena Buchsbaum, was ich bis gerade eben, nicht für möglich gehalten hätte.

Hektisch krame ich in meiner Handtasche nach einer 50 Cent Münze, finde aber keine und lege dann einen 5 Euro Schein in das Schälchen der Toiletten-Dame, bestimmt kann sie mir das Wechselgeld rausgeben.

„Danke, sehr großzügig, meine Dame." Die mit Altersflecken übersäte Hand greift unerwartet flink nach dem Schein, der blitzartig in die Brusttasche ihrer buntgeblümten Kittelschürze wandert.

Etwas überrumpelt nicke ich der Frau mit den hellgrauen Locken und unzähligen Fältchen im schmalen

Gesicht zu. Was für ein unerfreulicher und jetzt auch teurer Toilettengang. Aber was solls. Ich habe das Tattoo gesehen und bin mir sicher, dass wir auf der richtigen Spur sind. Nun muss ich nur noch den Namen der Schlangenbesitzerin herausfinden.

Stolz auf meinen Erfolg und meinen Mut sie angesprochen zu haben, straffe ich meine Schultern und lächle meinem Spiegelbild zu. Jetzt sollte ich aber zu meinem Platz zurückkehren. Hoffentlich hat niemand in der Zwischenzeit meinen Laptop geklaut.

„Das Tattoo war eine Jugendsünde, sie wird nicht so gern darauf angesprochen", höre ich, als ich schon halb bei der Tür draußen bin.

Ich wende mich erstaunt um. Die Toilettenfrau lässt ihren Blick musternd über mich wandern. Fast ein wenig so missgünstig wie die Schlangenfrau.

„Ach, dann kennen Sie die Dame also? Und das schon länger?", frage ich sie, während mein Herz aufgeregt schlägt.

„Ich kenne alle, die hier öfter ein- und ausgehen." Sie sieht mich aus schmalen Augen lauernd an. „Sie aber kenne ich nicht. Und Sie sehen auch nicht so aus, als wollten Sie sich selbst ein Tattoo stechen lassen."

„Doch das will ich!" Mein Magen protestiert quietschend, ein unangenehmer Ton. „Ein Geschenk an mich zu meinem Geburtstag. Eine Schlange soll es sein. Ich weiß nur noch nicht, welche. Das will wohlüberlegt sein, so ein Tattoo ist ja etwas Bleibendes, da muss man sich schon sicher sein", sage ich mit fester Stimme und würde am liebsten ergänzen: „Und jetzt her mit meinen fünf Euro!"

Der Zerberus sieht mich unergründlich an.

„Sie haben gemeint, Sie kennen die Dame, können Sie mir vielleicht Ihren Namen sagen? Ich hätte zu gern gewusst, wo sie sich das schöne Tattoo hat stechen lassen. Ich bin immer noch auf der Suche nach dem perfekten Studio", improvisiere ich, ernte aber nur einen verschlossenen Blick.

Kurz überlege ich, weitere fünf Euro locker zu machen, um die Zunge der versteinerten Klo-Sphinx zu lockern, aber die Frau sieht mich so grimmig an, dass ich klein beigebe.

Es ist zwecklos. Aus ihr bekomme ich wohl keine weiteren Informationen raus, rasch verlasse ich den ungastlichen Ort.

Mein Ehrgeiz, den Namen der Schlangenfrau herauszufinden ist nun noch stärker als zuvor. Ich werde jetzt einfach an ihren Tisch treten und sie in ein Gespräch verwickeln. Die Idee meiner Mutter, mich als Journalistin auszugeben ist nicht so schlecht. Zumindest als Aufhänger für ein Gespräch dient sie allemal.

Aber als ich meinen Blick durch das Café schweifen lasse, sehe ich zu meinem Schreck, dass der Tisch, an dem sie zuvor mit Robert Gruber gesessen ist, leer ist und der Kellner gerade die Sektgläser abräumt.

Was für ein Mist, die beiden sind wohl gerade gegangen.

Ich lasse mich an meinem Tisch nieder und greife etwas deprimiert nach der Speisekarte, ich brauche einen Plan. Und wenn ich unterzuckert bin, funktionieren meine kleinen grauen Zellen nur auf Sparflamme und so bestelle ich den Tagesteller bei Andreas.

Während ich einen Bissen nach dem anderen vom Kartoffelgulasch, das nicht so gut schmeckt wie das von meiner Mutter, nehme lese ich nebenbei meine E-Mails, beantworte eine Anfrage, und während meine Finger über die Tastatur huschen, beruhigen sich meine kreisenden Gedanken. Mein Hirn schaltet von Adrenalin wieder auf Normalbetrieb. Und als der Kellner den halbleeren Teller abräumt, habe ich einen Plan.

„Hat's nicht geschmeckt?", fragt er in einem Tonfall, als wäre nichts, was er je gehört hat, uninteressanter für ihn.

„Doch, aber ich hatte keinen großen Hunger."

Ich lächele ihn breit an und zwinkere ihm kurz zu, was ihn zu verwirren scheint. „Ich habe vorhin gesehen, dass Herr Gruber und seine Gattin schon gegangen sind. Was ich schade finde. Ich hätte nämlich noch eine kurze Frage an ihn gehabt. Wissen Sie, ob er morgen wieder da ist?", schieße ich ins Blaue und halte innerlich die Luft an.

„Herr Gruber und seine Gattin?" Sein Blick ist ein einziges Fragezeichen und dann beginnt er zu meinem grenzenlosen Erstaunen zu lachen.

Laut und etwas meckernd. Wie ein asthmatischer Ziegenbock.

Sofort ziehen wir jede Menge neugieriger Blicke auf uns und ich spüre meine Wangen vor Verlegenheit brennen.

„Sie meinen die blonde Dame, die eben noch am Tisch neben ihm saß? Das ist seine Schwester Sabine. Haben Sie nicht die Ähnlichkeit gesehen? Herr Gruber ist morgen wieder hier. Soll ich ihm etwas ausrichten?"

„Nein, schon gut", wiegle ich rasch ab, während ich noch die Neuigkeiten verarbeite und innerlich einen Luftsprung mache. Ich habe einen Namen. Sabine, die

Schwester von Robert Gruber, seines Zeichens Kaufinteressent für das Café Schönbrunn und Hauptverdächtiger Nummer eins.

Und mit diesem Wissen, sehe ich auch eine gewisse Ähnlichkeit.

Beide haben diese auffallend hellgrünen Augen und eine kleine Stupsnase. Wobei Sabine Gruber im Genpool bei der Verteilung der optischen Pluspunkte insbesondere in puncto Figur und voller Haarpracht eindeutig gegenüber ihrem Bruder gewonnen hat.

Ich bezahle, packe meinen Laptop ein und schlüpfe in meine Jacke. Ich brauche etwas Bewegung und Frischluft. Als ich aus dem Café Schönbrunn trete, weht der Wind fast meine Kapuze vom Kopf. Das Thermometer ist vier Grad über den Gefrierpunkt geklettert, und statt der hübschen Schneeflocken, setzt ein matschiger Schneeregen ein und die feuchte Kälte kriecht mir sofort in die Knochen, aber nichts kann jetzt meine gute Laune trüben und als ich die Schönbrunner Straße Richtung U-Bahn-Station entlanggehe, bin ich kurz davor, einen lauten Freudenschrei auszustoßen und die Faust siegessicher in die Luft zu stoßen. Die blonde Frau, muss Erwins Geliebte sein. Und dazu ihr Bruder, Robert, der um das Kaffeehaus mitgeboten hat, alles passt zusammen. Ich habe endlich das Schlangennest gefunden!

KAPITEL 23

*„Manchmal schmeckt das Leben bitter –
manchmal so süß wie ein Nusskipferl."
(Frau Erni, Inhaberin der Bäckerei Kipferl)*

„Deine News zuerst oder meine?" Cosima lehnt sich im tiefen weinroten Lehnstuhl vor dem Kamin zurück, in dem ein wohlig-warmes Feuer prasselt.

Zärtlich streichelt ihre Hand Strizzis Kopf, der flauschig eingekringelt auf ihrem Schoss liegt und behaglich schnurrt.

„Ich überlasse dir den Vortritt, Cosima", sage ich generös, obwohl ich schon ganz hibbelig bin und es kaum erwarten kann, ihr und meiner Mutter von meinen neuesten Ermittlungsergebnissen von heute Vormittag zu erzählen.

Doch ich will nicht unhöflich sein, immerhin bin ich zu Gast ins Cosimas schöner Villa in Hietzing, um heute Abend das Menü ihres neuen Caterers für ihren Geburtstag probezuessen.

Eine ehrenvolle und sehr erfreuliche Aufgabe, ich habe in der letzten Stunde schon diverse kalte und warme Vorspeisen verkostet und bin eigentlich satt, doch schon geht es weiter.

Cosimas Haushaltshilfe – von ihr liebevoll Paula Perle genannt – stellt schwungvoll eine weitere Platte mit Köstlichkeiten auf dem Esstisch vor uns ab.

„Strizzi, oje! Pass auf meine Hose auf." Strizzi hat sich erhoben und tappt auf Cosimas Schoß herum und zieht dabei mit den Krallen ein paar Fäden aus ihrer Stoffhose und ihrem langen, cremefarbenen Kaschmirpullover. Doch statt einer echten Rüge erntet die Flauschkugel nur ein nachsichtiges Lächeln. So sieht also bedingungslose Liebe aus.

Bei ihrem Lebensgefährten Arthur ist Cosima nicht so gnädig. Ich erinnere mich noch gut an ihren Vortrag, als er einen Schluck Rotwein auf einen der kostbaren Perserteppiche verschüttet hatte.

„Also, meine Lieben, ich will euch nicht länger auf die Folter spannen. Laut meiner Quelle ist der internationale Immobilienfond abgesprungen. Und zwar bereits im Frühjahr." Cosima setzt Strizzi sanft wieder auf den Boden und greift nach der Weinflasche und schenkt uns allen großzügig vom Rosé nach, den sie von ihrer letzten Reise aus Südfrankreich mitgenommen hat.

„Der Fond verhandelt aktuell recht konkret den Kauf eines schicken Cafés im Westend in London", informiert sie uns.

„Das ist ja ein Ding, Cosima! Das heißt, die Zeitungen waren nicht auf dem neuesten Stand. Es gab also die letzten Monate nur noch zwei Interessenten für das Café: Erwin Buchsbaum und Robert Gruber", wirft meine Mutter mit rotglühenden Wangen ein.

Und seine Schwester, sage ich leise in Gedanken und ein kalter Schauder läuft mir über den Rücken, es passt alles zusammen.

„Samantha, du siehst so blass aus, ist alles in Ordnung?“ Cosima mustert mich.

„Koste doch mal die kleinen Pasteten hier, ehe sie kalt werden. Ich will deine Meinung wissen. Wir sind ja heute nicht zum Spaß hier“, sagt sie lächelnd und deutet auf die Platte mit den leckeren Party-Häppchen, doch mein Magen ist auf einmal wie zugeknotet, zu viele Gedanken rasen durch meinen Kopf.

„Ich weiß ja nicht, ob ich die Garnelenspieße nicht eher gegen etwas Konservativeres tausche. Ich finde die Sauce etwas zu spicy. Was haltet ihr von kleinen Lachs-Röllchen oder jetzt habe ich es, wie wäre es, wenn ich die Schinkenröllchen als Alternative in Betracht ziehe? 70er-Jahre-Essen ist so retro, dass es fast wieder en vogue ist, habe ich neulich gelesen! Was meint ihr?“ Cosima mustert uns fragend und pickt an einer Mini-Schinkenrolle wie ein Vögelchen herum.

„Also ich finde alles köstlich, Cosima. Aber am besten schmecken mir die Avocado-Salsa-Wraps“, meint meine Mutter etwas undeutlich mit vollen Wangen.

Cosima greift nach Block und Bleistift und macht sich Notizen.

„Dem kann ich mich nur anschließen. Und auch der Wein ist sehr gut. Lasst uns gern noch mal anstoßen, schließlich haben wir etwas zu feiern“, versuche ich mich wieder ins Gespräch zu bringen, ich brenne darauf, endlich meine Neuigkeiten loszuwerden.

Doch Cosima ist sichtlich abgelenkt mit den Details zu ihrer Partyplanung anlässlich ihres Geburtstags.

„Arthur findet Häppchen ja etwas vulgär, aber bei der Anzahl der Gäste, kann ich ja schlecht ein gesetztes Dinner anbieten“, seufzt sie.

„Wie viele Gäste erwartest du denn, Cosima?", will meine Mutter wissen. An dem Esstisch im Wohnsalon haben bestimmt fünfundzwanzig Gäste Platz.

„Nun, ich rechne mit etwa siebzig Gästen", meint Cosima.

„Wow, so viele, aber es ist doch kein runder Geburtstag?" wirft meine Mutter ein.

„Nein, der nächste Runde hat zum Glück noch länger Zeit", meint Cosima. „Aber ich werde auch Teile meiner Familie einladen und auch den einen oder anderen Geschäftspartner. Und natürlich euch, meine lieben Ehrengäste. Meinen nervösen Strizzi würde ich aber während der Feier gern bei euch in der Wohnung parken. Menschenansammlungen regen ihn immer so auf."

„Kein Problem! Du kannst ihn ruhig öfter bei uns lassen", sage ich und setze mich aufrecht hin. „Lisa freut sich immer über ihn und ich habe ja ab sofort wieder mehr Zeit abends! Jetzt wo die Ermittlungen in Sachen Geliebter und dem Mordfall endlich abgeschlossen sind", sage ich in meinem beiläufigsten Tonfall.

Und endlich habe ich ihre ungeteilte Aufmerksamkeit.

Zwei weit aufgerissen Augenpaare mustern mich fragend und meine Mutter knallt ihr leeres Glas haarscharf neben dem Untersetzer direkt auf den Tisch. Normalerweise würde Cosima sich jetzt wegen potentieller Wasserflecken auf ihrem schönen alten Eichentisch mokieren, doch sie scheint es nicht mal zu bemerken.

„Ich habe heute Erwins blonde Geliebte gefunden und ich kenne sogar ihren Namen", sage ich in die Stille hinein mit breitem Grinsen und genieße ihr ungläubiges Staunen.

„Privatdetektivin Samantha Sauer, der weibliche Bluthund, hat nach langer Suche endlich wieder zugeschnappt", sagt meine Mutter und etwas wie Ehrfurcht und Stolz schwingen in ihrer Stimme mit.

Den Vergleich finde ich zwar etwas unschön, aber wo sie recht, hat sie recht. Es war nicht leicht, Erwin Buchsbaum geheimnisvolle Geliebte zu finden.

„Na los, Samantha, spann uns nicht länger auf die Folter", meint Cosima.

In knappen Worten setze ich die beiden Frauen über meine Erlebnisse im Café Schönbrunn in Kenntnis.

„Das ist ja ein Ding, Samantha. Und es passt alles zusammen: Nachdem der Immobilienfond abgesprungen war, gab es nur noch zwei Bieter und Sabine Gruber sollte sich an Erwin heranmachen und aus ihm herauskitzeln, wie viel er für das Café Schönbrunn bietet, damit ihr Bruder, Robert, ihn dann minimal mit der Kaufsumme übertrumpfen kann", haucht Cosima.

„Ja, so könnte es gewesen sein", sage ich nickend.

Meine Mutter ist aufgesprungen und zieht konzentrische Kreise um Cosimas Esstisch. Wenn ich mich konzentrieren muss, brauchen meine kleinen grauen Zellen Essen. Meine Mutter braucht Bewegung. Ihre Rundenzeiten werden rasch besser.

Strizzi, der das Ganze für ein Spiel hält, läuft ihr mit hoch erhobenem Schwanz freudig maunzend Kreis um Kreis um den Esstisch nach.

„Und als die beiden Geschwister merkten, dass sie Erwin finanziell nicht überbieten können, haben sie ihn aus dem Weg geschafft, um selbst in die erste Reihe zu rücken", fasst Cosima zusammen.

„Vielleicht wollten sie Erwin Buchsbaum anfangs gar nicht töten", wendet meine Mutter ein. „Vielleicht haben die Geschwister Erwin anfangs nur erpresst, nach dem Motto: Wenn du dein Kaufangebot nicht zurückziehst, erzählen wir deiner Frau von der Affaire."

„Aber das war Erwin wohl egal. Er wollte das Café um jeden Preis kaufen. Sein Kaffeehausimperium wie Frau Erni es nannte, vergrößern." So muss es gewesen sein, ich spüre, wie meine Wangen vor Aufregung brennen.

„Und dann kam es in den Morgenstunden der Vernissage in Erwins Büro zum Streit zwischen Sabine, ihrem Bruder und Erwin. In einem wütenden Gerangel löst sich der Schuss, und peng!", ruft meine Mutter laut und klatscht dazu in die Hände. Strizzi zuckt beim lauten Peng erschrocken zusammen, dreht sich protestierend maunzend um und marschiert aus dem Raum.

„Jetzt hast du Strizzi verschreckt", rügt Cosima meine Mutter.

„Nun, es könnte genauso gewesen sein, wie du sagst, Mama. Aber das ist nicht unser Bier. Deine Kollegen von der Polizei werden bestimmt selbst zu dem Schluss gelangen", sage ich mit eindringlichem Tonfall in Richtung meiner Mutter.

„Und wenn nicht, kann ich ihnen dann nicht einen klitzekleinen Tipp geben?" Meine Mutter sieht so bockig aus wie ein Kind, dem man droht, seine Eistüte wegzunehmen.

„Lass das, Mama. Auch wenn ich selbst ganz aufgeregt deswegen bin, sag bitte nichts zu deinen Kollegen. Offiziell haben wir nicht weiter im Mordfall ermittelt! Über Umwege würde es wieder zu Stephan gelangen, dass wir selbst nachgeforscht haben, und ich möchte auf keinen Fall erneut mit ihm deswegen streiten. Bitte versprich mir das", sage ich eindringlich und greife nach ihrer Hand.

Meine Mutter nickt mit leicht verkniffenem Mund. Auch wenn es ihr schwerfällt, sie wird ihr Wort nicht brechen, sie weiß, wie wichtig es mir ist.

„Danke, Mama", ich ziehe sie in eine kurze Umarmung, „aber wir haben, obwohl wir uns mit der Aufklärung des Falls nicht schmücken können, trotzdem Grund zur Freude: Gleich morgen werde ich zu Lena Buchsbaum gehen und ihr erzählen, dass ihr Fall gelöst ist, ihr endlich den Namen ihrer Nebenbuhlerin, Sabine auf dem Silbertablett servieren und das restliche Honorar einstreifen. Und jetzt würde ich gern diese Mini-Erdbeer-Törtchen verkosten!"

Hm, wie köstlich. Auch das Cremetörtchen sieht fantastisch aus.

„Der Blätterteig zergeht auf der Zunge", nuschele ich in Richtung Cosima, die sich erfreut weitere Notizen macht.

Zur Feier des Tages verkoste ich noch einen schweren Rotwein und drei weitere kleine Nachspeisen-Häppchen. Pappsatt und zufrieden lehne ich mich zurück. Meine Augen sind schwer und mein Magen wohlig gefüllt und mucksmäuschenstill. So fühlt sich Zufriedenheit und Ruhe an. Gelöst, dass ich morgen mein restliches Honorar bekomme, schließe ich für einen Moment meine brennenden Augen.

Strizzi ist, nachdem sich der Lärmpegel im Raum normalisiert hat, wieder hereingetappt und schläft zufrieden im Sessel am Kamin. Am liebsten würde ich es Strizzi gleichtun und mich neben ihm vor dem wärmenden Feuer einkringeln und schlafen.

Ich seufze, aber diesmal vor Wonne. Manchmal schmeckt das Leben so süß wie ein ganzer Berg von Nusskipferl.

KAPITEL 24

„Sabine Gruber, also?" Lena Buchsbaums graue Augen ruhen gletscherkalt auf mir. Unwillkürlich fröstele ich und spüre wie meine Haut unter ihrem stechenden Blick unangenehm zu prickeln beginnt.

War das überhaupt eine Frage?

Ich räuspere mich und nicke Lena Buchsbaum zu, die ziemlich gefasst wirkt, nur wenn man genauer hinsieht, bemerkt man eine scharfe senkrechte Linie zwischen ihren perfekt gezupften Augenbrauen. Das Botox scheint unter Stress nicht mehr so gut zu wirken.

„Sagt Ihnen der Name etwas?", hake ich vorsichtig ein.

„Nein, aber dafür habe ich ja Sie engagiert. Jetzt spucken Sie es endlich aus und lassen Sie sich nicht jedes Wort aus der Nase ziehen, Frau Sauer", herrscht sie mich an.

„Sabine Gruber ist die Schwester von Robert Gruber, dem Geschäftsführer des Café Schönbrunn", beginne ich meine Ausführung und hole tief Luft.

Was ich ihr jetzt gleich mitteilten muss, ist etwas unschön. Also senke ich meinen Blick auf die Tischplatte, um ihr nicht in die stechenden Augen sehen zu müssen. Fast kann ich die roten Stressflecken auf meiner Haut spüren, die die Steigerungsform des Bauchgrummelns sind und bei mir zum Glück nur in Extremfällen auftreten. Bestimmt sehe ich mittlerweile so aus, als hätte ich die Masern.

„Robert Gruber war neben Ihrem verstorbenen Gatten einer der Mitbieter um das Café Schönbrunn. Und hier kommt die blonde Frau, also Sabine Gruber ins Spiel. Ich vermute, dass Sabine von ihrem Bruder Robert vor einigen Monaten auf Erwin angesetzt wurde, um aus ihm die Angebotssumme in intimer Umgebung, nennen wir es, herauszukitzeln."

Cosima nannte es etwas direkt – herauszuvögeln. Aber diese Wortwahl erscheint mir etwas unangemessen.

„So hätten die Geschwister Gruber Ihren Mann bei der Angebotssumme knapp überbieten können", sage ich.

„Robert Gruber kenne ich und dass es sich so zugetragen hat, ist theoretisch möglich. Auch dass diese Sabine Gruber, zumindest auf dem Foto, eine attraktive Frau ist und genau dem Beuteschema meines Mannes entspricht, kann niemand leugnen", quetscht Lena zwischen zusammengebissenen Zähnen hervor.

Sie betrachtet das Foto von Sabine Grubers Facebook-Account auf meinem Laptop. Auf dem Foto sieht man sie an der Seite ihres Bruders bei einer Feierlichkeit im Café Schönbrunn.

„Nun möglicherweise war Sabine Gruber, seine Geliebte, die ihm die Kaufsumme entlocken sollte. Vielleicht sind Sie in Sachen Geliebter aber auch völlig auf dem Holzweg, Frau Sauer. Vielleicht hat diese Frau sich nur ein paar Mal mit meinem Mann getroffen und sie ist gar nicht die Donnerstagabend Frau die wir, besser gesagt Sie, Frau Sauer, suchen. Alles, was Ihre sogenannte Informantin im Landtmann beobachtet hat, war ein Kuss an einem Dienstag, vor dem Büro meines Mannes. Das ist etwas dürftig. Meine Aufgabenstellung an Sie war klar. Finden Sie die Geliebte meines Mannes. Die Frau, mit der er die Monate vor seinem Tod jeden verdammten Donnerstagabend beziehungsweise die halbe Nacht verbracht hat. Ist Sabine Gruber die Dame? Können Sie das beschwören Frau Sauer? Denn dafür habe ich Sie engagiert! Und dass er sich jeden Donnerstag mit einer Frau traf, weiß ich. Er roch immer nach Parfum!"

Sie ist aufgesprungen und beugt sich so weit über den Tisch, dass ich ihren Atem, der scharf nach Menthol und Rotwein riecht, deutlich wahrnehme.

„Die Beweise sind mir zu dürftig! Liefern Sie mir den Beweis, dass Sabine Gruber die Frau war, mit der er sich jeden Donnerstag traf. Ich gebe Ihnen noch eine Woche Frau Sauer, dann verlange ich meine Anzahlung, abzüglich ihrer Spesen zurück." Lenas Tonfall lässt mir das Blut in den Adern gefrieren.

Ich schnappe erschrocken nach Luft. Das Geld kann ich ihr unmöglich zurückzahlen. Das ist bereits fix in Lisas Lächeln investiert und in ihre Weihnachtsgeschenke. „Glauben Sie mir Frau Sauer, ich kann Ihren Ruf in Wien mit nur einem Fingerschnips ruinieren.

Oder Ihrem Chef, dem lieben Engelbert, den ich über zwei Ecken kenne, erzählen, dass Sie eine kleine, anstrengende Nebentätigkeit haben."

Sie weist mit dem Kinn zur Tür.

„Und jetzt gehen Sie. Na los. Worauf warten Sie? In genau einer Woche sehen wir uns hier wieder, und dann will ich weitere Beweise, dass es Sabine Gruber war, oder Sie bringen mir den Namen einer anderen Dame."

Ich erhebe mich etwas benommen. Sogar die schöne blauäugige Frau auf dem Porträt an der Wand über Lenas Kopf scheint über ihren heftigen Ausbruch erschrocken zu sein.

Ich schnappe mir meine Handtasche. Fast kann ich Erwin Buchsbaum verstehen, dass er sich außerhäusig umgesehen hat. Lena ist unter ihrer glatten Oberfläche ein giftiger, brodelnder Sumpf.

Mit gesenkten Schultern gehe ich den Gang entlang, als ich plötzlich hinter mir Schritte höre und sich eine Hand auf meine Schulter legt. Erschrocken wende ich mich um. Hinter mir steht aber zum Glück nicht Lena, sondern Frau Manninger, heute im altrosa Strickensemble. Wo sie wohl die grässliche Kleidung kauft?

„Die Türen sind dünn und ich konnte vorhin das Gespräch unfreiwilligerweise mithören – kommen Sie kurz mit, Frau Sauer."

Sie sperrt eine Tür am Ende des Ganges auf und schubst mich hinein. Es ist eine Art Putzkammer. Auf hohen Regalen stapeln sich Tischdecken, Handtücher und diverse Lappen, Schwämme und Reinigungsutensilien.

„Frau Buchsbaum muss nicht mitbekommen, dass wir miteinander sprechen“, raunt mir Frau Manninger zu.

„Also Frau Sauer, ich wollte Sie heute schon anrufen, aber wo wir uns an diesem netten Ort hier rein zufällig getroffen haben …“ Sie grinst schief. „Nach unserem letzten Gespräch ist mir etwas eingefallen, dass Ihnen vielleicht weiterhelfen kann. Ich habe in unserem Buchhaltungssystem an zwei Donnerstagen Straffzettel für Falschparken entdeckt. Beide Male hat Herr Buchsbaum in der gleichen Gegend geparkt, immer gegen 17 Uhr, immer ohne Parkschein. War wahrscheinlich in Eile. Vielleicht hilft Ihnen das weiter?“

Sie drückt mir zwei Kopien in die Hand. Dankbar lächele ich sie an und stopfe sie schnell in meine Handtasche.

„Ganz bestimmt, vielen Dank.“ Zumindest habe ich jetzt einen Suchradius und kann so die Gegend eingrenzen, in der Erwin sich an den Donnerstagabenden aufhielt. Ich kann es nicht fassen, dass ich einen neuen Anhaltspunkt habe.

„Die Polizei verdächtigt übrigens die Grubers im Mordfall“, zischt sie mir noch zu, sie hat also mein Gespräch mit Lena belauscht.

Plötzlich hören wir lautes Stöckelschuhgeklapper und erstarren.

„Frau Manninger, wo sind Sie?“ Lenas Stimme klingt nahe. Zu nahe. Geistesgegenwärtig ducke ich mich in letzter Sekunde hinter einen Korb mit schmutziger Tischwäsche, als bereits die Tür schwungvoll aufgerissen wird.

„Hier sind sie also? Was tun sie hier? Rauchen Sie heimlich in der Wäschekammer?“ Lena äugt argwöhnisch in den Raum und schnuppert, ich halte die Luft an.

„So eine Unterstellung verbitte ich mir. Die neue Servicemitarbeiterin wusste nicht, wo die sauberen Tischtücher sind, ich wollte nur etwas aushelfen! Ich bringe die gleich ins Café“, wiegelt Frau Manninger geistesgegenwärtig ab und schnappt sich einen Stapel Tischtücher.

Als die beiden endlich weg sind, zähle ich bis fünfzig, öffne vorsichtig die Tür einen Spalt und nach einem Kontrollblick, ob der feuerspeiende Lena-Drache sich wieder in seine Höhle zurückgezogen hat, husche ich rasch den Gang entlang in Richtung Freiheit.

KAPITEL 25

*„Möge dein Lächeln glücklich, dein Glas stets voll
und die Frau in deinen Armen schön sein."
(Erwin Buchsbaum, ermordeter Kaffeehausbesitzer)*

„Frau Sauer, ich mache dann heute mal Schluss, ist ja schon spät." Engelbert Mayer steckt den Kopf durch die Bürotür. „Brauchen Sie noch lange?"

Es ist paradox, wenn ich zu viel arbeite, errege ich sein Mitleid, doch in puncto Aushilfe ist noch immer nichts passiert. Noch nicht mal einen Termin mit der neuen potenziellen Anwärterin gab es bis heute.

„Ich schreibe nur schnell das Angebot fertig", sage ich und wünsche ihm trotzdem einen schönen Feierabend.

Müde reibe ich über meine brennenden Augen. Ich bin so erschöpft, nicht nur wegen der vielen Arbeit, sondern weil ich mich die halbe Nacht von einer Seite auf die andere gewälzt habe. Ich brauche für Lena Buchsbaum weitere Beweise, aber alles, was ich habe, sind die beiden Strafzettel fürs Falschparken. Ich öffne google maps. Beide Strafmandate wurden in der gleichen Gegend ausgestellt. Eines einen Monat vor Erwins Tod um 17.20 Uhr, ein weiteres zwei Wochen zuvor um

17.15 Uhr. Immer an einem Donnerstag. Immer in der Gegend der Freyung.

Ich klappe den Laptop zu. Zeit für einen Recherche-Spaziergang und einen Punsch auf dem Altwiener Christkindlmarkt. Ich schlüpfe in Jacke und Mütze, schreibe meiner Mutter und Lisa, dass sie nicht mit dem Abendessen auf mich warten sollen, und mache mich auf den Weg.

Die belebte Kärntner Straße meide ich heute. Je näher Weihnachten rückt, desto mehr drängen sich die Menschen durch die Stadt auf der Suche nach den perfekten Weihnachtsgeschenken.

Kurz überschlage ich meine eigene Liste, die zum Glück nicht lang ist. Meine Mutter, die Gräfin und ich schenken uns gegenseitig jedes Jahr ein gemeinsames Erlebnis, für das jede selbst zahlt. Letztes Jahr war es ein Wellness-Tag im Hotel Sans Souci, heuer wird es vielleicht ein entspannter Brunch. Für Lisa habe ich eine neue Jeans gekauft, zwei Shirts und Kino-Gutscheine. Für Stephan ist mir noch nichts eingefallen, aber kommt Zeit, kommt Idee – wie meine Mutter sagt.

Ich gehe am Hotel Sacher vorbei und biege rechts um die Ecke. Vorbei am Café Mozart, überquere ich die Straße und gehe dann die Reitschulgasse entlang. Lisa sagt zum Michaelerplatz geht es immer dem Pferde-mief nach und rümpft dazu ihre Stupsnase. Tatsächlich kann man den typischen Pferdeduft, der weltberühm-ten, weißen Vierbeiner die in den Stallungen der Spa-nischen Hofreitschule zu Hause sind und auf weltwei-tes Spitzenniveau in der Dressurkunst trainiert wer-den, von weitem riechen.

Am Michaelerplatz angekommen, biege ich nach rechts in den Kohlmarkt und die Fußgängerzone ein. Vorbei an den Luxuslabels dieser Welt und dem festlich geschmückten Kaffeehaus Demel kämpfe ich mich durch die langsam dahinflanierende Menge und biege links in die Naglergasse ein.

Ich checke noch mal die Adresse auf dem ersten Strafzettel, Renngasse 12 oder ist es 13? Die Handschrift des Polizisten auf dem Strafzettel ist etwas unleserlich. Wenn es die Nummer 12 war, dann parkte Erwin an jenem Donnerstag direkt vor dem Palais Windisch Graetz, das gerade renoviert wird.

Ich blicke die eingerüstete Fassade hinauf, ich nehme nicht an, dass er an diesem Ort sein Treffen hatte, sondern hier nur geparkt hat und von dieser Stelle aus weitergegangen ist.

Ratlos bleibe ich stehen und versuche meine Gedanken zu sortieren. Warum hat er nicht eine der umliegenden Parkgaragen benutzt oder ist zu Fuß von seinem Büro aus zu seinem sündigen Schäferstündchen gegangen? Wäre das nicht unauffälliger gewesen? Ich mache mir eine gedankliche Notiz Frau Manninger nach dem Parkverhalten ihres Chefs zu fragen.

Ratlos ziehe ich mein Handy heraus. Allein im Umkreis von nur wenigen Minuten gibt es einige 5-Stern und zig Boutique-Hotels, die sich perfekt für ein sündiges Schäferstündchen eignen. Wieder einmal suche ich die Nadel im Heuhaufen.

Der zweite Strafzettel führt mich zurück über die Freyung. Um mich etwas aufzuheitern, hole ich mir am Altwiener Christkindlmarkt eine Tasse Beerenpunsch und esse ein überbackenes Käsebrot.

Gestärkt mache ich mich schließlich weiter auf den Weg. Der zweite Strafzettel wurde in der Wipplinger Straße ausgestellt. Nur fünf Minuten später stehe ich vor der Hausnummer 14 und blicke das etwas schmucklose Gebäude hinauf, in dessen Erdgeschoss ein mexikanisches Restaurant eingemietet ist. Wieder einmal Fehlanzeige, aber ich muss weitermachen. Ich fühle, dass ich nah an der Sache dran bin. Ich ziehe immer weitere Kreise um die beiden Adressen, doch leider habe ich keine Eingebung. Erwin könnte sich hier überall mit Sabine Gruber zum ehebrecherischen Rendezvous getroffen haben.

Mittlerweile kriecht die Kälte durch die Sohlen meiner Stiefel und ich bin kurz davor, die Suche abzubrechen, doch dann fällt mir wieder Lenas Drohung ein, Engelbert Mayer über meine nebenberufliche Tätigkeit als Privatdetektivin zu informieren. Keine Ahnung ob mich das meinen Job kosten würde, erfreut wäre mein Chef aber auf keinen Fall. Und wenn Lena wirklich in ihrem Freundes- und Bekanntenkreis schlecht über mich spricht, so wie sie es angedroht hat, ist es auch mit weiteren Recherche-Aufträgen von anderen Wiener Frauen in puncto untreue Ehemänner vorbei. Ich muss weitermachen. Ich muss den Ort des sündigen Geschehens finden.

Vielleicht hilft es mir ja, mich in Erwins Kopf hineinzudenken?

Wo würdet ihr euch, heimlich mit eurer Geliebten treffen?,

schreibe ich in unsere WhatsApp Gruppe und die Antwort meiner Mutter kommt sofort.

Ergänzt wird die Nachricht um ein Bett, eine lachende Frau und ein Herzchen Emoticon.

Ein Stundenhotel, ja klar, aber da gibt es ebenfalls einige in Wien. Das hilft mir auch nicht weiter, außer … Eine kurze Eingebung blitzt in meinem Kopf auf.

1-0-0-1, da war doch etwas.

Die Zahl in Erwin Buchsbaums Terminkalender, vielleicht ist das der entscheidende Hinweis. Aber leider finde ich trotz einer weiteren kurzen google-Recherche kein Hotel das so heisst.

Doch ich gebe nicht auf, mein Bauchgefühl sagt mir, dass ich der Lösung ganz nahe bin. Ich gehe die Straße entlang, biege nach rechts ab und dann sehe ich es: Das Hotel Orient, Wiens legendäres, diskretes und bekanntestes Stundenhotel.

Meine Hand tastet leicht zitternd nach dem kleinen schwarzen Taschenkalender von Erwin als das letzte Puzzlestück seinen Platz einnimmt.

1-0-0-1 – wie 1001 Nacht. Die orientalische Märchensammlung und Erwins Codewort für sein Donnerstägliches Stelldichein.

Mit aufgeregt klopfendem Herz betrete ich das Hotel. Ich habe keine Ahnung, wie ich die junge, gelangweilt am Tresen lehnende Rezeptionistin mit den scharlachroten Locken in ein Gespräch verwickeln soll, ich brauche einen Plan.

Oder auch nicht. Ich werde mich einfach wie meine Mutter verhalten.

***

Eine Stunde und zwei Mojitos später, sitze ich am Tresen der Skybar, scherze mit Toni, meiner Mutter und Cosima, futtere Wasabinüsse, die dem Alkohol in meinem Magen nur wenig entgegenzusetzen haben, und feiere meinen Erfolg.

Wer hätte gedacht, dass die junge Rezeptionistin des Hotels Orient, die heute ihren letzten Arbeitstag hatte, gegen ein großzügiges Trinkgeld bereit war, sich das Foto von Erwin anzusehen und mir zu meiner großen Freude bestätigte, dass der kleine ältere Mann, der sie ganz stark an einen Mafiosi der billigsten Sorte erinnerte, drei Monate lang jeden Donnerstagabend gegen 17 Uhr in Begleitung einer hübschen, blonden, wesentlich jüngeren Dame erschien.

Die beiden hatten immer das beste Zimmer, orderten eine Flasche Champagner, blieben meist bis Mitternacht oder manchmal auch länger und verabschiedeten sich stets mit einem langen Kuss voneinander, ehe sie wieder auf die Straße traten, was sie sehr romantisch fand.

„Und sie ist sich wirklich zu hundert Prozent sicher, dass die Blondine Sabine war? Du weißt Lena grillt dich sonst." Cosima blickt mich fragend an.

„Ich habe die Rezeptionistin natürlich getestet und habe sie gebeten, die Frau genauer zu beschreiben, und sie hat mir sofort das Schlangentattoo beschrieben. Ich glaube ja, dass sie ein wenig verliebt in Sabine war, weil sie schwärmerisch seufzend meinte die tätowierte

263

Schlange hatte die gleiche hellgrüne Augenfarbe wie Sabine. Und zu guter Letzt habe ich ihr noch das Facebook-Foto von Sabine gezeigt, auf dem sie neben ihrem Bruder steht. Die Rezeptionistin ist sich sicher."

„Hm, du glaubst das reicht Lena?"

„Bestimmt, ein Detail hatte ich noch nicht erwähnt. Erwin und Sabine haben natürlich auf einen anderen Namen das Zimmer reserviert, und Erwin hat immer bar bezahlt, nur einmal hatte er zu wenig Bargeld mit und Sabine Gruber hat mit ihrer EC-Karte gezahlt, und die Rezeptionistin hat sich ihren Namen gemerkt. Fall gelöst! Wir waren auf der richtigen Spur, aber endlich kann es ich es beweisen. Ich bin so erleichtert, danke, dass ihr mich so unterstützt habt", sage ich und umarme meine Mutter und Cosima.

„Die Schlange hat also den Sündenfall enttarnt. Hier wird Geschichte neu geschrieben", meint Toni zwinkernd, der scheinbar unser Gespräch belauscht hat. Wobei er heute selbst aussieht, als wäre er eine Sünde wert. Zum Glück bin ich gegen sein Killerlächeln und seinen überbordenden Charme immun. Er ist mir als guter, platonischer Freund zu wichtig und mein Herz ohnehin vergeben.

Die Sky Bar wird immer voller die Stimmung immer ausgelassener und unsere Gläser leeren sich in Rekordzeit. Ich winke Toni uns Nachschub zu bringen.

„Die nächste Runde geht auf mich!", sagt er großzügig und ich lächele ihm dankbar zu, während die Anspannung der letzten Wochen wie ein viel zu schwerer Mantel sanft von meinen Schultern gleitet.

Ich schnappe mir meinen Drink, entschuldige mich kurz bei meiner Mutter und Cosima, trete auf den Balkon der Sky Bar und lasse meinen Blick für einen Moment über die nächtlich unter mir funkelnde Stadt schweifen.

Und dann lege ich meinen Kopf in den Nacken und hebe mein Glas hoch in Richtung des funkelnden Sternenhimmels.

„Prost, auf dich Erwin, den größten Schwerenöter von Wien! Mögest du im Himmel feiern. Mögest du für immer tanzen!"

KAPITEL 26

Das erste Mal, seit ich sie kenne, freue ich mich fast ein wenig, Lena Buchsbaum zu sehen. Was wahrscheinlich daran liegt, dass es heute – Gott sei es getrommelt – wohl das letzte Mal ist, dass ich in ihre eiskalten Augen blicken muss.

Entspannt lehne ich mich zurück. Meine Beweise sind hieb- und stichfest, der Fall ist gelöst und wenn alles gut geht, bin ich in wenigen Minuten mit dem restlichen Honorar aus der Tür hinaus. Dankend nehme ich von Frau Manninger einen Kaffee entgegen.

Leise schließt sie die Verbindungstür zwischen den Büros und ich bin mit einer sichtlich blassen Lena allein.

„Ich habe hier die Fakten noch einmal für Sie zusammengefasst“, sage ich und schiebe meinen Kurzbericht über den Tisch in ihre Richtung.

Lena überfliegt die Zeilen, wobei sie schmerzlich zitternd den Mund verzieht.

Ich räuspere mich verlegen. Weint sie etwa? Um ihr Zeit zu geben, sich etwas zu sammeln, lasse ich meine Augen durch ihr Büro wandern und stutze. Irgendwie sieht die Wand hinter Lena heute so kahl aus, etwas fehlt. Moment, wo ist die schöne dunkelhaarige Frau? Ich entdecke das Porträt schließlich achtlos gegen die Wand gelehnt neben der Verbindungstüre zum Büro von Frau Manninger.

„Also Ihr Verdacht hat sich bestätigt, Frau Sauer. Es war also wirklich Sabine Gruber, die blonde Schlange, die sich jeden Donnerstag mit meinem Mann zum sündigen Tête-à-Tête getroffen hat. In einem Stundenhotel, wie billig."

Als Lena den Kopf hebt, schimmern tatsächlich Tränen in ihren Augen. Als sie bemerkt, dass ich sie etwas mitleidig mustere, gibt sie sich einen Ruck und wischt mit einer fahrigen Geste mit einem Taschentuch über ihre feuchten Wangen.

„Nun gut, dann kommen wir mal zum Geschäftlichen. Sie haben geliefert und erhalten jetzt also das restliche Honorar, Frau Sauer."

Sie tippt in schneller Folge ein paar Ziffern in die Safetür ein und legt dann ein Kuvert vor mir auf den Tisch.

„Zählen Sie ruhig nach."

Ich will schon sagen, dass ich ihr vertraue, aber das Wort Vertrauen bringt sie sicher gleich wieder zum Weinen. Außerdem fände ich es seltsam, direkt vor ihr das Geld nachzuzählen und so nehme ich das Kuvert nur dankend an mich und stecke es in meine Handtasche.

Lenas Hände zittern, als sie die schwere Eisentür des Safes wieder sorgsam schließt.

„Warum hängt eigentlich das Porträt der dunkelhaarigen Dame nicht mehr an seinem Platz?", werfe ich fragend ein, um Lena etwas auf andere Gedanken zu bringen und zugegebenerweise auch aus purer Neugierde.

„Das Bild?" Sie seufzt schwer als läge eine tonnenschwere Last auf ihrem Brustkorb. „Das will ich nicht mehr sehen. Ich ertrage den Anblick einfach nicht mehr. Erwin hat mich doppelt betrogen."

Sie lässt sich wieder in ihren Sessel fallen und streicht nachdenklich, fast zärtlich über das Protokoll, als wollte sie von der Hoffnung Abschied nehmen, dass ihr Erwin sie doch geliebt hat.

Fragend blicke ich sie an.

„Ich hatte Ihnen ja von meinem Ehevertrag erzählt, Frau Sauer, und dass ich nichts erben werde, also außer meinem Pflichtteil. Doch es gab einen Nachtrag im Testament. Erwin hat mir sein Lieblingsbild vermacht." Ihre Stimme bricht. „Erst habe ich mich darüber gefreut, doch leider hat die Sache einen gewaltigen Haken. Das Bild, der angeblich ach so wertvolle Auchentaller ist in Wirklichkeit eine billige Kopie."

Entsetzt schnappe ich nach Luft.

„Ich habe vor einigen Tagen das Bild schätzen lassen und musste mir von dem Fachmann anhören, dass es nur eine Replika ist. Wenn auch eine sehr gute. Wollte Erwin mir damit noch mal wehtun? Mich noch einmal demütigen? Warum hat er immer so getan, als ob das Gemälde ein Original und wertvoll ist? Dabei war es nie echt ... Wie seine Liebe zu mir."

Den letzten Satz sagt sie leise und wirkt dabei eher traurig als wütend. Was war dieser Erwin doch für ein perfider Mistkerl. Offensichtlich hat er Lena ein letztes Mal und dabei ganz bewusst hinters Licht geführt.

Verlegen senke ich den Blick.

„Ich denke, wir sind hier fertig. Danke für Ihre Arbeit." Lena erhebt sich etwas roboterhaft und reicht mir die Hand. Üblicherweise sage ich an dieser Stelle zu meinen Klientinnen, deren Ehemänner ich der Untreue überführt habe, ein paar tröstende Kopf-hoch-das-wird-schon-wieder-Phrasen, aber heute ist es mit einem Standardspruch nicht getan. Erwin ist tot und zuvor hat er Lena nicht nur belogen und betrogen, sondern auch um ihr Erbe gebracht, und keine billige Floskel scheint mir in dieser speziellen Situation angebracht zu sein.

„Ich wünsche Ihnen alles Gute für ihr weiteres Leben", sage ich dann doch und meine es in dem Moment wirklich so.

Sie mag ihre Eigenheiten haben, aber sie hatte es nicht leicht mit Erwin. Vielleicht sieht sie, wenn sie sich von dem Schock erholt hat, die ganze Sache, als das, was es ist: Ihre Chance auf einen Neuanfang. Ich wünsche es ihr.

Leise verlasse ich das Büro, schließe die Tür hinter mir und halte vor der Tür einen Moment inne. Diesmal habe ich die Anwesenheit von Erwins Geist nicht mehr gespürt. Er scheint endgültig gegangen zu sein.

KAPITEL 27

„Ich habe noch immer kein Geschenk für Arthur und dabei ist es nur noch eine gute Woche bis Weihnachten." Cosima tigert unruhig in ihrem Wohnsalon auf und ab, der zum Glück reichlich Platz für solche Nachdenk-Märsche bietet.

„Tja, ihr armen Reichen. Euch gegenseitig zu beschenken, muss ja so schwer sein, weil ihr alles habt oder euch kaufen könnt", sage ich und habe wenig Mitleid für sie. Cosima geht auf meinen Einwand nicht ein.

Die Augen meiner Mutter glitzern. „Ihr könntet doch ein schönes Romantik-Wochenende in einem Schiresort verbringen. Ich sehe ein Käse-Fondue, eine Flasche prickelnden Champagner, ein Kaminfeuer, einen nackten Mann auf einem Bärenfell."

„Stopp!", rufen Cosima und ich gleichzeitig wir wollen keine weiteren, lebhaften Mutter-Fantasien hören.

„Hm, ja, diese Hüttenromantik ist vielleicht ein bisschen langweilig. Ich bin jedes Jahr über Weihnachten in Gstaad oder St. Moritz bei Freunden in ihrem Chalet", meint Cosima beiläufig, und ich tausche mit meiner Mutter einen bedeutungsschwangeren Blick.

Cosima lebt manchmal wirklich in einem Paralleluniversum in dem Geld keine Rolle spielt.

„Es muss etwas Persönliches sein, oder etwas Einzigartiges", sinniert sie weiter.

„Hast du nichts Passendes in der Galerie? Ein Kunstgegenstand für sein neues Ferienhaus vielleicht? Eine Vase, oder ein Bild?", insistiere ich.

„Hm, ja, daran habe ich auch bereits gedacht, aber aus meiner Galerie interessiert ihn nichts. Arthur mag keine moderne oder zu abstrakte Kunst. Der Auchentaller wäre perfekt, aber ein Geschenk in der Größenordnung erscheint mir etwas zu aufdringlich. So lange kenne ich Arthur nun auch wieder nicht."

„Das Gemälde aus Lenas Büro bekommst du jetzt sicher zu einem Spotpreis", sage ich.

„Wie bitte?" Cosima mustert mich fragend.

„Sorry, das habe ich euch ja noch gar nicht erzählt. Ich hatte heute meinen finalen Termin bei Lena und sie hat mir, ohne mit der Wimper zu zucken, endlich das gesamte vereinbarte Honorar gezahlt."

„Das ist schön, Kindchen. War sie sehr traurig, dass sich ihr Verdacht, dass Erwin eine Geliebte hatte, bestätigt hat?"

„Ja, mehr als ich dachte", sage ich leise. „Ich vermute, Lena hat sich bis zum Schluss an die Hoffnung geklammert, dass die Abwesenheit von Erwin an den Donnerstagabenden eine ganz harmlose Erklärung hat."

„Arme naive Lena." Cosima schüttelt den Kopf. „Aber nun zu etwas wirklich Wichtigem: Was ist denn nun mit dem Bild?", „Ach so ja, das Gemälde ...", sage ich und mache eine kleine Kunstpause, um die Spannung zu erhöhen. „Erwin hat Lena in seinem Testament bedacht und ihr das Porträt der schönen Frau vermacht. Und da Lena, wie wir vermutet haben, nichts außer ihrem Pflichtteil, erbt, hat sie es umgehend schätzen lassen und ist aus allen Wolken gefallen, als man ihr sagte, dass es nur eine Replika ist! Tja da bist du wohl auch reingefallen, Frau Kunstkennerin", kann ich mir nicht verkneifen

„Eine Replika? Das kann nicht sein!" Cosimas Wangen glühen. „Das Bild ist echt. Ich bin mir zu einhundert Prozent sicher."

„Macht doch nichts, dass du dich geirrt hast, das passiert den besten Kunstexpertinnen mal", feixe ich weiter. „Sogar Frau Manninger meinte doch, dass das Bild ein Original und seit über einhundert Jahren im Familienbesitz der Buchsbaum ist", beschwichtige ich sie.

„Ich habe mich nicht geirrt. Ich irre mich nicht. Niemals!" Cosimas Stimme klingt fast militärisch schrill.

„Hui, da schlägt wohl der Herr General durch", sage ich und schiele zum Bild von Cosimas Urgroßvater das im goldenen schweren Rahmen über dem Kamin hängt, in dem gerade ein wohlig warmes Feuerchen prasselt. Cosimas Blick ist fast genauso stechend.

„Mach uns bitte einen Termin bei Lena oder Frau Manninger aus, Samantha. Ich will das Bild noch mal ansehen, ich kann mich nicht so getäuscht haben." Cosimas Stimme klingt gleichermaßen schroff wie unsicher. „Wenn dein Seelenfrieden davon abhängt, Cosima. Obwohl ich gehofft hatte, Lena Buchsbaum so schnell nicht wiederzusehen", seufze ich.

„Ich bin wirklich erschüttert. Auch wenn man nicht über die Toten schlecht spricht, aber das schlägt dem Fass die Krone aus. Erst betrügt Erwin die arme Lena und dann veräppelt er sie post mortem noch mit dem Bild. So ein elender Mistkerl, aber auch." Der Hals meiner Mutter ist übersät mit roten Stressflecken. „Eheverträge sind nun mal bindend und dass er sein Erbe schützt, ist sein gutes Recht", höre ich die Gräfin schwadronieren und versuche, das Geschnattere von ihr und meiner Mutter auszublenden, das in eine hitzige Diskussion auszuarten droht.

Irgendwo in meinem Kopf blitzt eine Erinnerung auf. Mein Herz beginnt aufgeregt zu klopfen.

Der Streit in Erwins Büro mit Blauauge. Sein schroffes ‚Ich verkaufe nicht'. Plötzlich regt sich ein Verdacht in mir. Waren wir etwa komplett auf der falschen Fährte? Mein Herz trommelt immer schneller gegen meine Rippen.

„Was, wenn Erwin in puncto Bild gar nicht gelogen hat? Was wenn alles ganz anders war?"

„Lassen wir den elenden Erwin mal beiseite, möge er in Frieden ruhen. Wollt ihr noch etwas zu trinken? Einen kleinen Campari Orange vielleicht?" Statt einer Antwort klingelt Cosima mit einem Silberglöckchen und Paula Perle bringt uns, als hätte sie an der Tür gelauscht, ein Tablett mit Sandwiches und Getränken.

Hungrig langen wir zu und das einzige Geräusch kommt von den knackenden Holzstücken im Kamin und von Strizzi, der laut schnurrend heute mal ausnahmsweise auf meinem Schoß liegt.

„Sabine Gruber und ihr Bruder sind übrigens nicht verhaftet worden", sagt meine Mutter in die Stille hinein. „Die beiden haben zur Tatzeit ein Alibi und ausreichend Zeugen. Aber meine Kollegen und ich geben die Hoffnung nicht auf, kommt Zeit kommt Lösung. Und ehe du dich aufregst Samantha, ich habe ihnen nichts von unseren Ermittlungen erzählt."

„Du klingst wie ein Gangster-Rapper und es sind nicht deine Kollegen, Theresa. Nicht mehr", meint Cosima augenrollend.

„Aber sehr enttäuschend ist es trotzdem. Fast alle Spuren haben sich im Sand verlaufen", sage ich und betone das Wort fast.

„Alle Spuren, Kindchen. Einfach alle: Der eifersüchtige Ehemann, der Apfelstrudel-Rezept-Mörder und auch der Immobilien-Mörder. Wer auch immer Erwin erschossen hat, wird wohl ungeschoren davonkommen." Resignation und Theresa Sauer passen nicht zusammen, aber diesmal scheint meine Mutter die Segel zu streichen.

Ich gebe mir einen Ruck. Natürlich könnte ich jetzt schweigen, aber ich kann es nicht mit meinem Gewissen vereinbaren, dass ein Mörder frei herumläuft.

„Ich habe einen Verdacht, warum Erwin umgebracht wurde! Und auch wer sein Mörder ist", sage ich und blicke in zwei weit aufgerissene Augenpaare. „Obwohl ich hoffe, dass ich mich irre", füge ich in das betroffene Schweigen hinzu.

Kurz erzähle ich den beiden von Erwins Streit mit Blauauge am Abend vor Erwins Tod

Als ich geendet habe, herrscht immer noch geschocktes Schweigen.

„Was ist los? Hat es euch die Sprache verschlagen? Na los, wer will mich zu Frau Manninger begleiten?", frage ich.

***

Nur eine halbe Stunde später sitzen wir drei im Büro von Frau Manninger, die erfreulicherweise sofort zugestimmt hat, dass wir heute noch vorbeikommen dürfen, und sich blendend mit meiner Mutter versteht.

„Nun, ich habe Ihnen ja schon am Telefon gesagt, wie geschockt ich war, als ich erfahren habe, dass das Bild nicht echt ist." Frau Manninger, heute im taubenblauen Kostüm mit voluminösen Schulterpolstern, wirkt sichtlich erschüttert. „Herr Buchsbaum war stets so stolz darauf und hat mir mehr als einmal erzählt, dass das Bild ein Original und seit über einhundert Jahren in Familienbesitz ist. Sein Urgroßvater Hans Buchsbaum ist während des ersten Welt-Krieges durch einen Zufall in den Besitz des Bildes gekommen und seitdem wird das Bild von Generation zu Generation weitergegeben und wie ein Augapfel gehütet. Er hat immer wieder betont, wie wertvoll das Bild ist."

Sie schüttelt betrübt den Kopf.

Cosima drückt meine Hand, als ich ansetzen will, etwas zu erwidern. Ihre Verhörtaktik ist subtiler als die meiner Mutter. Cosima meint immer, dass man die Menschen nur reden lassen muss, um alles zu erfahren, was man will. Und bei Frau Manninger scheint es zu funktionieren.

Sie blickt uns an.

„Erst im Juli gab Herr Buchsbaum einem Journalisten eines Lifestyle Magazins ein Interview. Und seitdem meldeten sich immer wieder Interessenten, die das Bild kaufen wollten. Doch Herr Buchsbaum war da eisern: Nie hätte er das Bild verkauft, für kein Geld der Welt, und jetzt das!“

„Kann ich es eventuell noch mal sehen, bitte?“ Cosima balanciert vor lauter Aufregung auf der vordersten Sitzkante ihres Stuhls.

„Wenn wir uns beeilen ...“ Frau Manninger schielt zur Verbindungstür. „Frau Buchsbaum ist bei einem Termin außer Haus, kommt aber heute noch mal ins Büro!“

Rasch eilen wir ins Nebenzimmer und sehen uns um. Das Bild lehnt noch immer achtlos am Boden. Cosima hebt es vorsichtig hoch und nimmt es in Augenschein. Hunderte Gedanken und Emotionen huschen über ihr Gesicht.

„Es ist eine Replika, tatsächlich ...“, höre ich sie seufzen.

„Machen Sie sich nichts draus, Frau Gräfin. Jeder kann sich mal irren. Erst zwei Wochen vor Herrn Buchsbaums Tod war jemand aus einer Galerie hier, der es auch kaufen wollte. Er hat ihm eine Stange Geld geboten, doch er wollte nicht verkaufen! Auch er war sich sicher, dass das Bild echt ist.“

Frau Manninger deutet unsere aufmerksamen Blicke falsch.

„Nicht, dass die Damen glauben, dass ich an fremden Türen lausche, aber die beiden haben so laut gestritten, dass ich es hören musste!“ Verlegen zupft sie an ihrem Blusenkragen herum.

„Wissen Sie noch den Namen des Interessenten?“ Ich habe einen bösen Verdacht.

„Richard irgendwer. Anfangs gab er sich am Telefon als Fachjournalist, der ein weiteres Interview für ein Kunst- und Kulturmagazin führen wollte, aus. Aber das war nur ein Vorwand, um einen Termin bei Erwin zu ergattern. Denn eigentlich war er ein Galerist und wollte das Bild kaufen. Ein unverschämter Kerl, Herr Buchsbaum musste richtig laut werden, als er nicht akzeptieren wollte, dass das Bild unverkäuflich ist“, meint Frau Manninger.

„Hat dieser Richard auch einen Nachnamen?“, frage ich und höre das Blut in meinen Ohren rauschen.

„Warten Sie ich sehe nach. Einen Moment, ich habe es gleich … Leider nein.“ Frau Manninger zuckt bedauernd mit den Schultern. „Ich habe mir nur Richard Journalist im Kalender notiert.“

„Hm, das ist jetzt leider etwas unbefriedigend“, kommt es in harschem Tonfall von Cosima, die wieder neben mir Platz genommen hat. Ich stupse ihr mit dem Ellenbogen in die Rippen. „Nun, ich meinte, das ist sehr ungünstig für mich, wie gerne hätte ich mit dem Interessenten über das Bild gefachsimpelt. Aber wenn Sie keinen Nachnamen für uns haben, wollen wir Sie nicht länger aufhalten. Einen schönen Tag noch.“ Cosima erhebt sich und rauscht, ohne Frau Manninger die Hand zum Abschied zu geben, aus der Türe.

„Nichts für ungut, ich glaube unsere liebe Gräfin ist enttäuscht, dass sie ebenfalls das Bild für einen echten Auchentaller gehalten hat“, versucht meine Mutter, die Wogen zu glätten.

„Ich nehme das nicht persönlich, Frau Sauer." Frau Manningers Blick huscht über unsere Gesichter. „Jeder Mensch hat eine Schwachstelle. Bei dem einen ist es verletzter Stolz, bei dem anderen Gier … Dieser vermeintliche Journalist reagierte wie erwähnt, sehr ungehalten, als Erwin sagte er wolle nicht verkaufen. Dabei wirkte er auf den ersten Blick, also rein optisch, wie ein echter Gentleman, in seinem gutsitzenden Anzug mit dem farblich zu seinen schönen Augen passenden Stecktuch! Aber seine Kinderstube ließ stark zu wünschen übrig. Ich glaube er war sogar am Abend der Vernissage hier, obwohl er nicht auf der Gästeliste stand, können Sie sich das vorstellen?"

Das Blut rauscht in meinen Ohren und bestimmt sehe ich mal wieder aus, als hätte ich die Masern. Es passt alles zusammen. „Lassen Sie mich raten: Seine Augen waren von einem ungewöhnlichen Blau?", flüstere ich.

„Ja." Sie errötet wie ein Schulmädchen und zupft verlegen ihre Jacke zurecht.

Meine Mutter wirft mir einen fragenden Blick zu. Ich springe auf. Fast stolpernd erreiche ich die Tür, das Blut scheint nur mehr in meinem Kopf zu kreisen. Mein restlicher Körper fühlt sich steif und ungelenk an. An der Tür drehe ich mich noch einmal zu Frau Manninger um.

„Sie haben sich geirrt. Seine Augen waren nicht blau. Sie waren himmelwolkenblau", flüstere ich und meine Stimme bricht.

KAPITEL 28

Es war eine unruhige Nacht, in der meine Mutter und ich wieder und wieder diskutiert, Erwins Terminkalender durchforstet und alle Fotos der Vernissage durchgegangen sind. Den Nachnamen von Blauauge fanden wir in beiden Kalendern nicht und auch auf der Gästeliste tauchte kein Mann namens Richard auf. Doch schließlich entdeckte ich ihn: Auf einem leicht verschwommenen Foto etwas versteckt hinter der Kuchenvitrine.

Auf dem Bild sieht man ihn nur im Profil, doch ich bin mir sicher, dass er es ist. Sofort maile ich das Bild an Frau Manninger, die mir kurz darauf bestätigt, was ich längst weiß. Das ist der Mann, der zwei Wochen vor Erwins Tod mit ihm gestritten hat, weil er das Bild nicht verkaufen wollte. Und es ist derselbe Mann, den ich am Abend vor Erwins Tod in seinem Büro gesehen habe.

Hat das Blauauge Erwin ermordet, um in den Besitz des Auchentallers zu kommen?

„Also gut. Wir haben also ein Foto von unserem neuen Hauptverdächtigen und einen Vornamen das ist gut, aber leider auch schon alles“, seufze ich.

„Vielleicht kennt Cosima ihn ja, wenn er wirklich ein Galerist ist. So groß ist die Kunstszene in Wien nun auch wieder nicht“, wirft meine Mutter hoffnungsvoll ein.

„Hm, ja. Kann sein“, gähne ich und füttere erneut die Kaffeemaschine mit Kaffeepulver.

Ich brauche dringend eine Dosis Koffein. In dieser Nacht haben weder meine Mutter noch ich ein Auge zugetan.

„Was macht ihr so früh auf?“ Lisa tappt verschlafen in die Küche.

„Wir können nicht schlafen, wir suchen einen Mann …“, sagt meine Mutter und erntet dafür umgehend einen bösen Blick von mir.

„Was ist denn mit den beiden, die ihr habt, verkehrt? Ich mag Gianni und Stephan eigentlich“, gähnt Lisa.

„Nein, so meinte ich das nicht. Wir haben ein Foto von einem Mann, kennen aber leider seinen Nachnamen nicht“, sagt meine Mutter.

Kann sie nicht einmal den Mund halten?

„Ach so, das ist ganz leicht, gebt das Bild einfach in die google Bildsuche ein, ich zeige euch, wie das geht.“ Lisa klemmt sich hinter den Laptop.

„Das ist ja wirklich ganz einfach, danke, Lisa-Kind“, meine Mutter beugt sich hoch konzentriert über den Laptop.

„Gut gemacht, Lisa, und jetzt husch, ab ins Bad mit dir“, scheuche ich sie aus der Küche. Schließlich ist heute ein Schultag für sie und ein ganz normaler Arbeitstag für mich, auch wenn ich keine Ahnung habe, wie ich den überstehen soll. Mit vor Müdigkeit brennenden Augen mache ich mich für die Arbeit fertig.

Wieder in der Küche fülle ich mir eine Kanne Kaffee in meinen To-go-Becher und umarme meine Mutter kurz die noch immer hochkonzentriert das Netz nach Blauauge alias Richard durchsucht.

„Melde dich, wenn du ihn findest."

Den ganzen Tag im Büro bin ich etwas fahrig und abgelenkt, die Sache will mir nicht aus dem Kopf. Wir sind so nahe dran, meine Haut kribbelt als liefen tausende kleine Ameisen darüber. Blauauge, der Streit mit Erwin, der nicht verkaufen will. Erwin, der schließlich erschossen in seinem Büro liegt, das kostbare Bild, das eigentlich nur eine Kopie ist ...

Meine Gedanken rasen im Kreis.

Mittags mache ich einen längeren Spaziergang durch die Innenstadt, um meinen Kopf etwas auszulüften, als eine Nachricht auf meinem Handy eingeht.

Ich öffne unsere WhatsApp Gruppe.

Seht mal was ich gefunden habe. Ist er das?,

lese ich die Nachricht meiner Mutter neben dem Pistolen Emoticon.

Volltreffer,

tippe ich mit klopfendem Herz und betrachte das Foto von Blauauge der auf dem Bild frontal in die Kamera lächelt.

tippe ich in die Gruppe und erhalte umgehend zwei Daumen hoch Emoticons.

Als ich kurz nach 17 Uhr ins Cafe Mozart eile, werde ich schon an der Tür von Kellner Franz begrüßt.

„Die Damen erwarten Sie schon sehnsüchtig, Frau Sauer. Wie immer eine Melange? Und ein kleines Stückerl Apfelstrudel?"

„Ja gern", sage ich etwas abwesend, schäle mich aus meiner Jacke und lasse mich neben meine Mutter auf die Sitzbank gleiten.

Cosima sieht so zufrieden aus wie Strizzi, der sich auf einer Decke neben ihr, laut schnurrend den Nacken kraulen lässt.

„Na los, Cosima. Warum grinst du so? Was gibt es Neues?", komme ich umgehend zur Sache.

„Das Foto, das Theresa im Netz entdeckt hat ist genial", meint die Gräfin und die Wangen meiner Mutter färben sich voller Freude über das Kompliment rot.

„Warum genial?", frage ich und nehme einen Schluck von der heißen Melange.

„Die Webseite, auf die das Bild referenziert, führt zwar nur zu einem Eventfotograph, aber ich habe natürlich trotzdem sofort erkannt, wo es aufgenommen wurde." Die Gräfin lächelt etwas selbstgefällig. „Unser gesuchter Mann befindet sich eindeutig in der Galerie Blauwerk, in der Schauflergasse. Die expressionistischen Bilder sind unverwechselbar. Ob das seine Galerie ist, oder er dort nur auf einem Event zu Gast war, weiß ich allerdings nicht."

„Ich habe als wir auf dich gewartet haben, Kindchen, schon auf der Webseite der Galerie nachgesehen", meint meine Mutter, „Aber dort scheint unter den Kontakten niemand namens Richard auf", meint sie.

„Das ist trotzdem schon eine ganze Menge", sage ich anerkennend.

Franz stellt den Apfelstrudel vor mir ab und ich nehme einen großen Bissen mit der Gabel.

„Wir könnten dort anrufen", meint meine Mutter und greift nach ihrem Handy.

„Ja, gute Idee", nuschle ich etwas undeutlich. „Und was sagen wir dann? Können wir bitte Richard mit den blauen Augen sprechen?"

„Also bitte Theresa, Samantha, so kenne ich euch gar nicht. Anrufen ... Wo bleibt euer Jagdinstinkt?" Cosimas Augen glitzern, während sie Strizzi sanft anhebt und ihn vorsichtig in seine Transport-Tasche setzt. „Die Galerie hat doch vermutlich bis 18 Uhr offen."

Wir sehen uns an, winken Kellner Franz herbei, der etwas erstaunt über unseren plötzlichen Aufbruch ist und bezahlen.

Als wir nach wenigen Gehminuten vor der Galerie ankommen, sehen wir erleichtert, dass noch Licht brennt. Doch was nun?

Meine Mutter scharrt neben mir mit den Hufen und während Cosima und ich uns noch eine Taktik überlegen, wie wir das Gespräch geschickt auf das Bild lenken können, hat sie bereits die Türschnalle in der Hand und strebt in die Galerie.

Dann eben ohne einen Plan.

Ich krame in meiner Tasche, wie gut, dass ich heute früh das Aufnahmegerät und mein Pfefferspray eingepackt habe. Etwas zögerlich folgen Cosima und ich meiner Mutter. Nur wenige Lampen brennen in der Galerie und beleuchten die modernen Bilder und Kunstgegenstände nur etwas schemenhaft.

„Guten Tag, die Damen! Wie kann ich Ihnen helfen?" Ich fahre erschrocken herum und sehe in himmelwolkenblaue Augen. Plötzlich scheint sich der Raum zu drehen und ich schnappe wie ein Fisch auf dem Trockenen nach Luft.

„Ist Ihnen nicht gut? Bitte nehmen Sie doch Platz!" Der Mann mit dem hellblonden Haar ist charmant und zuvorkommend und bietet mir umgehend ein Glas Wasser und eine Sitzgelegenheit an.

Meine Mutter nickt mir anerkennend zu, doch mein Schwächeanfall ist nicht vorgespielt. Mit wackeligen Beinen lasse ich mich auf den nächstbesten Stuhl sinken. Mein Herz klopft wie wild, mein Puls rast. Ich kann es noch immer nicht glauben, dass wir Blauauge tatsächlich gefunden haben. Ich nicke Cosima zu die sofort beginnt, den Mann in ein Fachgespräch zu verwickeln.

Ich atme tief in den Bauch. Es vergehen nur wenige Minuten, bis sich mein Kreislauf wieder stabilisiert hat. Ich zwinkere meiner Mutter kurz zu, exe das Wasserglas und straffe in Gedanken meine Schultern. Zeit Samantha, den weiblichen Spürhund, von der Leine zu lassen.

„Kann ich noch ein Glas Wasser haben?", hauche ich mit gekünstelt schwacher Stimme und flatternden

Wimpern. Zum Glück muss ich mir mein Geld nicht als Schauspielerin verdienen.

„Die Küche ist gleich da hinten." Blauauge schöpft keinen Verdacht, und wedelt mit der Hand in Richtung eines Vorhanges.

Ob er von den neugierigen Fragen meiner Mutter, Cosimas Fachkompetenz oder ihrer Figur im engen schwarzen Strickkleid abgelenkt ist, weiß ich nicht. Auf jeden Fall schenkt er mir keinerlei Beachtung, und ich kann die Gunst der Stunde nützen, mich ein wenig umzusehen.

Hinter dem Vorhang liegt ein kleiner Raum, der wohl als Büro dient. Ähnlich wie bei Erwin Buchsbaum ist der Raum mit ausgewählten antiken Möbeln ausgestattet, nur der Laptop auf dem Tisch verrät das Jahrhundert, in dem der Besitzer lebt.

Hinter dem Raum liegt besagte Küche.

Ich fülle mein Wasserglas auf und balanciere es langsam zurück in Richtung Verkaufsraum und sehe mich dabei aufmerksam um. Doch nichts erscheint mir verdächtig, der Schreibtisch ist penibel aufgeräumt. Der Laptop ist passwortgeschützt.

Ich will gerade enttäuscht zurückgehen, als ich aus dem Augenwinkel eine Fotografie auf dem Schreibtisch entdecke. Vor Schreck lasse ich fast das Wasserglas fallen. Wie betäubt nehme ich den schweren silbernen Bilderrahmen in meine klammen Finger und gehe damit zurück in den Verkaufsraum.

Cosima, meine Mutter und Blauauge unterbrechen ihre Unterhaltung, als sie mich bemerken.

„Samantha, du siehst aus, als wäre dir ein Geist begegnet!" Cosima eilt auf mich zu.

Mit zitternder Hand strecke ich Richard die Fotografie entgegen.

„Wer ist die Dame?“, hauche ich und schiele dabei in Richtung Tür. Wenn er jetzt ausrastet, können wir mit einem Hechtsprung draußen und in Sicherheit sein. Oder notfalls kann ich ihm, wenn er versucht, handgreiflich zu werden, mit dem schweren Bilderrahmen eins überbraten und außerdem habe ich ja noch den Pfefferspray in der Tasche, fällt mir gerade ein. Cosima klappt der Mund auf und meiner Mutter kugeln beinahe die Augen aus dem Kopf, als sie erkennt, wer auf dem Foto abgebildet ist.

„Bitte nehmen Sie einen Moment Platz, die Damen.“ Blauauge deutet auf ein Sofa, von dem aus man einen guten Blick auf die Türe hat. Ich tausche einen Blick mit Cosima und meiner Mutter und schalte in meiner Tasche das Aufnahmegerät ein.

„Ich muss wohl etwas weiter ausholen.“ Richard wirkt auf einmal sehr erschöpft. „Ich hoffe, Sie haben etwas Zeit mitgebracht. Die Fotografie zeigt meine schöne Urgroßmutter. Ich erzähle Ihnen gerne die ganze Geschichte, wenn Sie möchten. Oder halt, noch besser …“

Er springt auf und reflexartig greife ich nach dem Pfefferspray in meiner Tasche. Richard Blauauge, geht zu seinem Schreibtisch, kramt darin herum und kehrt mit einem Brief zurück.

„Ich lese Ihnen nun einen Brief vor den Louisa, meine Urgroßmutter an ihren Verlobten, meinen Urgroßvater Karl, geschrieben hat! Es war ihr letzter Brief, der ihn erreichte.

Er räuspert sich, wischt sich etwas verlegen über die Augen und setzt schließlich seine Lesebrille auf.

Wien, November 1914

Geliebter Karl,
Eigentlich sollte morgen der schönste Tag in meinem, in unserem, Leben sein. Wie hatte ich mich darauf gefreut, doch leider ist es uns nicht vergönnt, morgen vor Gott, der Welt und unseren Familien endlich Ja zueinander zu sagen.
Dieser verdammte, blutige Krieg, der dich mir weggenommen und so viel Leid über die Welt gebracht hat. Du fragst in deinem letzten Brief wie es mir gesundheitlich geht, und ich kann dir versichern, es geht bergauf, das Schlimmste scheint überstanden. Meine schwere Grippe hat mich nicht dahingerafft und auch meine Schwindelanfälle sind weniger geworden, aber ich habe deutlich an Gewicht verloren. Doch all meine körperlichen Beschwerden sind nichts im Vergleich zu der stetig an mir nagenden Angst, dass jederzeit ein Dienstbote mit der Nachricht an die Tür meines Schlafzimmers klopfen könnte, dass du, mein geliebter Verlobter, nicht mehr aus diesem menschenverschlingenden Krieg zurückkehren wirst.
Und nun will Vater, dass ich in ein Sanatorium in den Tiroler Alpen fahre. Offiziell um mich von meiner Krankheit zu erholen, inoffiziell, um mich nicht dem Tratsch in Wien auszusetzen.
Geliebter Karl, ich wollte es dir persönlich sagen, aber ich kann die Neuigkeit nicht länger zurückhalten: Kurz vor deiner Einberufung in unserer letzten, innigen Nacht ist es

passiert. Erst war ich noch unsicher, doch jetzt habe ich Gewissheit: Ich trage unser Kind unter dem Herzen.

Doch das ist nicht mein einziges Geschenk an dich, auch wenn es eigentlich mein Hochzeitsgeschenk an dich sein sollte.

Ich habe von dem begabten Maler, Josef Maria Auchentaller, einem ehemaligen Secessionskünstler, ein Porträt von mir anfertigen lassen. Der Mann ist übrigens ein echter Charmeur, weil er meinte er habe noch nie zuvor eine so schöne Frau auf Leinwand verewigt. Aber kein Grund eifersüchtig zu sein, mein geliebter Karl, ich weiß, wem ich mein Herz geschenkt habe.

Ich habe dir eine Photographie des Ölgemäldes, dass er so meisterhaft von mir angefertigt hat, beigelegt. Ich finde er hat mich gut getroffen. Das Lächeln auf meinen Lippen gilt nur dir, und ich denke, er hat die Sehnsucht in meinen Augen, dich bald wieder gesund in meine Arme schließen zu können, gut eingefangen.

Meine geliebte Kinderfrau Emma, ist leider nicht bei mehr uns, sie ist vor einem Monat an einer schweren Lungenentzündung gestorben. Ich trauere sehr um die gute Seele, die seit meiner Geburt immer an meiner Seite war. Sie hinterlässt eine Lücke in meinem Herzen und das Leben fühlt sich ohne sie noch bedrückender an.

Aber ich möchte nicht herumjammern. Ich habe das Gemälde heute unserem neuen Kammerdiener Hans, einem etwas wortkargen Gesellen, zur sicheren Verwahrung gegeben, bis ich aus dem Sanatorium in Tirol zurück bin. Zurück, mit unserem Kind.

Ich glaube ja, es wird ein Junge und ich hoffe er bekommt meine blauen Augen, deine kräftige Gestalt und dein gutes Herz! Vielleicht bist du bis zu seiner Geburt wieder in

Wien? Ich bete jede Nacht für dich! Bitte komm bald wieder und pass auf dich auf!
Ich umarme und küsse dich innig

Deine Louisa

KAPITEL 29

Richard lässt den Brief sinken und lange Zeit herrscht betroffenes Schweigen, fast kann man unsere Gedanken mit Händen greifen.

„Ihre Urgroßmutter Louisa hat also das Bild dem neuen Diener Hans zur Aufbewahrung gegeben", breche ich das Schweigen und richte meinen Blick auf Richard der gekrümmt und mit fahlem Gesicht, als litte er große Schmerzen, in seinem Sessel sitzt.

„Lassen Sie mich raten, der Nachname von Hans war Buchsbaum?" Meine Stimme ist nur noch ein Flüstern.

„Korrekt." In Richard kommt wieder etwas Leben, er richtet sich langsam auf. „Der Mann war aus ärmlichen Verhältnissen, verhärmt weil ihm eine Verwundung in den ersten Kriegstagen ein steifes Bein beschert hatte, und von durchtriebenem Charakter. Als mein Urgroßvater das Bild von ihm einforderte, schwor er Stein und Bein, kein Gemälde von meiner Urgroßmutter zur Aufbewahrung erhalten zu haben. Die Polizei verhörte ihn immer wieder und durchsuchte sein Zimmer und all seine Habseligkeiten, doch das Bild war nicht aufzufinden! In den Kriegswirren tauchte Hans Buchsbaum in der zerfallenden K&K Monarchie schließlich unter. Einige Jahre nach dem Krieg erwarb er Anteile an einer Kaffee-Rösterei und legte so den Grundstein für das Vermögen der Buchsbaums. Der Rest ist Geschichte.“

Er beugt sich vor und stützt seine Unterarme auf den Oberschenkeln ab.

Es fällt ihm sichtlich schwer weiterzusprechen.

„Louisa, meine Urgroßmutter, brachte einen gesunden Jungen zur Welt, starb jedoch kurz nach der Geburt. Darum war der Verlust des Original-Gemäldes für meinen Urgroßvater umso schmerzlicher. Er hatte als Erinnerung an Louisa nur noch diesen Brief und das Foto des Auchentallers. Wie sie sich vorstellen können, hätte mein Urgroßvater alles dafür gegeben, das echte Bild seiner schönen jungen, viel zu früh verstorbenen Frau, das als Hochzeitsgeschenk für ihn gedacht war, zu finden. Doch die Suche verlief erfolglos. Und auch die Nachkommen nach ihm forschten lange Jahre nach, gaben aber schließlich auf. Die Geschichte wurde in unserer Familie von Generation zu Generation immer weitererzählt und ich liebte es das Foto meiner schönen Urgroßmutter zu betrachten. Und wie es der Zufall wollte, las ich vor ein paar Monaten in einem Magazin zufällig eine reichlich bebilderte Story über den smarten Kaffee-Haus Tycoon Erwin Buchsbaum und erschrak. Denn ein Foto zeigte ihn in seinem Arbeitszimmer im Café Mozart und über ihm an der Wand hing, ich konnte meinen Augen nicht trauen, das verschollen geglaubte Originalbild meiner Urgroßmutter!“

Wir halten gespannt die Luft an.

„Voller Freude nahm ich Kontakt mit Herrn Buchsbaum auf, doch als ich mich zu erkennen gab und das Bild zurückforderte, verwies er mich lautstark aus dem Café. Es war in der Zwischenzeit ein kleines Vermögen wert, und auf keinen Fall wollte Erwin das Bild zurückgeben. Entschuldigen Sie mich, ich bin gleich wieder da, wollen Sie auch etwas zu trinken?“ Blauauge wartet unsere Antwort nicht ab und verschwindet im Nebenraum. War das ein Vorwand, will er jetzt durch die Hintertür verschwinden? Ich blicke zu Cosima, die ratlos die Schultern zuckt, wenn ja, können wir ihn wohl auch nicht daran hindern.

Nur wenige Minuten später ist Blauauge mit einer Flasche Gin und einem Glas zurück und schenkt sich großzügig ein.

„Nächtelang habe ich gegrübelt, ob ich eine Chance hätte, es zurückzubekommen. Aber rechnete mir dabei wenig Erfolg aus. Ich hatte ja nichts außer einem über hundert Jahre alten Brief und einer Fotografie des Bildes – würde das als Beweis vor Gericht ausreichen und konnte ich mir einen Prozess überhaupt leisten? Gegen einen Erwin Buchsbaum der sich die besten Anwälte Wiens leisten konnte? Und bestimmt hätte er belegen können, dass es seit über 100 Jahren im Besitz seiner mächtigen Familie ist und behauptet, dass es damals von Hans Buchsbaum redlich erworben wurde. Es erschien so aussichtslos. Und doch: Das Bild gehörte ursprünglich meiner Familie, war und ist Teil unserer Geschichte. Es war das Hochzeitsgeschenk meiner Urgroßmutter an meinen Urgroßvater das Erwins Vorfahre einfach gestohlen hatte. Ich war es meiner Familie schuldig, es noch einmal zu versuchen. Ich bot Erwin Buchsbaum an es zu kaufen. Aber er lachte nur über die Summe, die ich ihm vorschlug. Und so suchte ich ihn ein weiteres Mal während der Vernissage auf und bat um ein klärendes Gespräch. Ich erhöhte sogar die Summe, was ihn aber nicht beeindruckte. Rüde verwies er mich der Tür und meinte er würde nicht verkaufen. Also beschloss ich wütend meinen Plan B umzusetzen. Wenn er das Bild nicht freiwillig herausgeben wollte, dann sollte es mir auch recht sein. Denn ich hatte die letzten beiden Wochen genutzt und eine perfekte Replika von dem Bild anfertigen lassen, sogar mit einem optisch nahezu identen Rahmen.

Jetzt musste nur noch die passende Gelegenheit kommen. Und die kam in den frühen Morgenstunden der Vernissage. Denn als das Cateringpersonal die Leihmöbel durch den Lieferanteneingang hinausbrachte, spazierte ich einfach mit der Replika ins Gebäude. Ich hatte Glück, Erwins Bürotür war nicht verschlossen und fast wäre alles gut gegangen, doch er erwischte mich, als ich dabei war, ein Bild gegen das andere auszutauschen. Erwin war betrunken und stieß mich zu Boden und zog aus der Schublade eine Waffe. Es kam zu einem wütenden Handgemenge, wir stolperten quasi übereinander, ein Schuss löste sich und plötzlich lag er da! Ich weiß noch, wie ich daran dachte die Rettung zu rufen, aber er hatte so viel Blut verloren."

Blauauge nimmt einen großen Schluck Gin, seine Hände zittern.

„Kurz geriet ich in Panik, doch dann wusste ich, was zu tun war. Niemand hatte mich in sein Büro huschen gesehen und ich trug Handschuhe, also würde man keine Fingerabdrücke von mir finden. Und so hängte ich die Replika an die Wand, schnappte mir das Originalbild und floh aus dem Gebäude!"

Mit zitternder Hand greift er nach der Flasche und schenkt sich einen weiteren Schluck Gin ein.

„Alles wäre gut gegangen, wenn Lena Buchsbaum das Bild einfach behalten hätte. Die Nachbildung war so exzellent, dass man sie auf den ersten und sogar auf den zweiten Blick für das Original hätte halten können", meint Richard.

Cosima nickt und etwas wie Erleichterung, dass sie als Fachfrau nicht versagt hat, zeichnet sich auf ihrem Gesicht ab.

Ja, es war eine gute Fälschung, die wahrscheinlich unbemerkt noch weitere einhundert Jahre im Mozart hätte hängen können.

„Erwin ist schuld. Wenn dieser Schnorrer Lena ausreichend Geld hinterlassen hätte, hätte sie das Bild an Ort und Stelle über dem Schreibtisch hängen lassen und die Fälschung wäre nie aufgeflogen. Es tut mir alles so leid, ich wollte ihn wirklich nicht töten! Es war ein dummer Unfall." Er blickt uns wie um Verzeihung bittend an. Seine Augen haben ihren Glanz verloren.

„Vielleicht läuft es ja auf Totschlag hinaus?", wendet meine Mutter vorsichtig ein.

„Wenn ich Glück habe. Und einen guten Anwalt. Aber wie es auch sei, ich bin beinahe froh, dass Sie mich gefunden haben. Ich hätte mit der Schuld, einen Menschen getötet zu haben, auch wenn es keine Absicht war, nicht länger leben wollen. Es ist eine Erleichterung endlich jemand alles erzählt zu haben." Sein Blick ist traurig, aber gefasst.

Stille breitet sich über dem Raum aus nur vom Ticken der Wanduhr unterbrochen.

„Sie können jetzt die Polizei rufen, ich werde mich stellen." Er öffnet einen Schrank und nimmt eine Holzkiste heraus und reicht sie mit zitternden Händen an Cosima weiter. Diese stellt sie vorsichtig auf einer Kommode ab und nimmt das Bild heraus.

„Ich habe nur eine Bitte: Können Sie dafür sorgen, dass das Bild zu meiner Familie zurückkommt? Ich habe einen Bruder, ich schreibe Ihnen seine Telefonnummer auf." Hastig kritzelt er eine Telefonnummer auf einen Zettel und reicht ihn mir.

Mir fehlen die Worte, meiner Mutter zum Glück nicht.

„Nun wir werden ihren Wunsch, dass das Bild wieder zu ihrer Familie zurückkommen soll, weiterleiten, aber versprechen können wir nichts, das entscheidet die Polizei oder das Gericht", die Stimme meiner Mutter ist belegt.

„Dann werde ich jetzt mal telefonieren", sage ich leise und blicke ihn fest an.

Er nickt nur stumm. Ein letztes Mal stolpert mein Blick in seine viel zu schönen blauen Augen, ehe ich zum Handy greife und dem Polizeibeamten am anderen Ende der Leitung kurz den Sachverhalt schildere.

Dann sehe ich Cosima dabei zu, wie sie das Bild sorgsam wieder in die gepolsterte Holzkiste legt und ein Tuch über das Gesicht der Frau breitet, deren Lebens- und Liebesgeschichte endete, ehe sie richtig begonnen hatte und deren Augen nun noch eine Spur trauriger wirken, als würde sie es bedauern, dass sie so viel Leid über ihre Familie gebracht hat.

Eine gefühlte Ewigkeit später, die aber in Wirklichkeit nur zehn Minuten waren, hören wir die Sirenen eines herannahenden Polizeiautos und ich halte gespannt die Luft an.

Ob die Situation doch noch eskaliert? Wird Richard sich gegen seine Verhaftung wehren?

Doch er bleibt vollkommen ruhig und seltsam gefasst.

Als der Hauptkommissar und sein Kollege, gefolgt von zwei Streifenpolizisten, durch die Türe treten erhebt er sich etwas steif.

„Die Zeit ist gekommen, Abschied zu nehmen." Er räuspert sich. „Ich wünsche Ihnen alles Gute für Ihre Zukunft, meine Damen, möge sie glücklicher sein als meine!"

Er nickt uns kurz zu und geht mit gesenktem Kopf und hängenden Schultern langsam in Richtung Ausgang. An der Tür angekommen, dreht er sich noch einmal um und wirft einen letzten Blick zurück in die Galerie, wobei seine Augen einige Sekunden an der Holzkiste hängenbleiben. Seine Stimme ist kaum mehr als ein Wispern.

„Bitte passen Sie gut auf sie auf!"

„Das machen wir", sage ich mit belegter Stimme.

Er tippt mit den Fingen an einen imaginären Hut und verlässt die Galerie begleitet von den beiden Streifenpolizisten.

***

Die nächste Stunde sind wir damit beschäftigt, ebenfalls ein Glas Gin auf den Schock zu trinken, und unsere Aussage detailliert bei Kurt dem Hauptkommissar und seinem frettchen-ähnlichen Kollegen, Florian zu Protokoll zu geben, ehe wir endlich gehen dürfen.

Als wir aus der Galerie treten, halten wir einer unausgesprochenen Choreographie folgend, im selben Moment inne und richten unseren Blick in den dunklen Nachthimmel.

Es ist merklich kälter und hat wieder zu schneien begonnen. Die Schneeflocken landen kitzelnd auf unseren Wangen. Wir recken unsere Gesichter weiter nach oben als könnte der frische, weiße Schnee die schaurigen Ereignisse von unseren Gesichtern und unserer Seele waschen.

„Wir haben es geschafft", höre ich Cosima neben mir flüstern und spüre, wie sie nach meiner Hand greift.

„Ja, wir haben es geschafft, mal wieder", seufze ich erleichtert und drücke ihre zarte, klamme Hand.

„Ich habe nie daran gezweifelt. Und jetzt hopp. Es ist Zeit, nach Hause zu gehen, ehe wir uns hier noch den Tod holen", sagt meine Mutter resolut und schlägt ihren Mantelkragen hoch.

„Wer hat Lust auf ein Eierlikörchen zur Feier des Tages?"

„Ohne mich!", protestiere ich. „Aber gegen einen Nuss-Schnaps hätte ich heute nichts einzuwenden. Am besten einen doppelten."

Ich hake mich bei meiner Mutter und Cosima unter, und wir schreiten rasch voran.

Der Schnee unter unseren Füßen knirscht und die
Flocken wirbeln immer dichter, kaum kann man noch
die Hand vor den Augen sehen.

Der eisige Wind frischt auf und greift mit kalten Fingern nach unseren Mänteln und Jacken.

Doch mir ist nicht kalt. Mit Cosima und meiner Mutter an meiner Seite, trotze ich mühelos allen Stürmen.

EPILOG

„Wenn du noch einmal auf den Baum hinaufspringst, sperre ich dich ins Schlafzimmer!" Die Stimme von Cosima klingt etwas schrill. „Weg da mit deinen dummen Pfoten. Die Kugeln sind aus echtem Murano-Glas!".

Ich grinse in mich hinein und pflücke Strizzi, der einen Heidenspaß daran hat, in der drei Meter hohen, festlich geschmückten Weihnachts-Tanne herumzuklettern, vorsichtig von einem Ast und reiche den heftig maunzenden, voller Protest, herumstrampelnden Kater an Cosima weiter.

„In der Nacht sind alle Bäume grün", sagt meine Mutter leicht beschwipst und hebt ihr Punschglas. „Woher soll er denn wissen, dass dieser Baum für ihn tabu ist?"

„Weil ich es ihm jedes Jahr erkläre", meint Cosima noch immer etwas verstimmt, krault aber trotzdem Strizzis Kopf.

„Tja, mit den verbotenen Dingen ist das so eine Sache. Vielleicht kann er nicht anders, er muss seiner Neugier einfach nachgeben", höre ich eine Stimme hinter mir.

Langsam drehe ich mich um.

„Kann sein. Seine Instinkte sind einfach stärker, er ist machtlos dagegen", sage ich in entschuldigendem Tonfall und lächle Stephan schief an.

Wir wissen beide, dass wir nicht von Strizzis Temperament, sondern von meinen Mordermittlungen sprechen.

Nicht zum ersten Mal heute. Lange sehen wir uns an.

„Schwamm drauf, wie deine Mutter sagt. Ist ja wieder einmal alles gut gegangen, lass uns nicht mehr davon sprechen. Ich liebe dich, du störrische Frau." Sein liebevolles Lächeln trifft mich noch mehr ins Herz als seine Worte und als er mich in eine lange Umarmung zieht, ist endlich wieder alles zwischen uns gut.

Stephan ist heute Mittag überraschend angereist und hat mir versprochen, bis nach Silvester zu bleiben. Beim Gedanken daran, endlich wieder mehr Zeit mit ihm zu verbringen, macht mein Herz einen kleinen freudigen Hopser.

„Möchte noch jemand etwas von diesem klebrigen warmen Getränk, oder doch lieber ein Glas Barolo?"

Es ist Weihnachten und Paula Perle ist heute bei ihrer Familie, also hat jeder von uns eine Aufgabe anlässlich unseres Weihnachtsessen in Cosimas Villa übernommen.

Gianni hat für das Dessert gesorgt und angeboten sich um die Getränke zu kümmern.

Wobei es ihn zu verstimmen scheint, dass alle Anwesenden lieber dem Beerenpunsch, meiner Mutter, als seinem edlen Rotwein zusprechen.

Fast alle.

„Ich hätte gern ein Gläschen Rotwein, Herr Gianni", meint Arthur und legt einen Arm um Cosimas Schulter.

„Es heißt nur Gianni, nicht Herr Gianni, kommt sofort. Theresa kannst du mir helfen?" Er zwinkert meiner Mutter zu und aus dem Augenwinkel sehe ich, wie Lisa die Augen verdreht.

Ich löse mich aus Stephans Armen, streiche Lisa, die um Strizzi davon abzuhalten, erneut auf die Tanne zu springen, mit einem Geschenkband vor seiner Nase herumwedelt, kurz über den Kopf und lasse mich seufzend in den dicken Lehnsessel neben den Kamin fallen. Ich bin müde, mal wieder, aber diesmal fühlt sich die Müdigkeit wohltuend an.

Für einen Moment schließe ich meine Augen.

Wie in einem wirbelnden Kaleidoskop rauschen die Erlebnisse der letzten Tage vor meinem geistigen Auge vorbei. Richard ist noch in Untersuchungshaft, sein Prozess findet erst im Jänner statt und obwohl er schwere Schuld auf sich geladen hat, so hoffe ich doch für ihn, dass seine Strafe nicht zu hoch ausfällt. Und er vielleicht irgendwann wieder seinen Frieden findet.

Lena hat mir versprochen, mich all ihren Freundinnen weiterzuempfehlen und hat mir einen riesigen Präsentkorb mit allerlei Leckereien geschickt, von denen wir uns bis weit ins nächste Jahr ernähren können.

Der Auchentaller hängt wieder in Erwins Büro, bis das Gericht eine Entscheidung zu den Besitzverhältnissen getroffen hat, wobei Lena meinte, sie hat kein Eile mehr ihn zu verkaufen.

Meine Mutter platzt noch immer vor Stolz, dass wir den Fall wieder einmal vor der Polizei gelöst haben.

Und Cosima ist einfach nur glücklich, dass Arthur die Wochenendbeziehung satt hat und seinen Hauptwohnsitz nächstes Jahr wieder nach Wien verlagern wird.

Plötzlich höre ich nahende Schritte, ein vertrauter Duft nach einem ganz speziellen zitronigen Rasierwasser kitzelt meine Nase und ich spüre seine geliebte, starke Präsenz.

Mit einem Lächeln schlage ich die Augen auf.

Und was ich sehe, gefällt mir.

ENDE